BETTINA BELITZ

EIN SCHIMMER VON GLÜCK

BETTINA BELITZ

EIN SCHIMMER VON GLÜCK

KOSMOS

Umschlaggestaltung: Kathrin Steigerwald, Hamburg
unter Verwendung von Fotomotiven von Tetiana Shamenko/fotolia
und callipso88/fotolia

Unser gesamtes lieferbares Programm und viele
weitere Informationen zu unseren Büchern,
Spielen, Experimentierkästen, DVDs, Autoren und
Aktivitäten findest du unter **kosmos.de**

Gedruckt auf chlorfrei gebleichtem Papier

© 2017, Franckh-Kosmos Verlags-GmbH & Co. KG, Stuttgart
Alle Rechte vorbehalten
ISBN 978-3-440-15278-2
Redaktion: Hannah Tannert
Produktion: Verena Schmynec
Grundlayout und Satz: DOPPELPUNKT, Stuttgart
Druck und Bindung: GGP Media GmbH, Pößneck
Printed in Germany / Imprimé en Allemagne

AUF DER FLUCHT

„Moment, warte kurz. Ich glaub, da muss ich rangehen ...“

„Bitte nicht!“, bat ich Mama flehentlich, doch sie hatte ihre Tasche schon auf den Stufen vor dem Haus abgesetzt und kniete sich nieder, um ihr Handy herauszukramen. Ihr Trolley kippte langsam zur Seite. Mit dem Fuß stoppte ich ihn, bevor er die Treppe hinunterrutschen konnte.

Auch ich hatte Mamas Handy in der vergangenen halben Stunde dreimal läuten hören – bei ihr ein Meeresrauschen mit Möwenkreischen –, es aber wie sie ignoriert, denn wir waren spät dran und hinter dem Anruf konnte nur jemand aus der Redaktion stecken, der sie in letzter Sekunde zu einem neuen Auftrag verpflichten wollte. Sie hatte mir versprochen, dass wir in den Osterferien endlich zusammen verreisen würden, ganz egal, wer was von ihr wolle, und nie war mir mehr daran gelegen als jetzt, von zu Hause wegzukommen.

Ich wollte keine Minute länger in dieser Stadt verbringen, weil ich dringend vergessen musste, was gestern Abend geschehen war, und das konnte ich nur, wenn ich mir sicher sein konnte, weder Bille noch Janis über den Weg zu laufen. Ich wusste nicht, was ich tun würde, wenn es geschah. Scham und Wut wechselten sich im Sekundentakt ab, als kämpften sie darum, wer die Vorherrschaft bekommen würde, doch am schlimmsten war dieses schmerzhafte Brennen zwischen Herz und Bauch.

Endlich hatte Mama ihr Handy gefunden.

„Ja, was ist denn?", fragte sie unwirsch und ließ sich auf die nächstbeste Stufe sinken, um sofort wieder aufzustehen. Ihr Blick wurde starr und ihre Nase verdächtig blass. „Wie bitte? Was hat er ... ich verstehe nicht ... was!?" Das letzte „Was" schrie sie beinahe, während ihre freie Hand hektisch über ihren Hinterkopf fuhr. Okay, es war also ihr Chef persönlich und irgendetwas hatte sie verbockt. Doch das musste warten. Urlaub war Urlaub. Und versprochen versprochen.

„Mama", murmelte ich warnend und deutete auf meine Armbanduhr. Wir mussten die nächste S-Bahn kriegen, um den Flughafen rechtzeitig zu erreichen, und die fuhr in drei Minuten. Sie wusste das! Doch sie drehte sich nur mit dem Rücken zu mir und fuhr erneut über ihren Kopf.

„Das darf nicht wahr sein ... Ich glaub das nicht. Dieser ..." Mamas Rücken spannte sich an, als müsse sie sich zusammenreißen, um nicht zu explodieren, und auch ich begann, nervös zu werden. „Was soll ich denn jetzt machen? – Aber das kann ich nicht, das geht nicht, ich bin auf dem Sprung zum Flughafen, zusammen mit meiner Tochter ... Ja, gut, das sehe ich ja ein, aber ..." Kopfschüttelnd lauschte sie in den Hörer, den Rücken immer noch zu mir gewandt. Mein Bauch zog sich in einer unguten Vorahnung zusammen. Wurde sie etwa gefeuert? Wenn ja, konnten wir unseren Urlaub vergessen.

„Gut, ja ... ja, ich habe es kapiert! Dieser Ton ist nicht nötig, ich kann nichts dafür. – Doch, bin ich, aber nur noch auf dem Papier, und ... was? Davon weiß ich nichts. Oh mein Gott ... Ich bringe ihn um." Den letzten Satz sagte sie mehr zu sich selbst als zu dem Anrufer, während sie das Handy vom Ohr nahm und sich wie in Zeitlupe zu mir umdrehte. Sie hatte vorhin schon gestresst ausgesehen, aber jetzt grub sich eine tiefe Falte zwischen ihre Augen und ihr Atem ging so rasch, dass er wie ein Keuchen klang.

„Wir können nicht fliegen, Mira", verkündete sie tonlos. „Oh Mann, dieser Arsch!" Aufgebracht trat sie gegen ihren Trolley, sodass er doch die Stufen herunterpolterte. Es fehlte nicht viel und sie fing an zu weinen.

Auch ich fühlte mich aufgewühlt und panisch, obwohl ich noch gar nicht wusste, was geschehen war – ich wusste nur, dass es ernst war. „Du hast mir versprochen, dass wir nach Mallorca fliegen, Mama! Wir haben vier Jahre lang keinen Urlaub mehr gemacht und außerdem ... Was ist eigentlich los? Haben sie dir gekündigt?"

„Man kann freien Mitarbeitern nicht kündigen", erwiderte Mama dumpf und machte einen vorsichtigen Schritt auf mich zu. „Und es war nicht mein Boss, sondern das Veterinäramt von Strassnitz."

„Strassnitz", echote ich verständnislos. „Strassnitz!?" Dieses Wort sagte mir gar nichts, was meine Verwirrung nur noch größer werden ließ. Ich kapierte überhaupt nichts mehr.

Mama zuckte mit den Schultern, als wüsste sie selbst nicht genau, wovon sie sprach. „Ja. Das ist der Ort, in dem Marius einen alten Hof gekauft hat, und jetzt, jetzt hat er das Weite gesucht. Er ist weg, Mira. Keiner weiß, wo er steckt, und er hat Tiere zurückgelassen. Das Amt ist schon informiert worden und auf dem Weg dorthin. Dieser egoistische Idiot! Das ist so typisch für ihn, so typisch ..."

„Papa hat einen Bauernhof? Ehrlich?" Sprach sie wirklich von meinem Vater? Den ich seit Jahren nicht mehr gesehen hatte und an den ich heute Nacht komischerweise hatte denken müssen, weil ich mich nach einem Menschen gesehnt hatte, der mir in all dem Chaos Halt gab? Offensichtlich hatte er mein Chaos eher noch verstärkt. Und was hatte er bloß mit einem Bauernhof gewollt?

„Wir bleiben hier, der Urlaub muss ausfallen", beschloss Mama, als sei sie alleine auf der Welt, doch mein fassungsloser Blick schien sie zumindest zu erinnern, dass hier auch noch ein zweiter Mensch betroffen war. „Es tut mir leid. Ich muss jemanden organisieren, der sich um die Angelegenheit kümmert, und zwar sofort. Denn die nehmen mich gerade in Sippenhaft und drohen mit Strafanzeigen. Warum passiert so etwas immer nur mir? Was für ein Mist ... Wie soll ich das nur aus der Ferne hinkriegen? Wie soll ich das schaffen?"

Ich kannte Mamas Monologe samt den unzähligen Fragen darin zu gut. Sie spulte sie immer dann ab, wenn sie unter Druck stand, ohne echte Antworten von ihrem Gegenüber zu erwarten. In der Regel gab ich auch keine, sondern ließ sie reden. Irgendwann fand sie selbst eine Lösung. Eigentlich wollte sie gar nicht, dass man ihr Ratschläge gab, denn das stresste sie noch mehr. Doch heute war mir das egal und ich hatte auch keine Geduld mehr, ihr noch länger bei ihren Selbstgesprächen zuzuhören. Ich würde verreisen! Wenn nicht Mallorca, dann halt Strassnitz. Hauptsache, weg von hier und das so schnell wie möglich. „Gar nicht", erwiderte ich deshalb forsch. „Wir fahren selbst hin."

„Was?"

„Das ist doch das Einfachste, oder? Wir fahren hin. Wir haben schon unsere Koffer gepackt, du hast Urlaub genommen ... Wir müssen unser Gepäck nur in den Kofferraum schmeißen und uns ins Auto setzen. Den Flieger kriegen wir eh nicht mehr."

Abwehrend schüttelte Mama den Kopf. „Nein, das sehe ich nicht ein. Ich putze deinem Vater nicht wieder hinterher ..."

„Aber du musst es doch sowieso machen! Und vor Ort ist es einfacher als aus der Ferne. Wir kennen dort niemanden, der das für dich tun kann."

„Mira, das ist Mecklenburg! Das Einzige, was diese Gegend mit Mallorca gemeinsam hat, ist das ‚M' im Namen! Du machst dir keine Vorstellung ... Das ist kein Ersatz für einen Urlaub."

„Aber ich will verreisen und du hast mir versprochen, dass wir es tun." Nun zitterte auch meine Stimme, doch ich schluckte eigensinnig dagegen an. Sie sollte nicht merken, wie verzweifelt ich war, denn ich würde nicht darüber sprechen können, ohne in Tränen auszubrechen und dabei in meiner Scham zu ertrinken. „Also lass uns wegfahren, bitte. Bitte, Mama!"

„Oh, was für eine Scheiße ...", flüsterte sie und setzte

sich wieder auf die Stufen vor dem Haus. „Verwahrloste Bauernhoftiere in Mecklenburg statt Strandspaziergänge auf Mallorca. Besten Dank, Marius, das hast du klasse hingekriegt." Erneut nahm sie ihr Handy und ging auf Google Maps, um Strassnitz einzugeben und sich die Route anzeigen zu lassen. „Fünf Stunden Fahrt, um hinter meinem infantilen Ex sauber zu machen. Mira, das wird nicht schön, das muss dir klar sein!"

„Ich finde es nicht schön, wie du von ihm redest. Er ist immerhin mein Vater."

„Ein Vater, der nur sich selbst kennt und sonst nichts und niemanden", entgegnete Mama hart. „Das hat er ja wieder einmal prächtig bewiesen."

„Ich will trotzdem dorthin."

Zweifelnd sah sie zu mir hoch. „Was ist eigentlich los mit dir seit heute früh? Du kommst mir verändert vor."

„Nichts. Ich will einfach nur weg", log ich mit gesenkten Lidern. In Wahrheit war meine gesamte Welt zerbrochen. An einem einzigen Abend hatte ich meine beste Freundin verloren und den Jungen, in den ich seit Monaten heimlich verliebt war, gleich mit dazu.

Jeder Ort auf der Welt war besser als dieser hier. Sogar Strassnitz.

„Na gut, von mir aus, dann fahren wir eben und schauen, was er angerichtet hat. Aber länger als eine Nacht bleibe ich dort nicht, das schwöre ich."

„Okay", willigte ich ein, denn eine Nacht in der Ferne war besser als gar keine. Vielleicht war es dort ja schöner, als wir glaubten, und Mama hängte noch ein paar Tage dran. Es war schon schwierig genug für mich, mich länger als ein paar Minuten vor unserem Haus aufzuhalten, denn Bille wohnte nur zwei Blocks weiter und konnte jederzeit hier auftauchen. „Dann los."

Schweigend liefen wir zu Mamas Polo, quetschten unsere Taschen und Trolleys in den Kofferraum und setzten uns hinein – Mama auf den Fahrersitz, ich auf die Rückbank. Während wir die Stadt verließen und uns im Schneckentempo von einer Ampel zur nächsten bewegten, fing es an zu nieseln. Die Wolken sahen aus, als wollten sie sich an den Boden schmiegen, um alles zu verdecken und einzuhüllen, was Konturen hatte. Mit jedem Kilometer, den wir zurücklegten und mit dem die Landschaft um uns herum einsamer und flacher wurde, begann mein Kummer sich tiefer in mir einzunisten und gemeiner zu schmerzen. Mir war nicht, als entferne ich mich von ihm, sondern als würde er sich wie die Leere um uns herum ausdehnen und mich verschlingen wollen, sobald wir angekommen waren und ich aus dem Auto stieg. Janis, Bille, Bille, Janis ...

Die Kapuze meiner Fleecejacke tief über meinen Kopf gezogen, sodass Mama meine Tränen nicht sehen konnte, döste ich ein, um wie heute Nacht zu hoffen, dass ich anschließend aufwachte und feststellte, dass alles nur ein Albtraum gewesen war.

Doch ich wusste schon jetzt, dass das nicht geschehen würde.

IM NIRGENDWO

„Wach auf, Mira. Wir sind da. – Glaube ich jedenfalls ...“

Verschlafen blinzelte ich, ohne zu wissen, wo wir uns befanden und was in den vergangenen Stunden geschehen war – bis es mir schlagartig wieder einfiel und das angenehm unschuldige Gefühl, das mein Schlummer mir geschenkt hatte, im Nu zerstörte. Bille ... Warum hast du das nur getan? Und wieso hab ich mich nicht gewehrt, warum bin ich so still geblieben? Ich hätte etwas sagen müssen, sie anschreien, alle beide ... Es war falsch, was sie gemacht haben, falsch und fies dazu! Das mussten sie wissen!

„Mira? Ist dir schlecht?“ Prüfend blickte Mama mich durch den Rückspiegel an.

„Nein. Doch. Ein bisschen“, brummelte ich und schälte mich umständlich aus meiner Jacke. „Hab wohl zu wenig gegessen.“ Genau genommen gar nichts. Seit gestern Abend war mein Magen wie zugeschnürt. „Was ist das für ein Geräusch, wer schreit da so?“

„Ziegen?", rief Mama und drehte sich mit hochgezogenen Augenbrauen zu mir um. Für Tiere hatte sie sich nie sonderlich interessiert. Daran hatten selbst ihre Fotoaufträge im Zoo nichts ändern können. Auch ich kannte Ziegen in erster Linie aus dem Fernsehen. „Könnte sein." Der Regen fiel so dicht, dass wir nicht viel von dem sehen konnten, was sich auf dem Hof abspielte, denn die Scheibenwischer waren bereits ausgeschaltet und die Dämmerung hatte sich längst über das Land gesenkt. In dem diffusen Grau vor uns gelang es mir lediglich, drei dunkle Gebäude und zwei mächtige Bäume auszumachen, zwischen denen ein paar Gestalten eilig hin und her huschten – kleine vierbeinige und größere zweibeinige.

„Ich will da nicht raus", wisperte Mama und äugte mich noch einmal fragend durch den Rückspiegel an, weil ich ihr weder zustimmte noch sie aufmunterte. „Hast du etwa geweint?"

„Nein, bin nur müde." Dieser Tag mauserte sich zu einem einzigen Lügenfestival. Doch mit Mama konnte und wollte ich über mein Bille-Janis-Fiasko nicht sprechen. Sie würde mir doch nur vorwerfen, dass ich zu naiv gewesen war und Männer in erster Linie Schweine seien. Das half mir nicht weiter. Ich ärgerte mich schon genug über mich selbst. Diese Geschichte würde bei mir bleiben, für immer.

„Also, wenn ich das richtig sehe, fangen diese Männer gerade ein paar entlaufene Ziegen ein", fasste Mama stockend zusammen. Wie zur Bestätigung schallte ein gellendes Meckern über den Hof, das gruselige Ähnlichkeit mit dem Schreien eines Babys hatte. Unbehaglich zogen wir unsere Köpfe ein.

„Die haben uns längst gesehen, Mama."

„Ja, ich weiß." Seufzend griff sie nach ihrem Mantel und streifte ihn sich über, während ich den Reißverschluss meiner Fleecejacke bis zum Kinn zog und mir die Kapuze wieder überstülpte. Da Mama wie versteinert sitzen blieb, beschloss ich, den Anfang zu machen, löste den Gurt und stieß die Tür auf. Schrill meckernd galoppierte eine schwarz-weiß gemusterte Ziege an mir vorbei, der zwei kleinere nicht minder protestierend folgten.

„Halt sie auf, Mädchen!", brüllte mir ein Mann zu, der von Kopf bis Fuß in grüner Regenkleidung steckte und gerade mit einem wehrhaften Bock rangelte, der versuchte, seine Hörner in sein rechtes Bein zu versenken. Sofort setzte ich mich in Bewegung, doch ich hatte nicht mit dem glitschigen Boden gerechnet. Schon auf den ersten Metern rutschte ich auf meinen dünnen, glatten Sohlen aus und schlug der Länge nach hin.

„Mira! Um Gottes willen, ist alles okay?", hörte ich Mama rufen und wollte mich gerade aufrappeln, als zwei kräftige Arme unter meine Schultern griffen und mich auf meine schlammbesudelten Beine stellten. Verwirrt blickte ich auf ein Paar graue Gummistiefel, eine abgetragene Armeehose und einen dicken, verfilzten Seemannspullover, die zu einem glatzköpfigen Mann in Mamas Alter gehörten. Er musterte mich nur kurz, um sich dann sofort wieder dem entlaufenen Vieh zu widmen.

„Ich nehme Ziegen!", rief er mit starkem Akzent und winkte beidarmig zu den anderen Gestalten rüber. „Nicht wegbringen, ich nehme Ziegen!"

„Mira, Schatz ..." Mama hatte sich durch den Regen zu mir gekämpft und spannte sofort ihren Schirm über mir auf – zu spät; ich sah bereits aus, als hätte man mich ins Wasser geworfen und anschließend im Schlamm paniert. Doch ein noch seltsameres Bild gab Mama ab. In ihrem raffiniert geschnittenen Mantel, den engen Designer-Jeans und ihren hochhackigen Pumps wirkte sie vollkommen fehl am Platz und die Blicke, die die Männer uns zuwarfen, waren alles andere als ein freundlicher Willkommensgruß.

„Sind Sie die Ehefrau?", brüllte der Hüne in Grün zu ihr herüber, während der Armeehosen-Mann eine der Ziegen mit sicherem Griff an den Hörnern packte und sich auf die Arme hievte, um sie auf das Nachbargrundstück zu tragen. Kaum hatte er sie hinter einem Zaun abgesetzt, kam der Rest der Ziegenschar ihm entgegengetrabt.

„Ich war es", rief Mama eisig zurück und nahm mich an der Hand, um mit klappernden Absätzen hinüber zum Hauptgebäude zu laufen, wo sich der Hüne mit seinen beiden Kollegen untergestellt hatte. Das Dach ragte so weit hervor, dass es uns einigermaßen vor dem strömenden Regen schützen konnte.

„Na, laut Gesetz sind Sie es immer noch und Sie stehen als Mitbesitzerin dieses Hofs in den Papieren, also sind Sie auch dafür verantwortlich."

„Das bin ich nicht!" Mit verschränkten Armen baute Mama sich vor ihm auf, während die anderen beiden Männer verstohlen einander zugrinsten und ich mich überflüssig zu fühlen begann. Mama hatte keinen Sinn mehr für mich und die Männer erst recht nicht. „Ich wusste weder von diesem Hof noch dass ich als Mitbesitzerin eingetragen bin noch dass mein Exmann verschwunden ist. Ich hatte keine Ahnung! Also, was ist hier eigentlich los? Sie haben wahrscheinlich mehr Informationen als ich."

Das Grinsen der Männer erlosch innerhalb einer Millisekunde, denn Mamas Worte attackierten sie wie Pfeile, und auch der Hüne trat einen kleinen Schritt zurück. Sein strafender, verächtlicher Blick aber blieb.

„Mag sein, dass Sie in der Stadt keinen Sinn dafür ha-

ben, Frau Schönborn, aber hier sind beinahe Tiere ver-
hungert, weil ihr Mann ..."

„Mein Exmann", verbesserte Mama ihn scharf.

„... und mein Vater", murmelte ich in meine Kapuze,
um Mama etwas runterzuholen, doch sie reagierte gar
nicht auf mich.

„Sie sind nicht geschieden. Ihr Ehemann ..." Mama atmete schwer durch. „... ist spurlos verschwunden und
hat seine Ziegen, Hühner und Pferde ohne Aufsicht zurückgelassen. Damit hat er sich strafbar gemacht, das
wissen Sie, oder?"

„Die Ziegen wirken doch noch recht munter, oder?"
Mama deutete provokant auf sein zerrissenes Hosenbein.

„Weil der Nachbar ab und zu nach ihnen gesehen
hat." Besagter Nachbar bugsierte gerade die fünfte Ziege in ein Entengehege, wo sich die Tiere begierig auf einen Ballen Heu stürzten. „Die Pferde sind heute früh
von ihrem neuen Besitzer abgeholt worden. Sie standen bereits bis zu den Knien im Schlamm. Kümmern
Sie sich um die Hühner? Sie sind wohlauf, aber der
Stall muss dringend gereinigt werden."

Langsam begriff ich, dass die Lage ernster war, als ich
gedacht hatte, und ich konnte es kaum erwarten, endlich alleine mit Mama darüber zu sprechen. Doch die
befand sich gerade in bester Kampfstimmung. „Küm-

mern? Stall sauber machen?" Mama schüttelte belustigt den Kopf. „Nein, meine Herren, ich kenne mich mit Hühnern nicht aus und habe weder vor, diesen Hof zu bewirtschaften, noch eine Nacht länger als nötig zu bleiben. Vielleicht freut sich der Nachbar ja auch über eine neue Hühnerschar. Ich sehe hier nur nach dem Rechten und dann verschwinde ich wieder."

„So einfach ist das nicht, Frau Schönborn." Der Hüne wagte sich wieder einen kleinen Schritt nach vorn, sodass ich unwillkürlich zur Seite auswich. „Sie müssen erst für uns herausfinden, wo ihr Mann steckt und ob er vorhat, zurückzukommen."

„Ja, das wüsste ich auch zu gerne", erwiderte Mama sarkastisch, und plötzlich schoss mir der Schrecken durch den ganzen Körper. Was war überhaupt mit Papa geschehen? Machte sich hier denn niemand Gedanken darüber, ob mit ihm alles in Ordnung war? „Hat er den Bunker wenigstens abbezahlt?"

„Das weiß ich nicht, das müssen Sie mit der Bank klären. Wir sind vom Veterinäramt. Schlosser", stellte sich der Hüne steif vor und streckte Mama seine Pranke entgegen, die sie jedoch nicht ergriff. „Das sind meine Kollegen Rossbach und Schlesitz." Die Männer nickten knapp und ohne jedes Lächeln, wobei ich immer noch Luft für sie war. „Wir stellen sicher, dass es den Tieren gut geht. Der Rest ist Ihre Privatangelegenheit. Wir schauen in den nächsten Tagen zur Kontrolle vorbei. Ist alles in Ordnung, kommen Sie mit einer Verwarnung davon. Schönen Abend, die Damen."

„Halt, stopp!", rief Mama ihnen hinterher, als sie schon fast ihre Autos erreicht hatten. „Wie komme ich überhaupt ins Haus?"

Doch sie zuckten nur mit den Schultern, stiegen in ihre beiden Kombis, warfen die Motoren an und fuhren davon. Mama fluchte und zog mich zur Eingangstür, wo sie vergeblich an der Klinke rüttelte.

„Hab ich das richtig verstanden – Papa hatte eigene Pferde?", fragte ich neugierig.

„Dein Vater hatte vor allem eines: Rosinen im Kopf." Mama bückte sich, um unter der verdreckten Matte vor dem Eingang nach dem Schlüssel zu suchen.

„Was meinst du denn, wo er steckt?"

„Der Schlüssel?" Keuchend richtete Mama sich wieder auf, um den Türrahmen abzutasten.

„Nein. Papa!", rief ich drängend. „Machst du dir gar keine Sorgen um ihn?"

„Mira." Stöhnend ließ Mama sich gegen die Tür sinken. „Natürlich mache ich mir Gedanken, wo er ist, auch wenn ich in den vergangenen Jahren kaum ein Wort mit ihm gewechselt habe. Aber vor allem bin ich sauer auf ihn. Ich weiß ja nicht mal, wie ich in diesen verdammten Schuppen kommen soll!"

„Ej! Frau!", schallte es vom Nachbarhaus zu uns herüber – das einzige Gebäude außer Papas Hof weit und breit. Der Mann mit der Armeehose stand vor seiner offenen Garage und deutete fuchtelnd auf die Rückseite des Hauses. „Gucke hinten!"

„Aaaah ja", machte Mama mit leiser Ironie und hob die Hand, um ihm zu bedeuten, dass wir verstanden hatten. „Dann gucken wir doch mal hinten." Mit hochgezogenen Schultern stapften wir durch den prasselnden Regen um das Haus herum, bis wir an eine Hintertür gelangten, die nicht abgeschlossen war und sich problemlos öffnen ließ.

„Halt, Mama, warte." Rasch griff ich nach ihrem Arm, um sie zu stoppen. Ich klang wie ein verängstigtes Vögelchen, denn in meinem Kopf jagte plötzlich eine Horrorvision die andere. „Was ist, wenn Papa da drinnen ... ähm ... irgendwo ... liegt? Oder – hängt?"

„Hängt? Mira! Also bitte!", entrüstete Mama sich, konnte sich aber nicht dazu entschließen, die Tür weiter aufzuschieben. „Dein Vater haut zwar gerne mal ab, aber nach Sterben war ihm nie zumute."

„Du hast selbst gesagt, dass du in den vergangenen Jahren kaum mit ihm gesprochen hast, und ich auch nicht und vielleicht ..."

„Schluss mit dem Blödsinn. Der bringt sich nicht um. Dazu lebt er viel zu gerne." Mamas Nase wurde trotz ihrer überzeugten Worte wieder weiß, als sie tief Luft holte, die Tür aufstieß und nach einem Lichtschalter suchte. Es vergingen zähe Sekunden, in denen sich meine Horrorvisionen zu einem ganzen Film verdichteten, bis ich endlich das Klicken eines Schalters hörte. Doch im Haus blieb es finster. „Mist. Der Strom ist abgestellt ... Oder?" Mama wagte sich ein paar Schritte in den Raum hinein und suchte nach weiteren Schaltern. Nichts tat sich. „Mira? Bist du noch da?"

„Bin ich. Versuch es doch mal mit der Taschenlampe von deinem Handy." Meines steckte tief in meiner Reisetasche. Ich hatte seit heute Nacht nicht mehr draufgeschaut und daran wollte ich auch jetzt nichts ändern. Bille konnte mich mal.

„Okay. Gute Idee." Mama holte es aus ihrem Mantel und leuchtete in den Raum hinein, während ich vor lauter Furcht vor dem, was ich sehen könnte, die Augen zusammenkniff. „Ach du Scheiße."

„Hat er sich doch ...?"

„Nein! Mira, du machst mich noch bekloppt. Komm rein, du holst dir da draußen nur eine Erkältung. Komm schon!" Mama griff resolut nach meiner Hand, um mich ins Haus zu ziehen, und obwohl ihre Handy-Taschenlampe den Raum nur punktuell ausleuchten konnte, wusste ich sofort, was sie mit ihrem „Ach du Scheiße" meinte.

Wir waren in einer Küche gelandet, in der pures Chaos herrschte. Noch vor Kurzem musste jemand die Spüle geputzt und den Boden gefegt haben, und auch das Geschirr stand ordentlich gestapelt in dem einzigen, altertümlichen Schrank. Doch nichts in diesem Raum passte richtig zusammen. In der Ecke lehnte ein Schaukelstuhl, dessen Sitzfläche durchgebrochen war, auf dem Tisch lagen lose Zügel, Plastikzaunpfähle und ein Halfter, kein Stuhl glich dem anderen, der Gasherd stammte aus dem vorigen Jahrhundert und auf dem Boden knüllten sich verblichene Flickenteppiche zu einem wirren Haufen zusammen. Die Wand zierte ein wildes Durcheinander an historischen landwirtschaftlichen Geräten, die eher in ein Museum als in eine Küche gepasst hätten, und in einem ausrangierten Kaninchenstall türmten sich schwere gusseiserne Pfannen und Töpfe. Der Kühlschrank war vom Strom genommen worden; seine Tür stand offen und er verströmte einen unangenehm fauligen Geruch. Am stärksten aber verunsicherte mich die bleierne Stille im Haus. Die alte Kuckucksuhr über dem Herd hatte längst zu ticken aufgehört, entweder weil sie kaputt war oder weil niemand sie mehr aufgezogen hatte. In diesem Raum war seit Tagen kein Mensch mehr gewesen.

Als Mamas Handy diese Stille plötzlich mit Meeresrauschen und Möwenkreischen durchbrach, zuckten wir beide zusammen. Während mein Herz stolperte, als habe es verlernt, regelmäßig zu schlagen, war sie geistesgegenwärtig genug, um sofort abzunehmen.

„Hallo?" Mama klang ähnlich eingeschüchtert, wie ich mich fühlte. Dieses Haus machte mir Angst, und der Gedanke, dass Papa sich etwas angetan hatte, wich nicht aus meinem Kopf, auch wenn nur ein sehr sorgsamer Selbstmörder vorher den Kühlschrank ausschaltete.

„Oh. Ja, will ich ... Was, Amerika!?" Mamas Stimme überschlug sich vor Erstaunen. „Aber was will er denn in ... Eine Greencard? Nein, oder? Der hat doch mehr Glück als Verstand ... das gibt es nicht ... Mira?" Sie hielt die Hand vor den Hörer und sah mich funkelnd an. Die Angst in ihrem Gesicht hatte blankem Zorn Platz gemacht. „Dein Vater ist in die USA abgehauen. Ausgewandert! Dieser Mistkerl ... Joe, bist du noch dran? Ja, erzähl ..."

Schon hatte sie sich wieder zur Wand gedreht – der altvertraute Anblick; Mama mit dem Handy am Ohr und in ihrer eigenen, hektischen Welt. Erlöst atmete ich aus. Gott sei Dank, Papa lebte. Ich kannte keinen Joe, aber so wie Mama mit ihm sprach, musste er einst ein gemeinsamer Freund von ihr und Papa gewesen sein. Und offensichtlich wusste er ziemlich genau, was wir nicht wussten. Mein Vater war fort, auf einem anderen Kontinent – und das nicht nur für einen Urlaub, sondern für ein neues Leben. Es dauerte ein paar Sekunden, bis ich begriffen hatte, was das bedeutete, und meine Erleichterung verwandelte sich in bittere Enttäuschung.

Warum hatte er mir nicht gesagt, dass er plante, das Land zu verlassen? Ich hatte ihn zwar vor zwei Jahren das letzte Mal gesehen, als er Freunde in Frankfurt besucht hatte, aber ab und zu hatten wir geschrieben oder telefoniert. Wie konnte er so etwas nur tun – auf die andere Seite des Ozeans auszuwandern, ohne seiner Tochter von diesem Schritt zu erzählen? Es wäre ihm doch ein Leichtes gewesen, Mama und mich zu erreichen, und ich war sein einziges Kind!

Weil Mama Joe mit Fragen bombardierte und ich nicht länger tatenlos und frierend neben ihr herumstehen wollte, schloss ich die Hintertür und begann, die unteren Räume des Hauses zu erkunden – ein großes Wohnzimmer mit Essecke, ein kleiner Flur und ein winziges Gästeklo. Nirgendwo funktionierten die Lichtschalter, doch nach und nach gewöhnten sich meine Augen an die Dunkelheit, und die Straßenlaterne zwischen Hof und Nachbarhaus, deren Licht durch die vorderen Fenster fiel, half mir dabei. Das Wohnzimmer hatte einen Kamin; es stand sogar noch Feuerholz daneben. Die Farbe der Couch und der Sessel konnte ich nicht erkennen, aber sie wirkten dunkel und trutzig, genauso wie die schweren Schränke und Regale. Die Luft roch abgestanden, als habe seit Wochen niemand mehr gelüftet. Ich wollte gerade das größte der drei Fenster öffnen, als ein schmaler, dunkler Schatten dahinter auftauchte, der mich zu sich winkte und sofort wieder im Dunkel verschwand.

Misstrauisch blieb ich stehen, ohne das Fenster aus den Augen zu lassen. Für den Nachbarn mit dem Glatzkopf war die Gestalt zu klein gewesen und erst recht für die Männer vom Veterinäramt. Doch andere Menschen hatte ich vorhin nicht gesehen. Papas Hof lag am Ende eines schmalen, von Bäumen gesäumten landwirtschaftlichen Weges und abseits von Strassnitz. Wir hatten nur den Ziegen-Nachbarn. Da, schon wieder!

Für eine Sekunde zeigte sich die Gestalt, winkte mich zu sich und tauchte wieder ab. Dieser Mensch meinte mich – und ganz offensichtlich wollte er nicht, dass meine Mutter von seiner Gegenwart Wind bekam. Mit angehaltenem Atem schlich ich zum Fenster, griff nach oben und drehte den Riegel um. Langsam ließ ich das Fenster aufgleiten, trat aber gleich wieder einen Schritt zurück.

„Hallo?", wisperte ich in das Rauschen des Regens. „Ist da jemand?"

„Komm mit! Schnell", flüsterte es prompt zurück.

„Wer ist da?"

Endlich zeigte sich die Gestalt wieder – es war ein Junge mit schlankem, drahtigem Körper, doch sein Gesicht konnte ich nicht sehen, so schnell verbarg er sich wieder an der Hauswand. Ich hatte nur erkennen können, dass er eine Kappe trug und den Kragen seiner Regenjacke weit hochgeschlagen hatte, was mein Vorschussvertrauen in seine Absichten nicht gerade verstärkte.

„Komm einfach mit. Ohne deine Mutter", drang seine volle, tiefe Stimme leise aus der Dunkelheit.

„Das kann ich nicht!"

„Bitte." Er klang nicht bettelnd, sondern entschieden und wissend, und genau diese Forschheit weckte meine Neugierde. „Muss dir was zeigen."

„Na gut." Papa lebte, also konnte das, was er mir zeigen wollte, so schlimm nicht sein, und trotz seiner Wortkargheit wirkte er nicht gefährlich auf mich. „Moment." Rasch lief ich zurück zur Küche, wo Mama immer noch telefonierte – dieses Mal jedoch mit ihrer besten Freundin Britta, bei der sie sich regelmäßig ausheulte, wenn sie im Stress erstickte. Das konnte dauern. Unter einer Stunde kam Britta nicht weg. „Mama, ich sehe mich mal draußen um, okay?"

Sie nickte, um mir zu bedeuten, dass sie einverstanden und ich frei war, zu gehen. Ich verließ das Haus durch die Hintertür und trabte durch den nachlassenden Regen zur Fensterseite des Wohnzimmers, wo der fremde Junge mit den Händen in den Hosentaschen auf mich wartete. Ich schätzte ihn auf etwas älter als ich, und seinen Gummistiefeln und den khakifarbenen Hosen nach zu schließen, konnte er nur der Sohn des Mannes mit dem starken Akzent sein, der vorhin die Ziegen eingesammelt hatte. Aus feiner Garderobe machten die beiden sich nichts, doch mit meinen verschlammten Hosen durfte ich heute keine Ansprüche stellen.

„Hier bin ich", verkündete ich leise.

Er nickte nur kurz und marschierte mir voraus dem größeren der beiden Schuppen entgegen, die auf der anderen Seite des Hofes errichtet worden waren. Sie wirkten schief und baufällig, als könnten sie beim nächsten stärkeren Windstoß in sich zusammenfallen.

„Wohin gehen wir?", rief ich ihm hinterher.

Mit einem „Pscht!" bedeutete er mir, dass Sprechen nicht erwünscht war, und umrundete den Schuppen, um auf seiner dem Feld zugewandten Seite ein paar schwere Balken von der Holztür zu nehmen und sie aufzuschieben. Er brauchte seine ganze Kraft, um sie zu bewegen, doch schließlich gab sie knarzend nach.

„Hier", vermeldete er knapp.

„Ich kann nichts sehen!" Vor mir breitete sich pure Dunkelheit aus und einen Moment lang bekam ich

Angst, er würde mich in die Finsternis stoßen und hier einsperren. Doch dann roch ich plötzlich etwas – und vor allem spürte ich etwas und es zog mich magisch in das Innere des Schuppens. Hier drinnen wartete ein Wesen auf mich, groß und lebendig. Es atmete; schwer, langsam, geplagt. Die Wärme seines Fells legte sich sanft auf meine nassen, kalten Wangen und für eine Sekunde glaubte ich, das Glitzern seiner Augen aus der Dunkelheit aufschimmern zu sehen.

Der Junge schloss langsam das Tor hinter uns. Nur einen Sekundenbruchteil später erleuchtete der helle Schein einer Taschenlampe den Schuppen.

„Oh Gott ..." Mit einem leisen Keuchen drückte ich meine Hände gegen meine Brust. Direkt vor unseren Füßen lag ein Pferd im verdreckten Stroh, die Vorderläufe steif von sich gestreckt, der Kopf flach auf dem Boden, während seine dunklen, großen Augen wachsam zu uns aufblickten. Sein Fell war so schmutzig, dass ich seine Zeichnung nicht genau erkennen konnte; doch es musste gefleckt sein, dunkel und hell. Die schwarz-weiße Mähne des Tieres, in der sich etliche Strohhalme verfangen hatten, fiel lang und weich über seinen kräftigen Hals und sein Bauch hob sich angestrengt im Rhythmus seines Atems. Irgendetwas stimmte mit ihm nicht; ich wusste es sofort. Dieses Pferd musste höllische Schmerzen haben.

„Die haben sie nicht gefunden."

„Die?", hakte ich mit brüchiger Stimme nach, während ich mich vorsichtig niederkniete. Es war mir egal, dass meine Beine dabei im Mist landeten. Ich musste diesem Pferd auf Augenhöhe begegnen, auch wenn ich noch nie zuvor in meinem Leben mit Pferden zu tun gehabt hatte und nicht wusste, wie ich mit ihnen umgehen musste. Doch dieses Tier zog mich magisch an, trotz seines schmutzigen Fells und des Gestanks nach Mist und Urin, das es umgab.

„Bonnie. Is' eine Sie", antwortete der Junge schleppend. „War der Liebling deines Vaters."

„Sein Liebling? Ja?" Jetzt klang ich genauso zornig wie Mama. „Das war ich angeblich auch mal gewesen. Macht ihm wohl großen Spaß, seine Lieblinge zu vergessen und im Stich zu lassen." Der Junge reagierte nicht auf meine Worte, blieb aber neben mir stehen, sodass ich einfach weiterredete – ich konnte gar nicht anders. „Mein Vater ist ausgewandert. In die USA. Er ist weg, für immer, verstehst du?"

„Ja", antwortete er schlicht. „Verstehe ich. Sind wir auch. Aus der Ukraine hierher."

„Das ist etwas anderes", widersprach ich brüsk. „Er hatte keine Not."

„Kann man von außen nie sagen, oder?" Der Junge zuckte mit den Achseln. „Bin übrigens Slawa."

31

„Miracle", entgegnete ich gedankenverloren.

„Miracle?", echote Slawa fragend. Die typische Reaktion, wenn jemand meinen Namen zum ersten Mal hörte, doch ich hatte keinen Sinn für langatmige Erklärungen.

„Nenn mich einfach Mira, das macht jeder so."

Meine Aufmerksamkeit galt Bonnie, die sich immer noch nicht regte. Ihr schweres, gequältes Atmen riss an meinem Herz. Ihre Augen sahen mich nach wie vor an, als würden sie mich kennen oder mein Kommen gar erwartet haben, und ich spürte, wie Slawa uns beide bobachtete, wie wir uns gegenseitig anschauten, als wollten wir uns miteinander vertraut machen.

„Was will sie denn?" Fragend drehte ich mich um, doch Slawa zuckte nur wieder mit den Schultern.

„Keine Ahnung. Is' irgendwie seltsam."

„Was ist seltsam?", hakte ich nach.

„Machen Pferde eigentlich nicht. Fremden Menschen direkt in die Augen sehen."

„Aber sie tut es ..."

Vorsichtig beugte ich mich so weit nach vorne, dass ich ihre leicht geblähten Nüstern berühren konnte. Sie fühlten sich warm und samtig unter meinen kalten Fingern an. „Hey, Bonnie. Wieso liegst du hier? Kannst du nicht aufstehen?"

Ihre Augen schienen mir etwas sagen zu wollen,

ohne dass ich es übersetzen konnte. Doch es war da, ich spürte es genau.

„Warum steht sie nicht auf? Was ist mit ihr?"

„Krank. Die Hufe." Slawa hockte sich neben mich und umfasste eine ihrer feuchten, schmutzigen Fesseln. Sie wirkten steif und geschwollen. „Schon seit Wochen. Kann nicht mehr laufen."

Plötzlich war alles zu viel für mich. Die Katastrophe mit Janis und Bille gestern Abend, unser geplatzter Osterurlaub, Papas Verschwinden – und nun hatte ich auch noch dieses einsame, kranke Pferd vor mir, das mich so unfassbar sanft und geduldig anblickte, ohne jeglichen Vorwurf in seinen Augen. Meine Tränen fanden keinen Halt mehr. Warm liefen sie über mein Gesicht und tropften auf ihre kranken Beine.

„Aber wieso liegt sie dann alleine in einem dunklen Schuppen?"

„Glaub, dein Vater hat sie versteckt. Die würden sie einschläfern lassen."

Die – damit meinte er wohl die Leute vom Amt, die vorhin hier gewesen waren.

„Aber hier stirbt sie doch auch, wenn sich niemand um sie kümmert!" Ich kannte mich mit Pferden nicht aus, doch eines wusste ich: Sie mussten fressen und trinken und das regelmäßig – und es tat keinem Wesen gut, tagelang im Dreck zu liegen. „Wie schlimm ist es?"

„Schlimm." Slawa hob seinen Blick und ich wich seinen Augen sofort aus. Sie waren mir zu intensiv, zu dunkel – zu direkt. Irgendwie erinnerten sie mich an die eines Tieres, doch ich kam nicht darauf, welches. Vor allem aber sprachen sie die Wahrheit. Mein Vater hatte ein todkrankes Pferd zurückgelassen, das in einem finsteren Schuppen in seinem eigenen Mist lag und still vor sich hin vegetierte. Von mir aus sollte er den Rest seines Lebens in den USA bleiben und nie mehr wiederkommen. Ich wollte nichts mehr mit ihm zu tun haben. Bisher hatte ich ihn für einen unorganisierten Chaoten gehalten, der das Herz am rechten Fleck hatte. Doch diese Tat war grausam. So etwas konnte nur ein gemeiner, unverantwortlicher Egoist tun, der über Leichen ging.

Ich spürte, dass Slawa mich erneut ansah, doch ich schaffte es noch immer nicht, seinen Augen zu begegnen. Stattdessen streifte meine Hand scheu Bonnies Vorderläufe. Sie fühlten sich heiß und fiebrig an. Obwohl schon der zarteste Kontakt ihre Schmerzen verstärken musste, ließ sie meine Berührung widerstandslos über sich ergehen.

Instinktiv rückte ich noch näher an sie heran, und als wisse sie, dass ich ihr helfen wollte, hob sie ihren Kopf und dehnte ihren Hals, um ihre Nüstern weich in meinen Schoß betten zu können. „Bonnie ...", flüsterte ich hilflos und beugte mich über sie, sodass meine Haare ihre Ohren streiften und ich ihren Kopf mit beiden Händen umfassen konnte. Ich hatte überhaupt keine Angst vor ihr. Wie von selbst glitten meine Finger tastend unter ihre Mähne, wo sich ihr Fell überraschend weich und seidig anfühlte, bevor sie wieder an ihre Schläfen wanderten und sich sanft hinter ihre Ohren legten. Mein Gesicht kam mir winzig vor, als ich es an ihre breite Stirn schmiegte, und ihr Herzschlag war so viel mächtiger als meiner. Zart streiften ihre Wimpern meine Wange, als sie ihre Augen schloss und einige Sekunden lang sogar aufhörte zu atmen, bevor ein tiefer Seufzer ihren Hals erschütterte und sie ihren Kopf schwer zurück ins Stroh fallen ließ.

Ich hingegen fühlte mich, als hätte ich einen Energiestoß versetzt bekommen. Meine Gedanken wurden klar und scharf und ich konnte wieder Luft holen, trotz meines schmerzenden Herzens und all der Tränen. Nun wusste ich, was ich zu tun hatte, und keine Macht der Welt würde mich davon abhalten können.

Entschlossen drehte ich mich zu Slawa um, dessen Augen aus dem Halbdunkel des Stalls aufblitzten, als würden sie ein plötzliches Licht reflektieren.

„Kennst du einen Tierarzt? Also einen anderen als die, die heute da waren?" Denn die Männer vom Veterinäramt brauchte ich gar nicht erst anzurufen. Sie wür-

den Bonnie sofort mitnehmen und einschläfern lassen
– oder gar zum Schlachter bringen?

„Klar. Nur – die packt das nicht."

Slawa saß in einer Ruhe und Ungerührtheit hinter
mir und Bonnie, als wäre sie lediglich eine Maschine,
die nicht mehr richtig funktionierte und aussortiert
werden musste.

„Warum hast du sie mir dann überhaupt gezeigt?"

„Irgendjemandem musste ich sie ja zeigen."

„Okay." Schniefend stand ich auf. Mit Slawa ein vernünftiges Gespräch zu führen würde ein frommer
Wunsch bleiben, aber vielleicht konnte er mir trotzdem helfen. Wir mussten dafür ja keine Freunde werden. „Bitte organisiere für mich die Telefonnummer
von einem guten Tierarzt. Und frisches Heu. Pferde
fressen doch Heu, oder?", vergewisserte ich mich fragend. Slawa nickte nur, während er sich ebenfalls erhob. „Gut. Hier ist nämlich kaum mehr was. Kannst du
eine Portion rüberbringen?"

„Kann ich. Aber ..."

„Kein Aber. Bitte, Slawa." Daran, dass mir meine beste Freundin in den Rücken gefallen und mein Vater
auf Nimmerwiedersehen abgehauen war, konnte ich
nichts ändern. Sie hatten mich, ohne mit der Wimper
zu zucken, im Stich gelassen. Doch ich würde nicht so
sein. Ich hatte in Bonnies Augen gesehen, dass sie leben

wollte, und als sie ihren Kopf in meinen Schoß gelegt hatte, hatte ich am ganzen Körper gespürt, dass sie mir vertraute. Warum auch immer! Ich würde sie nicht aufgeben. Nicht ohne einen Versuch, ihr Leben zu retten – und diese Entschiedenheit gab mir eine Kraft, wie ich sie noch nie zuvor erlebt hatte. Ich fühlte mich wie eine Kerze, die nach langen Jahren der Dunkelheit zum ersten Mal entflammt worden war. Und Bonnie war das Zündholz gewesen. „Wie nennt man das genau, was sie hat?"

„Rehe – Hufrehe", setzte Slawa stockend hinterher, als er meine Verwirrung sah.

„Okay." Hufrehe – der Begriff war mir schon begegnet. Ein Schauer lief über meinen Rücken. In den wenigen Pferdebüchern, die ich als Kind gelesen hatte, hatte diese Krankheit untrennbar zu den besonders tragischen Geschichten gehört. „Wie lange liegt sie hier schon?"

„Eine Woche oder so. Hab ihr Stroh, Heu und Wasser gebracht. Und Kräuter für ihre Hufe. Auftrag von deinem Vater."

„Na, wenigstens das", knurrte ich. „Kann sie denn gar nicht aufstehen?"

„Seit vorgestern nicht mehr. Sie sollte aber aufstehen, sonst quetscht sie sich die Organe ab ... und du quälst sie, wenn du sie ..."

„Interessiert mich nicht", unterbrach ich Slawa rüde, obwohl er endlich die Zehn-Worte-Grenze überschritten hatte. Dass Bonnie vielleicht sterben würde, wenn sie nicht aufstand, durchzuckte mich wie ein elektrischer Schlag. „Sie muss also aufstehen und das wird sie heute Abend. Hilfst du mir?" Meine Augen fühlten sich an, als würden sie Blitze durch den düsteren Schuppen schicken, und mein Magen glühte wie nach einer heißen, scharfen Suppe. Ich war zu allem bereit.

„Hey, Mira, du kommst aus der Stadt und hast wahrscheinlich noch nie ..."

„Ich hab dich gefragt, ob du mir hilfst, und nicht um deine Meinung gebeten. Ja oder nein?" Ich war selbst überrascht über meine Bestimmtheit und für einen kurzen Moment erinnerte mich mein eigenes Verhalten an Mama. Doch ein Zurück gab es nicht. Ich musste Bonnie helfen.

Slawa atmete pfeifend aus. „Ja."

„Prima. Dann sag ich jetzt meiner Mutter Bescheid und wir treffen uns nachher wieder hier. In Ordnung?"

Ich war schon am Tor, als Slawa noch einmal meinen Namen rief, und er tat es so ernst, dass mir trotz der Hitze in meinem Leib kalt wurde.

„Was?"

Jetzt traute ich mich, ihn direkt anzublicken, und er war es, der die Wimpern senkte. Ich wusste, was er mir sagen wollte. Dass es vergebens war. Dass Bonnie es nicht schaffen würde. Dass es ein Kampf sein würde, der von Beginn an verloren war. Dass ich mit diesem Tier eigentlich gar nichts zu tun hatte und meine Gefühle mit mir durchgingen.

Doch ich wollte nichts dergleichen hören. Heulen konnte ich später immer noch. Jetzt musste ich handeln.

„Nichts", murmelte er nach einer langen Pause. „Bis nachher."

„Ja, bis nachher."

Als ich dem Haus meines Vaters entgegenlief, leuchtete plötzlich Licht hinter den Fenstern auf. Es fühlte sich ebenso warm an wie das Pochen meines Herzens.

MITGEFANGEN, MITGEHANGEN

„Nein! Mira, das ist mein letztes Wort und es geht dabei nicht darum, was ich will, sondern was wir können – und wir können uns um dieses Pferd nicht kümmern!"

„Aber warum denn nicht?" Entkräftet vor Kälte, Hunger und Nässe ließ ich mich auf das abgesessene, dunkelviolett gemusterte Sofa fallen, und sofort stiegen links und rechts von mir zwei feine Staubwölkchen auf. Mama und ich diskutierten seit fast einer halben Stunde, und ich hörte immer nur eines: dass mein Vater ein Idiot sei, sie mich nicht wiedererkenne und so schnell wie möglich wieder von hier wegwolle. „Ich verstehe immer noch nicht, wieso wir uns nicht um sie kümmern können!"

„Weil wir uns mit Pferden gar nicht auskennen! Und weil wir morgen wieder fahren und ..."

„Ja, morgen. Erst morgen! Nicht heute!", fiel ich zittrig dazwischen. Mir war schlecht vor Hunger und jedes Wort verstärkte das flaue Gefühl in meinem Bauch.

Doch ich konnte nicht damit aufhören, um Bonnie zu kämpfen. Natürlich hatte Mama recht – ich kannte dieses Tier erst seit ein paar Minuten und hatte wie sie keine Ahnung von Pferden. Trotzdem konnte ich nicht mehr in die andere Richtung laufen. Ich hatte mich in dem Moment entschieden, als Bonnies und meine Stirnen sich berührt hatten. In diesem Augenblick war etwas geschehen, das mein Herz niemals vergessen konnte. Ich würde sie nicht im Stich lassen. Mit neuer Kraft holte ich Luft. „Wir brauchen uns mit Pferden nicht gut auszukennen, dafür gibt es schließlich den Tierarzt, und der kann morgen früh kommen und sie sich anschauen und ihr Medikamente geben." Noch hatte ich keine Telefonnummer, aber aufgeben würde ich deshalb nicht. Das waren unbedeutende Hindernisse.

„Die Kerle von heute kommen mir nicht ein zweites Mal auf den Hof."

„Nicht die ..." Erregt schüttelte ich den Kopf, wobei meine nassen Haare an meinem Kragen hängen blieben. „Es gibt einen anderen Tierarzt, der mit dem Amt nichts zu tun hat. Bitte, Mama, bitte! Wenn du sie dir nur ein einziges Mal anschauen würdest, würdest du selbst wollen, dass sie Hilfe bekommt!"

„Gott bewahre ..." Mama schüttelte sich, als habe sie ein Frostschauer gepackt, und ihre Mundwinkel verkrampften sich. „Ich werde sie mir nicht anschauen, damit wenigstens eine von uns einen kühlen Kopf bewahrt. Mira, du steigerst dich in etwas rein. Glaub mir. Das ist typisch für dein Alter und es wundert mich, dass ich so etwas erst jetzt erlebe, aber in ein paar Tagen siehst du das alles schon wieder entspannter!"

„Und wenn schon! Es bringt uns doch nicht um, einen Tierarzt anzurufen und ihm morgen die Tür aufzumachen. Slawa wird ihr gleich Heu bringen und zusammen mit mir ..."

„Slawa?" Skeptisch musterte Mama mich, als habe ich ihr verkündet, mich mit ihm verlobt zu haben. „Ist das der Russe in den Jogginghosen?"

„Armeehosen", verbesserte ich sie ungeduldig. „Und die kommen aus der Ukraine."

„Ist doch fast das Gleiche."

„Mama!" Prustend riss ich die Arme hoch. Was war bloß mit ihr los?

„Entschuldige, Mira, ich bin zu groggy, um mich politisch korrekt zu äußern. Das ist heute nicht mehr drin." Nun ließ sie sich ebenfalls auf das Sofa fallen – allerdings auf die Armstütze, wohl in der Hoffnung, sie sei nicht ganz so staubig wie der Rest. „Ich hab fünf Stunden Fahrt in den Knochen, etliche Diskussionen mit den Behörden, der Stromversorgung und Marius' wenigen Freunden hinter mir, in diesem Haus ist es eiskalt, wir haben keine funktionierende WLAN-Verbindung und bisher habe ich außer einem Dutzend selbst gemachten Chutneys ohne Datum nichts Essbares in der Vorratskammer gefunden. Eigentlich würden wir jetzt in unserem Hotel am Pool sitzen und das Buffet genießen. Als wäre das nicht genug, kommst du auch noch mit einem kranken Pferd daher, das wir retten sollen! Das geht nicht, Mira, versteh es endlich!"

Mein neuerliches „Bitte, Mama!" ging in einem grellen Schrillen unter, das uns beide wie von einer Schlange gebissen vom Sofa aufspringen ließ.

„Was war das?", wisperte Mama und blickte sich suchend um.

„Die Klingel vielleicht? Ich schau mal nach ..." Ohne ihre Antwort abzuwarten, sauste ich zur Eingangstür, denn jede Aktivität verschaffte mir Zeit, mir neue Argumente einfallen zu lassen. Mama war in der Stimmung, niemandem mehr aufzumachen; deshalb musste ich die Sache in die Hand nehmen. Obwohl ich in meinem verdreckten Outfit und meinen nassen Haaren keinen vertrauenerweckenden Anblick abgeben konnte, öffnete ich schwungvoll die Tür und setzte das breiteste Lächeln auf, zu dem ich mich überreden konnte.

„Oh, hallo." Verdutzt lugte ich über den riesigen Topf hinweg, den mir eine kleine, alte Frau mit geblümtem

Kopftuch und zu großem Anorak entgegenstreckte, als sei er ein Pokal, den ich soeben gewonnen hatte. „Essen. Heiß."

„Danke." Mit beiden Händen nahm ich den Topf entgegen. Er war so schwer, dass er mich fast in die Knie zwang. Schwankend suchte ich am Türrahmen Halt. „Hier. Nummer." Mit ihren verkrümmten, bräunlichen Fingern schob die Alte mir einen Zettel in meine Hosentasche, nickte knapp, drehte sich um und marschierte auf beeindruckenden O-Beinen über den weitläufigen Hof zum Nachbarhaus zurück. War ich eben Slawas Großmutter begegnet – oder vielleicht sogar seiner Urgroßmutter? Ihre drei bis fünf Röcke, die unter dem Anorak hervorquollen, bauschten sich bei jedem Schritt im Wind auf. Sie erinnerte mich an eine zerzauste, bunte Krähe.

Mit dem Fuß schloss ich die Tür. „Das Problem mit dem Essen ist geklärt!", rief ich betont freudig und schleppte den Topf ins Wohnzimmer, wo Mama sich vorsorglich zwischen zwei wuchtigen, schiefen Schränken verschanzt hatte. Schwer atmend stellte ich den Topf auf dem Couchtisch ab und lupfte den Deckel. „Es gibt ... hm." Ich konnte beim besten Willen nicht sagen, womit wir es hier zu tun hatten. „Irgendetwas mit Roten Beten und Gemüse und Speck."

„Brrrrrr", machte Mama angewidert und wedelte

den durchdringenden Suppengeruch von sich weg.
„Borschtsch. Das kann nur Borschtsch sein. Da liegt
wahrscheinlich ein halbes Schwein drin."

„Ist doch egal, Hauptsache, wir haben etwas zu essen."

„Darf ich dich daran erinnern, dass du Eintopf hasst?
Schon immer?"

„Und wir haben die Telefonnummer von einem Tierarzt", ignorierte ich Mamas Einwände und hoffte, dass
ich mit meiner Vermutung richtiglag. Eilig zog ich den
Zettel aus meiner Tasche, entfaltete ihn und überflog
die wenigen Zeilen. „Dr. Danicek. Heute noch anrufen!"
Darunter stand eine Handynummer; krakelig wie die
Schrift, aber lesbar. Slawa hatte sein Versprechen gehalten. Dankbar drückte ich den Zettel an meine Brust.

„Ich habe noch lange nicht Ja gesagt, Mira. Ich bin
nach wie vor der Meinung, dass du dich verrennst. Du
kennst dieses Pferd doch gar nicht."

„Ein Anruf und ein Arztbesuch. Morgen früh. Mehr
nicht! Jemand muss sie sich sowieso anschauen, und
wie du sagst, haben wir keine Ahnung von Pferden.
Wir sind verpflichtet, ihr zu helfen! Nur wir wissen
von ihr! Willst du dich etwa benehmen wie Papa und
so tun, als sei sie gar nicht da?"

„Du argumentierst ganz schön raffiniert. Boah, Mira
... zielsicher meine empfindlichste Stelle erwischt ... "

Mama schüttelte resigniert den Kopf, wagte sich aus ihrem Schrankversteck hervor und warf wie ich einen Blick in den Topf. Vorsichtig sog sie den Duft des Eintopfs ein, reagierte dieses Mal jedoch weniger abwehrend. Offenbar sah das halbe Schwein darin doch ganz appetitlich aus. „So ein Tierarzt kostet Geld, das weißt du, oder?"

„Ja, und ich bezahl ihn von meinem Urlaubsgeld und vom nächsten Taschengeld. Einverstanden?" Ich wagte es, Mama direkt anzusehen, und als hätte ich sie damit überzeugt, legte sie seufzend den Kopf in den Nacken und ließ ihre erhobenen Arme fallen. „Na gut, du Nervensäge, von mir aus! Ich rufe ihn an, und wenn er direkt morgen früh kommen kann, kriegst du deinen Willen. Aber anschließend fahren wir zurück nach Frankfurt. Zufrieden?"

„Zufrieden. Danke, Mama." Erleichtert atmete ich auf, ging zu ihr und umarmte sie. Sie fühlte sich durchweg verspannt an und musste ebenso frieren wie ich, denn sie zitterte am ganzen Körper. „Dann geh ich jetzt wieder rüber in den Stall und ..."

„Nichts da, Fräulein. Du gehörst in die heiße Badewanne, und weil wir wieder Strom und warmes Wasser haben, kannst du das glücklicherweise tun. Heute gehst du nicht mehr nach draußen, sonst bist du morgen krank. Du musst dich aufwärmen." Ehe ich mich sträuben konnte, hatte Mama mich aus meiner feuchten Jacke gezogen und eine nach Schaf riechende Decke um meine Schultern gelegt. Sie war vermutlich genau so alt sein wie das Sofa.

„Gleich. Ich muss zu Bonnie, Slawa wartet dort auf mich …"

„Slawa", wiederholte Mama unterkühlt. „Der Glatzkopf in den Jogginghosen lockt spätabends ein fünfzehnjähriges Mädchen in einen dunklen Schuppen? Geht's noch?"

„Nicht der. Sein Sohn! Slawa ist sein Sohn. Und es sind Armeehosen …"

„Nein, Mira. Weder Sohn noch Vater. Kommt nicht in die Tüte. Ich erlaube dir, diesem Slawa einen Korb zu geben, mehr nicht. Du kriegst fünf Minuten und dann bist du wieder hier."

„Mama, wir haben kein Date." Errötend wich ich von ihr zurück. „Er soll mir nur helfen, Bonnie zum Stehen zu bringen. Sie kann das alleine nicht und liegt auf ihren Organen – und das ist nicht gut."

Für einen kurzen Moment wurde Mamas Gesicht so weich, dass sie schlagartig fünf Jahre jünger aussah, und ihre Unterlippe zuckte verräterisch. Bonnies Schicksal rührte auch sie. Doch beim nächsten Atemzug hatte sie sich wieder im Griff.

„Das muss er alleine hinkriegen. Außerdem isst du

zuerst einen Teller Suppe. Das ist keine Bitte, sondern ein Befehl."

Widerstrebend fügte ich mich. Es dauerte eine Weile, bis Mama die Teller aus dem uralten Schrank so penibel gereinigt hatte, dass sie es wagte, uns daraus essen zu lassen. Den Küchentisch hatte sie inzwischen frei geräumt, doch das Halfter war noch da; es hing an der Tür. Ich würde es gleich mitnehmen, wenn ich zu Bonnie ging. Es musste ihr gehören.

Die Suppe war kochend heiß und deftig gewürzt, sodass Mamas und meine Nasen zu laufen begannen und uns winzige Schweißtropfen auf die Stirn traten. Doch nachdem wir uns satt gegessen hatten, war meine Jacke einigermaßen trocken und ich fühlte mich gestärkt genug, um ein letztes Mal nach draußen in die feuchte Kälte zu gehen.

„Fünf Minuten. Mehr nicht", erinnerte mich Mama warnend, bevor sie aufstand, um das Geschirr in das altmodische Spülbecken zu tragen. Die Suppe gluckste in meinem Bauch, als ich über den Hof zum Schuppen rannte, denn mich trieb die Angst, dass Slawa sich schon wieder aus dem Staub gemacht hatte. Doch ich erwischte ihn gerade noch rechtzeitig; er hatte in dem Moment gehen wollen, als ich wie ein Wirbelwind um die Ecke stob. Um ein Haar wären wir gegeneinandergeprallt. Vor lauter Schreck entfuhr mir ein Bäuerchen, das deutlich nach Kohl und Speck roch. „Oje, Entschuldigung." Verlegen presste ich die Hand gegen meinen Mund.

„Was raus muss, muss raus", erwiderte Slawa unbeeindruckt. „Wo warst du so lange?"

„Hab mit meiner Mutter diskutiert. Sie ruft gleich den Tierarzt an. Aber ich darf nicht mehr draußen bleiben, ich muss sofort wieder zu ihr …"

„Wie alt bist du, hm? Elf?" Slawa verzog seinen Mund zu einem spöttischen Grinsen und mir schoss die Hitze ins Gesicht – ein untrüglicher Vorbote für zwei knallrote Flecken auf meinen Wangen.

„Fünfzehn", trompetete ich vorwurfsvoll und musste mir ein weiteres Bäuerchen verkneifen. „Aber es war ein langer Tag und sie macht sich halt Sorgen."

„Ist gut, reg dich ab. – Bonnie hat kurz aufstehen können." Slawa wies mit dem Daumen nach drinnen. „Ein paar Minuten, dann ging es nicht mehr. Sie hat gesoffen, gefressen und geschissen."

„Oh Mann … Kann man das nicht anders formulieren?" Pikiert verzog ich den Mund, als hätte ich ein zu saures Bonbon gelutscht, doch meine Wangen glühten weiter vor sich hin.

„Wie denn?", gab Slawa mit stoischer Ruhe zurück.

„Geäppelt?", schlug ich zuckersüß vor. „Sagt man das nicht so bei Pferden?"

„Kommt aufs Gleiche raus, oder?" Erneut blitzte sein leicht abfälliges Grinsen auf und ich bekam Lust, ihm meine Faust in den Oberarm zu rammen. Am meisten aber ärgerte mich, dass er es schaffte, mich rot werden zu lassen. Wenigstens konnte er es in der Dunkelheit nicht sehen. „Mit etwas Glück lebt sie morgen noch."

Sofort verpuffte meine Aggression und ich fühlte mich nicht mehr kämpferisch, sondern hilflos.

„Ich müsste heute Nacht eigentlich bei ihr bleiben und Wache halten ..."

„Wieso? Entweder sie packt es bis morgen oder nicht." Slawa hob die Schultern und ließ sie wieder fallen. „So ist das mit den Tieren."

„Wie alt bist *du* denn? Fünfundachtzig und hast vor lauter Tatterigkeit vergessen, wo dein Herz ist?", konterte ich angriffslustig, um meine Machtlosigkeit zu überspielen. Ich konnte und wollte nicht hinnehmen, dass wir Bonnies Situation nicht verändern konnten, und Slawas Gefühllosigkeit verschlimmerte meine Ohnmacht nur.

„Sechzehndreiviertel", antwortete er knapp, drehte sich um und machte sich auf den Weg zu seinem Zuhause. „Nacht, Mira."

„Gute Nacht! Und danke für die Telefonnummer!", rief ich ihm anstandshalber hinterher, doch er hob nur kurz die Hand, ohne sich umzudrehen.

„Mira, wo bleibst du denn?", schallte es im nächsten Augenblick deutlich besorgt aus der anderen Ecke des Hofes. „Muss ich dich suchen kommen?"

„Bin gleich da, schrei doch nicht so!" Slawa hatte schon recht; Mama behandelte mich wie ein Grundschulkind, und obwohl ich mich über seine kühle und wortkarge Art ärgerte, war es mir peinlich, dass er mit anhören musste, wie sie nach mir brüllte, als hätte ich beim Spielen die Zeit vergessen.

„Gute Nacht, Bonnie", wisperte ich durch die Ritzen der Balken in den Schuppen hinein, ohne etwas von ihr sehen zu können. Doch wie vorhin spürte ich sie, selbst durch die geschlossene Tür hindurch. Warm, atmend, lebendig. Ja, noch lebte sie. „Sei stark. Gib dich nicht auf, okay? Morgen kommt ein Arzt und sieht nach dir, versprochen!" Ein leises, beruhigendes Schnauben drang durch die morsche Wand, als wollte sie mir versichern, dass es ihr gut ginge, und sofort traten wieder Tränen in meine Augen.

Morgen, dachte ich und faltete unwillkürlich meine Hände, als würde ich beten.

Morgen wird alles besser werden.

Du wirst schon sehen.

FUCHS, DU HAST DAS HUHN GESTOHLEN

„Mira, ich glaube, der kommt nicht mehr. Wir sollten fahren."

„Noch zehn Minuten, Mama, bitte!" Seit einer geschlagenen Stunde saß ich im Wohnzimmer am Fenster und starrte auf den Hof, in der festen Hoffnung, dass der Tierarzt jede Minute eintreffen werde. Doch das einzige Auto, das bisher die Auffahrt passiert hatte, war das des Postboten gewesen. Ich wollte nicht glauben, dass Dr. Danicek uns vergessen hatte. Wir hatten doch erst gestern Abend den Termin ausgemacht!

„Zehn Minuten – zum allerletzten Mal. Wenn er dann nicht hier ist, rufe ich das Veterinäramt an."

Bitte komm, bat ich in Gedanken, während ich meine Nase an die Scheibe presste. Bitte, bitte ... Bonnie lag seit Stunden auf der gleichen Seite und rührte sich nicht; sie brauchte endlich Hilfe. Ich hatte ihren Schuppen nach dem Aufstehen notdürftig ausgemistet, obwohl ich heute Nacht kaum geschlafen hatte und meine Augen nur zu Schlitzen öffnen konnte. Seitdem ich aus dem Bett gekrochen war, fühlte ich mich übermüdet und kränklich, doch das frühmorgendliche Zusammensein mit Bonnie hatte mich sämtliche Zipperlein vergessen lassen. Als ich durch die anbrechende Dämmerung zu ihrem Schuppen gelaufen war, fragte ich mich, ob ich mir unsere gestrige Vertrautheit nur eingebildet hatte. Alles, was am Vorabend geschehen war, kam mir plötzlich vor wie ein ferner Traum. Doch noch viel größer war meine Panik, ich könne sie tot vorfinden – ja, dass sie alleine und verlassen in der finsteren Kälte dieser Nacht hatte sterben müssen, ohne ein lebendiges Wesen an ihrer Seite, das ihr Trost spendete. Fast hatte ich mich davor gescheut, das Tor aufzuschieben und nach ihr zu sehen, und ich brauchte drei Versuche, bis ich es überhaupt bewegen konnte. Doch als das Tageslicht auf ihr verkrustetes Fell fiel, hob sie ihren Kopf, um mich wachsam anzusehen, und nur einen Atemzug später kniete ich bei ihr im muffigen Stroh, um wie gestern mit beiden Händen über ihre Schläfen zu streichen und ihren Kopf an meine Brust zu drücken, weil ich mich so sehr freute, dass sie lebte. Widerstandslos ließ sie meinen stummen Gefühlsausbruch über sich ergehen; ich glaubte sogar, etwas wie Freude in ihr wahrzunehmen – ein kurzes Aufwallen von Energie, die ihren gesamten Körper durchlief. Ich hatte mich nicht geirrt – da war etwas, das uns miteinander verband, als würden wir unsichtbare Fühler nacheinander ausstrecken, die aus unseren Herzen wuchsen und einander vorsichtig betasteten.

Nachdem ich mich lächelnd von ihr gelöst hatte, blickten ihre dunklen Augen mich direkt an, tief und innig, und während ich um sie herum mit der Mistgabel hantierte, verfolgte sie jede meiner Bewegungen und legte ihren Kopf erst wieder ab, als ich fertig war. Es war mir schwergefallen, sie erneut alleine zu lassen, doch mein Bauch krampfte vor Hunger, ich spürte vor Kälte meine Füße nicht mehr und meine Nase lief ununterbrochen. Wenn ich mich nicht aufwärmte, würde ich eine dicke Erkältung bekommen und mich nicht mehr um sie kümmern können. Widerstrebend schob ich die Tür des Schuppens zu und lief zurück zum Haus, wo Mama bereits Frühstück gemacht hatte.

Auch sie sah verquollen aus. Wir hatten zusammen in Papas Bett geschlafen, ohne uns vorher genauer in seinem Schlafzimmer umgesehen zu haben. Aus irgendeinem Grunde wollten wir beide in dieser Nacht nur eines: auf keinen Fall alleine bleiben. Also waren wir gemeinsam unter die schweren, kalten Daunendecken gekrochen, hatten einander den Rücken zugekehrt und so getan, als würden wir sofort einschlummern.

Das Haus gab schauerliche Geräusche von sich. Überall ächzte, knarrte und knurrte es, als würden die Balken sich unter einer unsichtbaren Last biegen und kleine Kobolde unter den Bodendielen Minischlachten veranstalten. Gegen Morgen fingen außerdem zwei Katzen an, sich unter dem Fenster lautstark zu bekriegen, bis ein gleichmäßiger, starker Regen einsetzte, der unaufhörlich auf das Dach trommelte und die Regenrinne zum Überlaufen brachte.

Durch dieses Rauschen hindurch hörte ich Mama weinen. Vielleicht dachte sie, ich schlafe endlich oder das Prasseln würde ihr unterdrücktes Schluchzen übertönen, und ich war ratlos, was ich tun sollte. Denn eigentlich wollte ich gar nicht wissen, warum sie so traurig war. Ich wollte keine neuen Schimpfeskapaden über meinen Vater hören; mir genügte, wie wütend ich selbst auf ihn war, und diese Wut tat weh. Wenn Mama weiteres Öl in dieses Feuer goss, würde ich ihn noch zu hassen beginnen. Also hatte ich nicht reagiert.

„Die zehn Minuten sind vorbei, Mira", riss Mama mich aus meinen Erinnerungen. „Und es waren bereits die fünften zehn Minuten, die ich dir gegönnt habe. Ich rufe jetzt das Amt an, wir können sie nicht länger dort liegen lassen ..."

„Kannst du nicht erst Dr. Danicek noch mal anrufen?" Ich wagte es nicht, meinen Blick vom Fenster abzuwenden, um Mama anzusehen, aber sie musste meine Verzweiflung spüren. Es fehlte nicht viel, und ich fing zu heulen an. „Wir haben doch seine Handynummer!"

„Ja, und darunter erreiche ich seit Stunden nur die Mailbox. Sorry, Mira ... Es muss sein!" Obwohl mir schon die ersten Tränen über die Wangen kullerten, nahm Mama ihr Handy vom Tisch und wählte, und ich konnte bis zu mir das Freizeichen tuten hören. Keine Mailbox. Beim Amt würde jemand abheben und dann hatte ich keine Chance mehr. In einem plötzlichen Impuls hob ich meinen Kopf und blickte ein letztes Mal zur Einfahrt hinüber – und sah im Nebel die Umrisse eines Autos näher kommen, das langsam über das Kopfsteinpflaster rumpelte.

„Leg auf!", rief ich aufgeregt und wischte mir hastig die Tränen vom Gesicht. „Er ist da! Der Tierarzt ist da, Mama! Schau doch!"

Mit einem Seufzen nahm Mama das Handy vom Ohr und wischte über das Display, um wie ich nach draußen zu sehen. Es konnte nur sein Auto sein, das gerade vor dem Haus zum Stehen kam, denn auf der rechten Tür prangte das Tierarztsymbol und seine Reifen sahen aus, als würden sie täglich durch Schlammpisten pflügen. „Das war in letzter Sekunde, Mira. Glück gehabt." Widerwillig streifte Mama sich ihren Mantel über. Ich hatte meine Jacke längst angezogen. „Um diese Uhrzeit wollte ich eigentlich mindestens die Hälfte der Strecke hinter mir haben." Ja, Mama hatte es furchtbar eilig, zurück nach Frankfurt zu kommen, aber sie hatte offiziell Urlaub, niemand rechnete mit ihr. Ich musste kein schlechtes Gewissen haben, ihren strengen Zeitplan durchkreuzt zu haben, auch wenn ich wusste, dass es ihr hier nicht gefiel.

„Komm!", forderte ich sie auf und zog sie am Ärmel auf den Hof hinaus, wo der Tierarzt noch in seinem Auto saß, das Handy am Ohr und einen Stapel Unterlagen auf dem Schoß. Es dauerte Minuten, in denen Mama demonstrativ fror und ich unruhig vor der Haustür auf und ab trat, bis er das Gespräch beendete, aus dem Auto stieg und gemächlich auf uns zulief. Eilig schien er es trotz seiner mehrstündigen Verspätung nicht zu haben.

„Drei Notfälle", vermeldete er knapp, ohne dass sich dies wie eine Entschuldigung anhörte – doch er klang dabei auch nicht unfreundlich.

„Gut, dass Sie da sind, Bonnie ist ebenfalls ein Notfall", entgegnete ich eifrig, bevor Mama ihn zur Schnecke machen konnte, denn ihr Gesichtsausdruck ließ nichts Gutes verheißen. „Sie liegt da drüben."

Obwohl ich mehr zu dem Schuppen rannte als lief, beschleunigte Dr. Danicek sein gemütliches Tempo nicht und Mama blieb sogar hinter ihm zurück, wo sie sonst doch so gerne im Stechschritt unterwegs war. Sie hatte sich Bonnie heute Morgen nur flüchtig angesehen, als wolle sie nicht wahrhaben, dass ein schwer krankes Pferd auf diesem Hof lebte. Doch ihr langsamer Trott gab mir genügend Zeit, mich an dem schweren Tor abzumühen und es zu öffnen.

„Hier ist sie", verkündete ich überflüssigerweise, als die beiden zu mir aufgeschlossen hatten. Bonnie war nicht zu übersehen – und ihr Elend ebenfalls nicht. Wie gestern lag sie schwer atmend auf der Seite, die Vorderläufe von sich gestreckt, und ihr Bauch wölbte sich ungesund nach oben.

„Hmhm", machte Dr. Danicek und ließ seine Augen fachkundig über ihren Körper wandern, bevor er sich vor sie niederkniete und ihre Fesseln befühlte. „Tja."

Nervös zog ich den Reißverschluss meiner Jacke rauf und runter, während Mama nach oben in die morschen Dachbalken sah, durch die in unregelmäßigen Abständen Regenwasser tropfte. Auch Bonnies Fell hatte nasse Stellen bekommen, allerdings ohne dass sich der Dreck darin dadurch gelöst hätte.

„Die Ziegen sind weg?", erkundigte sich Dr. Danicek, während er Bonnies Hufe anhob und darunter schaute. Er kannte diesen Hof also – und damit auch Papa? Oder hatten die Buschtrommeln längst verkündet, was hier geschehen war?

„Ja, die hat der Nachbar übernommen", antwortete
Mama pflichtbewusst und unterdrückte ein Gähnen.
„Um die Hühner kümmern Sie sich ja, oder?"
Mamas Miene wurde starr. Langsam drehte sie ihren
Kopf zu mir. „Oh Gott, die Hühner!", formte sie lautlos
mit dem Mund, bevor sie mit einer hölzernen Bewe-
gung ihre Haare zurückstrich und sich kräftig räusper-
te. „Ja, den Hühnern geht's gut."

„Ich hab gar keine gesehen, als ich am Gehege vorbeigefahren bin."

„Die sitzen auf ihren Eiern", log Mama tapfer weiter,
während die Farbe aus ihrem Gesicht wich. „Frühling
eben." Ihr entfuhr ein leicht hysterisches Lachen, während ich ihr mit meinen Augen zu bedeuten versuchte,
dass sie auf der Stelle nach ihnen schauen musste. Sofort!

„Ich kümmere mich dann mal ums Essen ... bin gleich
wieder da ..." Mama hatte es so eilig, dass sie mit dem
Schienbein gegen die Schubkarre stieß, und jaulte
schmerzerfüllt auf. Doch bevor der Doc sich zu ihr um-
drehen konnte, hörten wir schon das Hämmern ihrer
Absätze über den Hof schallen. Ich war mir sicher, dass
sie ihre Pumps aus purem Protest trug. Sie hatte ihre
Wanderklamotten, die wir für unseren Mallorca-Ur-
laub eingepackt hatten, nicht einmal ausgepackt.

„Und? Wie sieht es aus?", fragte ich piepsig, weil ich

Dr. Daniceks Schweigen nicht mehr ertrug. Mit knackenden Knien richtete er sich auf, seinen Blick auf Bonnie geheftet, die apathisch vor sich hin döste. Bedächtig schüttelte er den Kopf.

„Du kannst sie nur noch erlösen, Mädchen. Der Schub ist zu stark, da ist nichts mehr zu machen. Sie quält sich nur."

„Nichts zu machen? Wirklich gar nichts?" Damit hatte ich nicht gerechnet, obwohl Slawa sich gestern ähnlich geäußert hatte. Doch er war kein Tierarzt, schon gar nicht einer für Pferde.

„Ich kann ihr Schmerzmittel geben und etwas zur Entzündungshemmung, aber ihre Hufe befinden sich in einem dramatischen Zustand. Dein Vater wollte ja keinen Schmied mehr an sie heranlassen. Die Medikamente würden ihr Leiden nur aufhalten, aber nicht stoppen."

„Und wenn ich einen Hufschmied kommen lasse? Jetzt entscheide ich ja, was mit ihr passiert, und nicht mein Vater."

Dr. Danicek warf einen zweifelnden Blick auf Bonnies Beine. „Ich glaube nicht, dass der noch was retten kann. Dein Vater hätte sie längst behandeln lassen müssen – und sie steht ja gar nicht mehr auf. Wie soll sie dann einen Schmiedtermin verkraften?"

Bonnies Augen wanderten abwechselnd zu ihm und

zu mir. Wenn ich sprach, sah sie ihn an; wenn er sprach, sah sie mich an. Sie hörte uns zu ... Trotz ihrer erbärmlichen Verfassung wirkte sie auch heute nicht, als hätte sie sich aufgegeben.

„Aber irgendetwas müssen wir doch für sie tun können!"

„Ja. Sie erlösen. So ein Tier darf nie wieder Gras fressen, verstehst du? Nie wieder auf einer Weide stehen. Das ist kein Leben für ein Pferd. In diesem Schuppen kann sie sowieso nicht bleiben. Pferde brauchen Gesellschaft und Tageslicht."

„Wir könnten ein Fenster in die Wand schlagen!", schlug ich mit bebendem Timbre vor. Meine Panik drückte mir die Stimmbänder ab. Dass Bonnies Lage derart aussichtslos sein sollte, überforderte mich maßlos.

Doch Dr. Danicek schüttelte erneut den Kopf. „Das alleine reicht nicht. Wenn das Amt seinen Kontrollbesuch macht und die Beamten sie hier sehen, werden sie sie sowieso einschläfern lassen. Du kannst nur entscheiden, ob du dabei bist oder nicht. Glaub mir, Mädchen, das ist das Beste für sie."

„Aber heute nicht. Nicht heute!" Suchend sah ich mich um. Mama war immer noch nicht zurück. Diese Chance musste ich nutzen, denn ich hatte eine Idee, die Dr. Danicek vermutlich nicht befürworten würde –

61

deshalb musste ich sie für mich behalten und ihn gezielt in die Irre führen. Er selbst hatte mir den Hinweis gegeben, woran es die vergangenen Wochen gehapert hatte. „Ich möchte mich von ihr verabschieden können, in Ruhe. Bitte geben Sie ihr Schmerzmittel, damit es ihr für ein, zwei Tage besser geht. Übermorgen rufe ich Sie dann wieder an, in Ordnung? Das ist doch möglich, oder?"

Dr. Danicek sah mich zweifelnd an. „Ja, das ist möglich, aber du machst es dir dadurch nur schwerer und ...“

„Nein, mache ich nicht.“ Denn Bonnie würde nicht sterben. Nicht heute und nicht morgen. „Ich weiß, was ich tue.“ Das wiederum war eine dreiste Lüge. Ich wusste weder genau, was Rehe überhaupt war, noch, was die Schmerzmittel mit diesem Pferd anstellen würden. Doch es war die einzige Lösung, die wir hatten und mit der Bonnie und ich Zeit gewannen. Wie ich Mama überreden konnte, noch eine Nacht zu bleiben, wusste ich zwar nicht – aber auch dafür würde sich ein Weg finden. Im Notfall täuschte ich vor, krank zu sein.

„Na gut. Probieren wir es aus.“

Dr. Danicek lief zurück zu seinem Wagen und öffnete die Heckklappe, um ein paar Spritzen aufzuziehen. Unruhig spähte ich über den Hof. Mama war nirgendwo zu sehen. Was machte sie nur so lange bei den Hühnern? Doch größer als meine Sorge war meine Erleichterung darüber, dass sie seine Worte nicht gehört hatte, denn sie hätte ihm sofort zugestimmt. Ich selbst zweifelte ja ebenfalls an mir. Ich wollte Bonnie nicht unnötig quälen. Aber ich wollte sie auch nicht aufgeben. Nicht so vorschnell!

Sie zuckte nicht einmal, als Dr. Danicek ihr die Spritzen gab. Teilnahmslos blieb sie liegen; das Leben hatte sich alleine in ihre Augen zurückgezogen, die ihren Glanz nicht verloren hatten und uns wachsam beobachteten.

„Die Schmerzen müssten in den nächsten Stunden nachlassen. Ich habe ihr eine Depot-Spritze gegeben. Der Wirkstoff wird zeitversetzt in Etappen frei, sodass sie bis übermorgen etwas Ruhe hat. Aber wenn sie nicht aufsteht, dann ..."

„Sie wird aufstehen. Falls nicht, rufe ich Sie an, versprochen." So direkt, wie ich es in meiner Angst vermochte, blickte ich ihm in die Augen und ein kurzes Lächeln blitzte in seinem verwitterten Gesicht auf.

„Ist schon gut, Mädchen", brummte er und tätschelte meine Schulter, als wisse er genau, dass ich mich in weltfremden Hoffnungen und Fantasien verirrt hatte und mich früher oder später von diesem Tier trennen musste. Ja, wahrscheinlich musste ich das, und schon bald. Aber nur, nachdem ich alles Erdenkliche getan hatte, um ihr Schicksal zu wenden. Und das hatte ich noch nicht.

Dr. Danicek druckte die Rechnung direkt in seinem Wagen aus und gab sie mir mit der Bitte, sie in den nächsten Tagen zu überweisen. Ich stopfte sie in meine Tasche, ohne mir den Betrag anzusehen. Auch Mama bekam sie besser nicht zu schnell zu Gesicht – es waren zwei Seiten gewesen; mein Urlaubsgeld würde dafür kaum reichen. Ich würde es zunächst mit Plan A versuchen – wenn der nicht glückte, musste ich mir einen Plan B ausdenken.

„Mama! Wo bist du denn?" Keine Antwort. „Mama!", rief ich noch lauter, doch wieder verhallte mein Ruf ungehört. Also begann ich, sie zu suchen – und fand sie erst zehn Minuten später, denn die Wiese mit dem Hühnerstall lag abseits des Hofs am Rande eines kleinen Kiefernwäldchens. Eigentlich war es ein schöner Platz, beinahe idyllisch. Doch der Boden des Freigeheges sah aus, als hätte hier ein Ritualmord stattgefunden. Überall lagen Federn im Schlamm, braune, weiße und rote, und die Regenwasserpfützen waren dunkel vor Blut. Inmitten dieses Schlachtfeldes saß Mama auf einer verfallenen Bank und heulte. In ihren Armen hielt sie ein kleines, braunes Huhn, das auf ihrem Schoß lag, als würde es schlafen.

„Mama!" Ich musste ein Würgen unterdrücken, als

ich eine tiefrote Blutlache umrundete, um zu ihr zu gelangen. „Was ist denn hier passiert?"

„Ich weiß es nicht genau …", schluchzte sie und strich mit schmutzigen Fingern über das Gefieder des Hühnchens. „Aber irgendetwas war hier und hat sie … hat sie umgebracht …"

„Alle? Sie sind alle tot?"

„Nicht alle." Mama zog bibbernd die Nase hoch. „Ein paar haben überlebt. Sie sitzen drinnen auf ihren Stangen und geben keinen Mucks mehr von sich. Ich glaube, wir hätten sie über Nacht in den Stall sperren müssen. Oder? Macht man das so mit Hühnern, damit der Fuchs sie nicht holen kann?"

„Keine Ahnung." Unbeholfen legte ich meinen Arm um ihre Schultern.

„Oh Gott, Mira, ich habe ein Dutzend Hühner sterben lassen … weil ich sie vergessen habe! Ich bin nicht gemacht für dieses Leben hier, das schaffe ich nicht. Ich kann nicht mal ein paar doofe Hennen heil über die Nacht bringen!"

„Das hätte jedem passieren können, der sich nicht mit ihnen auskennt", beschwichtigte ich sie, obwohl es bestimmt etliche Menschen gab, die sorgsamer mit dem Geflügel umgegangen wären. „Wir bleiben nur noch eine Nacht und dann …"

„Nein, das tun wir nicht!" Mama legte das Huhn neben sich ab und wischte mit dem Mantelärmel die Tränen von ihrem Gesicht. „Wir fahren gegen Abend, ich muss nur noch jemanden finden, der das Pferd und die restlichen Hühner nimmt."

„Das geht nicht. Bonnie braucht einen Schmied. Das schaffen wir heute nicht mehr." Vor allem aber hatte ich noch keinen Schmied. Außerdem musste ich Bonnie Gesellschaft organisieren und eine Luke in den Schuppen hauen, damit sie nach draußen schauen und die Sonne auf ihr Fell scheinen konnte – falls sie sich denn jemals durch die Wolken kämpfte.

„Mira, so war das nicht ausgemacht! Wir hatten etwas anderes besprochen!"

Mama war noch zu geschockt, um laut zu werden, aber ihr Ton klang schneidend.

„Zu diesem Zeitpunkt wussten wir ja auch noch nicht, was mit ihr los ist und dass wir einen Schmied kommen lassen müssen!"

„Wir müssen gar nichts!"

„Aber Papa ist nun mal nicht hier!", erwiderte ich hitzig. „Wir sind jetzt hier und wir haben Zeit ..."

„... und keine Ahnung von Tieren und Landwirtschaft! Mensch, Mira, bei uns überleben nicht mal die Hühner! Wie sollen wir uns um ein krankes Pferd kümmern, hm? Wie stellst du dir das vor?"

„Was hast du dir denn vorgestellt?", wagte ich einen

Gegenangriff. „Dass der Arzt sie einschläfert, und dann fahren wir nach Hause, als ob nichts gewesen wäre, und vergessen das Ganze wieder? So, wie du die Hühner vergessen hast? Bonnie ist ein Lebewesen!"

„Schluss jetzt, Mira. Begreifst du nicht, wie naiv du bist? Du hast dich verrannt. Seit gestern bist du ja überhaupt nicht mehr du selbst!" Mama stand auf und wischte sich notdürftig Dreck und Federn von ihrem Mantel. Ihre Pumps konnte sie wegwerfen. Sie war mit ihnen bis zum Knöchel im Schlamm versunken. „Und wenn du mich schon direkt fragst: Ja, ich hatte mir das so vorgestellt, weil es realistisch und vernünftig ist. Bonnie muss eingeschläfert werden; dazu hat mir ein einziger Blick auf dieses Tier genügt!"

„Aber du hast keine Ahnung von Pferden. Sagst du selbst, oder? Wie kannst du dann wissen, ob sie eingeschläfert werden muss?" Mamas Augen wurden eng, doch sie ließ mich weitersprechen, während sich im Stall leises Gegacker erhob, als würde unsere Diskussion die traumatisierten Hühner zu neuem Leben erwecken. „Der Doc hat gesagt, dass sie einen Schmied braucht." Meine Wangen wurden heiß, weil ich erneut log. „Dafür müssen erst die Schmerzmittel wirken. Sollten wir ihr diese Chance nicht geben?"

„Und dann? Was ist danach? Damit ist sie ja nicht geheilt, oder?"

„Weiß ich nicht", entgegnete ich patzig. „Aber wir sind auf jeden Fall einen Schritt weiter als jetzt."

„Ja, einen Schritt weiter am Abgrund. Hast du dich mal genau umgesehen, Mira? Hier ist nichts. Wir sind am Arsch der Welt gelandet. Das Haus ist eine überalterte Bruchbude, die dringend kernsaniert werden müsste, und bisher habe ich kein Zimmer darin gefunden, in dem ich mich wohlfühle. Seit gestern regnet es ständig und wir haben nur Probleme am Hals. Was um Himmels willen hält dich hier?"

„Bonnie."

„Bonnie oder dieser Russenjunge?"

„Bonnie!", schrie ich Mama wütend an. „Und es sind Ukrainer! Kannst du dir das nicht endlich mal merken?"

„Vielleicht will ich es mir nicht merken. Denn ich will hier weg, Mira, auf Nimmerwiedersehen. Dieser Hof ist nicht unser Zuhause, sondern das Zuhause deines Vaters. Er war es zumindest. Gott, ich verstehe dich nicht! Bis gestern gab es weder ein Pferd noch einen Russenjungen in deinem Leben und alles war gut."

„Nein, nichts war gut!", platzte es aus mir heraus, und obwohl wir uns bereits in Brülllautstärke stritten, zuckte Mama erschrocken zurück; so sehr überraschte sie mein plötzlicher Ausbruch. „Es war nichts gut, überhaupt nichts!" Weil mir die Tränen die Kehle fluteten, drehte ich mich abrupt von ihr weg und stiefelte im Eiltempo durch das Blut, den Schlamm und die Federn zum Ausgang des Geheges.

„Dann erzähl mir in Gottes Namen, was passiert ist! Ich will es wissen! Ich muss es sogar wissen, ich bin deine Mutter!", rief Mama mir hinterher, doch ich fing an zu rennen, anstatt zu antworten. Was vorgestern war, spielte keine Rolle mehr. Ich wollte nicht dorthin zurück.

Ich wollte bleiben.

Denn hier, auf Papas Hof, war ein Pferd, das mich brauchte, hier konnte ich nicht abstürzen und enttäuscht werden. Hier war alles echt, hier zeigte sich das Leben ungeschminkt und offen von seiner dunkelsten, trostlosesten Seite. Und ich konnte etwas dagegen tun – anders als zu Hause.

Alles, was es an diesem Ort gab, konnte nur eines werden: besser.

GESELLSCHAFT MIT HÖRNERN

Braun, überall schmutziges, dunkles Braun, dachte ich missmutig, als ich mich auf den Weg zu unseren einzigen Nachbarn machte. Braun war auf diesem Fleck Erde die dominierende Farbe und sie hing mir zum Hals heraus. Selbst in Papas Haus waren die meisten Möbelstücke braun, ebenso wie die holzverkleideten Decken und die Fußböden. Es begann mich zu erdrücken. Draußen Schlamm und Äcker, drinnen Holz.

Inmitten dieses Braun-Dorados hatten Slawas Eltern sich ausgerechnet ein braun verklinkertes Haus errichtet, auf dessen Grundstück kein einziger Grashalm gedieh, weil das (hauptsächlich braune) Federvieh, das auf seinem Untergrund herumwatschelte, jedes frische Grün sofort verschlang.

Kein Wunder, dass man in diesem Übermaß an Erdfarben seine gute Laune verlor. Deshalb tat ich mich noch schwerer damit, die unsichtbare Grenze zum Nachbarbereich zu überschreiten, als es mir ohnehin gefallen wäre. Selbst bei Bille hatte ich nie an der Tür geklingelt, ohne mich vorher über das Handy anzumelden, obwohl ich wusste, dass ich jederzeit willkommen gewesen war. Ich fühlte mich einfach wohler, wenn ich erwartet wurde. Doch ich suchte die Tür vergeblich nach einer Klingel oder Glocke ab. Bisher hatte Slawas Vater stets vor seiner offenen Garage gestanden und an etwas herumgebastelt, wenn ich nach drüben geschaut hatte. Auch jetzt war das Tor nach oben geklappt und auf dem Werktisch lagen Bretter, Nägel und eine Säge. Doch ihn selbst konnte ich weder sehen noch hören.

„Hallo?", rief ich schüchtern und viel zu leise und klopfte dabei sacht mit der Faust an die Tür. Niemand reagierte. Lediglich eine kräftige, dunkelbraun gefärbte Ente watschelte mit erhobenem Kopf und wichtiger Miene an mir vorbei, um mit ihren drei Küken im Schlepptau einen Spaziergang zur nächsten Wiese zu machen. Durfte sie das oder war sie ausgebrochen?

„Hallo?", versuchte ich es ein wenig lauter, begleitet von einem zweiten zaghaften Klopfen. „Hier läuft eine Ente mit ihren Babys frei herum!" Immer noch keine Reaktion.

Es kam mir verkehrt vor, ohne Erlaubnis ein fremdes Haus zu umrunden, aber ich fand auf die Schnelle keine andere Lösung. Wieder begegneten mir Enten, riesige weiße und schwarze Hühner und ein paar verirrte Tauben, die allesamt in einem Gewirr aus Gehegen lebten, durch das ich niemals einen vernünftigen Weg finden würde. Probehalber bog ich einen der weichen Maschendrahtzäune herunter und hob meinen rechten Fuß an. Ja, den konnte ich überwinden ...

„Kann ich Ihnen irgendwie helfen?"

Mein Nacken kribbelte, als ich den Zaun losließ und mich ertappt umdrehte, und meine Wangen und Ohren liefen krebsrot an. Wenn sie auf diese unverkennbare Weise glühten und gleichzeitig pochten, wurde ich zu einer ernst zu nehmenden Konkurrenz für frisch gekochte Schalentiere.

„Ich ... äh ... hallo."

Ein Junge im Grundschulalter streckte den Kopf aus einem der Fenster und blickte mich fragend, aber nicht übermäßig irritiert an. Er hatte einen blonden, kurzen Wuschelschopf und sprach wie Slawa akzentfreies Hochdeutsch – Slawas kleiner Bruder? „Ich suche ... Slawa? Ist der da?" Bitte sag, dass er da ist. „Ich hab keine Klingel gefunden, sorry."

„Wir haben keine", erwiderte der Kleine schulterzuckend. Jetzt erst fiel mir auf, dass er noch seinen Schlafanzug trug und drinnen im Haus der Fernseher lief, irgendeine grellbunte Zeichentricksendung. „Slawa ist hinten bei den Enten."

„Apropos Enten", nahm ich dankbar den Faden auf und trat ein Stückchen näher. „Eben ist eine an mir vorbeigelaufen, mit ihren drei Kleinen."

„Ach die, ja. Die haut immer ab. Macht nix. Sie kommt wieder zurück."

„Okay. Dann ... such ich mal Slawa", verkündete ich und blieb unsicher stehen, weil ich nicht wusste, wo ich nach ihm suchen sollte und, viel entscheidender, wo ich suchen durfte. Bittend schaute ich den Kleinen an. Konnte er nicht rauskommen und mich zu Slawa führen?

„Dahinten", sagte er noch einmal. „Bei den Enten."

Schwupps, war er wieder abgetaucht, um sich Spongebob und seinen Freunden zu widmen, und ich sah ein, dass mir nichts anderes übrig bleiben würde, als ein fremdes Grundstück zu durchforsten, das zu 99 Prozent aus verwinkelten Gehegen bestand, die für Menschen nicht gemacht waren. Ich hatte mich gerade mit dem linken Fuß in einem Maschendraht verheddert und versuchte einbeinig, mich zu befreien, als zwischen zwei knorrigen Bäumen ein dunkler Schatten in Armeehosen und Regenjacke auftauchte.

„Hey ... Slawa ... warte mal!"

Doch ich hatte es zu eilig, zu ihm zu gelangen. Meine Ferse war noch nicht vollständig frei und der Zaun stoppte meine plötzliche Bewegung so heftig, dass ich nach hinten geschleudert wurde und mit dem Po mitten in den Matsch fiel. Empört gackernd wichen zwei weiße Hühner vor mir zurück, blieben aber sofort wieder stehen, um mich neugierig zu beäugen. Eines von ihnen war sogar so frech, nach meinem Hosenbein zu picken. „Scheiße", presste ich zwischen zusammengebissenen Zähnen hervor. Seit unserer ersten Begegnung gestern sah Slawa mich abwechselnd in den Dreck fallen, nach meiner Mama schreien und heulen.

„Bin gleich da!", rief er mir zu, ohne dass Sorge oder Bedauern in seinen Worten schwang. Wahrscheinlich fand er es allenfalls lästig, dass ich ihm schon wieder auf die Pelle rückte. „Muss was wegwerfen."

Stöhnend blickte ich ihm hinterher und vergaß im Nu meine missliche Lage, als ich zwei winzige, gelbe Köpfe und zwei noch winzigere Flügel entdeckte, die zwischen seinen Fingern hervorlugten und im Rhythmus seiner Schritte hin und her wippten. Was hielt er da nur in der Hand? Es sah aus wie ... Oh nein. Mit Schwung öffnete er den Deckel einer Mülltonne und warf die kleinen, leblosen Körperchen hinein, als seien sie ein paar faule Äpfel. Gleichmütig drehte er sich von der Tonne weg und kam mir entgegen.

„Was machste da unten?"

„Nichts. Was hast du eben weggeworfen?", torpedierte ich ihn mit einer Gegenfrage und versuchte erneut, meinen Knöchel aus dem Zaun zu ziehen. Dieses Mal gelang es mir. Mit einem feinen Sirren schnalzte der Maschendraht zurück und die Hühner stoben plärrend davon.

„Entenküken."

„Aber warum denn das?"

„Sind ertrunken. Zu schwach zum Schwimmen."

„Hättest du sie nicht retten können?" Fassungslos stemmte ich meine Arme in die Seiten und versuchte, einigermaßen gerade zu stehen. Obwohl ich weich gefallen war, tat mein Steiß scheußlich weh.

„Zu spät gesehen. Ist normal. Passiert jedes Jahr. Die kommen nicht alle durch. Also, was willst du?"

Für einen kurzen Augenblick war ich felsenfest davon überzeugt, dass ich gar nichts mehr von Slawa wollte und auch nie wieder etwas von ihm wollen würde. Er warf frisch ertrunkene Küken in die Mülltonne, ohne mit der Wimper zu zucken, und fand das „normal". Damit hatte er sich in meinen Augen als potenzieller Retter kranker Tiere ein für alle Mal disqualifiziert. Außerdem raspelte seine mundfaule Art zunehmend an meinen Nerven. Aber ich hatte niemand anderen auf diesem gottverlassenen Stückchen Erde und er hatte das, was ich brauchte. Also musste ich wohl oder übel einen Pakt mit dem Teufel schließen.

„Können wir zwei von den Ziegen zurückhaben? –
Bitte", setzte ich artig hinterher, als Slawas Miene sich
verdunkelte.

„Wozu? Willste 'nen Streichelzoo eröffnen?"

„Ich will Bonnie ein wenig Gesellschaft organisieren", gab ich spitz zurück. „Ein anderes Pferd habe ich
nicht, aber Ziegen und Pferde verstehen sich, oder?"

„Kommt drauf an", meinte Slawa undurchsichtig und
stemmte seinerseits die Hände in die Hüften. „Wie
stellst du dir das vor?"

„Ich bringe sie rüber und dann sehen wir, wie Bonnie
mit ihr klarkommt."

„Du musst für sie sorgen. Die fressen und scheißen
auch."

„Mann, Slawa!" Ich erschauerte übertrieben, um ihm
zu zeigen, was ich von seiner Ausdrucksweise hielt.
„Bonnie darf nicht alleine sein. Das hat der Tierarzt gesagt. Also – ich würde gerne zwei von ihnen mitnehmen und zu ihr stellen, und dann will ich ein Fenster
in den Schuppen hauen, damit Bonnie Tageslicht bekommt."

Zu meinem wachsenden Ärger fing Slawa nun zu
grinsen an und gab sich keinerlei Mühe, zu verbergen,
was er von meinem Plan hielt. Ich war für ihn nichts
weiter als eine durchgedrehte, weltfremde Großstadt-
göre.

76

„Du schaffst es nich' mal, über einen Hühnerzaun zu steigen, ohne hinzufallen."

„He, ich hab in Volleyball eine Eins bekommen!", verteidigte ich mich ungeschickt und merkte zu spät, was für ein lächerliches Argument das war. „In Basketball auch", setzte ich trotzdem hinterher.

„Und weiter?" Slawa weitete seine Augen, bis das Weiße seine Pupillen komplett umspielte. „Was hat das mit den Ziegen zu tun?"

„Kann ich sie jetzt haben oder nicht?"

„Bitte. Nimm dir zwei. Wird eh nicht klappen."

„Es sind Ziegen, keine blutrünstigen Dinosaurier", fauchte ich und stapfte ihm grimmig hinterher, in der Hoffnung, dass er nicht wieder tote Entenküken aussortierte, sondern mich zu Bonnies neuen Freunden führte. Zum Glück kam er meinem Wunsch nach. Sein Vater hatte sie am Ende des Grundstücks auf einer weitläufigen, umzäunten Wiese untergebracht, die ihnen mehrere Klettermöglichkeiten auf umgestürzten Apfelbäumen und einen kleinen Stall bot.

„Hier." Mit der Linken entriegelte er das Törchen, stieß mich hindurch und schloss es hinter mir. Sofort stürzten die Ziegen mir entgegen und umringten mich, wobei sie laute, fordernde Rufe von sich gaben. Der Bock fing sogar an, seine Hörner gegen mein Bein zu pressen und dabei in meine Fußspitzen zu beißen.

Überhaupt befanden sich plötzlich beklemmend viele spitze Hörner um mich herum. Mit beiden Händen versuchte ich, die warmen, drahtigen Körper auf Abstand zu bringen, aber sobald ich eine Ziege weggeschoben hatte, hatte sich die nächste in die freie Lücke gedrängt.

„Was ist denn mit denen los?"

„Hunger", antwortete Slawa und grinste noch unverschämter. „Und, haste deine Lieblingsziegen gefunden?"

„Jetzt hilf mir endlich, anstatt dumme Sprüche zu reißen!", verschaffte ich mir durch das allgemeine Ziegengemecker Gehör, doch meine Stimme motivierte sie lediglich dazu, noch lauter zu rufen, während Slawa uns beobachtete, als seien wir Statisten in einem hochamüsanten Heimatfilm. „Ja, ich geb es zu, ich hab Ziegen bisher nur im Streichelzoo und im Fernsehen gesehen und die waren echt anders drauf! Aber wenn ich Bonnie keine Gesellschaft organisiere, holen sie sie weg und dann ... Slawa, bitte!"

Oh, wie ich es hasste, ihn anbetteln zu müssen. Er glaubte wohl, die Krönung der Schöpfung zu sein, weil seine Familie ein paar zu groß geratene Enten und Hühner und ein unerschöpfliches Reservoir an russischer Armeekleidung besaß. Oder ukrainischer. Das war mir spätestens jetzt auch wurscht.

„Ist ja gut, bin unterwegs." Immer noch grinsend kam

er zu mir auf die Wiese, doch statt sich nun auf ihn zu stürzen, wichen die Ziegen respektvoll vor ihm zurück – und damit auch vor mir. Sie schienen einen untrüglichen Instinkt dafür zu haben, wer ein Stadtkind war und wer sich mit ihnen auskannte. Nur der Bock blieb an meiner Seite und rückte mir immer dichter auf die Pelle. „Nimm die beiden." Er deutete auf eine braun-weiße, kleinere Ziege und eine schwarz-weiße, deren Bauch sichtlich aufgebläht war. „Emma und Erika. Mutter und Tochter, und die Mutter kann Ruhe gebrauchen. Ist trächtig. Dein Vater hätte den Bock längst kastrieren lassen müssen. Der wird gefährlich."

Das sah ich auch so. Während Slawa mir seinen Kurzvortrag zu Papas Unterlassungssünden gehalten hatte, hatte der Bock mich mit seinen Hörnern immer näher zum Elektrozaun gedrängt, der bereits drohend hinter mir klickte. Schon wieder geriet ich gefährlich ins Schwanken.

„Ey!", herrschte Slawa ihn an, als er kampfeslustig seinen Kopf senkte, und trat ihm in die Hinterbacke. „Weg da!" Mit einem kehligen Meckerlaut ließ der Bock von mir ab, behielt mich aber weiterhin aus seinen eckigen Pupillen im Visier. Slawa postierte sich wie ein Schutzwall zwischen uns. „Haste jetzt kapiert, dass das keine Kuscheltiere sind?" Ich ersparte mir eine Antwort, doch meine Krebstierfarbe hatte sich intensiviert – dieses Mal allerdings vor Wut. Fragend deutete Slawa auf meine Wangen.

„Kriegst du Fieber? Bist so rot im Gesicht."

„Nein, ich explodiere gleich!"

Leise lachend wandte er sich den Mutter-Tochter-Ziegen zu, hievte eine von ihnen hoch und hielt sie mir entgegen. „Musst sie tragen. Einzeln können wir sie nicht wegbringen, das gibt nur Geschrei und Panik. Gehören ja zusammen. So wie du und deine Mama, weißt du? Da schreit auch immer eine nach der anderen."

„Wenn wir hiermit fertig sind, bringe ich dich um", versprach ich ihm frostig und umklammerte mit aller Kraft das meckernde Bündel Fell, Knochen und Minihörnern, das er mir an die Brust drückte.

„Ist okay." Rasch schritt er mir voraus und ich betete, dass ich nicht wieder eine Zaunmasche übersah und auf die Nase fiel, denn dann hatte ich es mir endgültig mit ihm verspielt. Er nahm mich jetzt schon nicht ernst, aber wenn ich ein drittes Mal den Schlamm küsste, würde auch ich mich nicht mehr im Spiegel angucken können, und ich brauchte jeden erbärmlichen Rest von Selbstbewusstsein, den Bille und Janis mir gelassen hatten. Ohne dieses miserable Überbleibsel würde ich Slawa um nichts mehr bitten können. Und eine Bitte war noch offen.

Als wir Bonnies Schuppen näher rückten, brach ich unter meiner Last beinahe zusammen, denn die Ziege sträubte und wehrte sich nach Leibeskräften und schien dadurch zentnerschwer zu werden. Doch ich schwor mir, sie nicht loszulassen, bis wir dort waren – und wenn ich anschließend ohnmächtig ins Heu fiele. Mein Atem klang jetzt schon wie nach einem 1000-Meter-Lauf und mein Unterhemd klebte feucht an meinem Rücken, während die Mutterziege samt ihrem ungeborenen Zicklein für Slawa ein unbedeutendes Leichtgewicht zu sein schien. Auch wehrte sie sich in seinen Armen kaum; sie rief nur ab und zu nach ihrer Tochter und prompt schrie diese mir so laut ins Ohr, dass es nicht minder schrill zu piepsen begann. Nachdem wir sie endlich zu Bonnie auf den Boden setzen konnten und das Muttertier sie vorsichtig beschnupperte, roch ich selbst wie eine Ziege und war über und über mit kurzen weißen und braunen Haaren bedeckt. Ich benahm mich auch so, denn ich brachte es nicht fertig, mich bei Slawa zu bedanken oder ihm gar ein Lächeln zu schenken. Stumm blickten wir auf Bonnie hinab, die ihre beiden Besucher neugierig beäugte und schließlich ein tiefes, entspanntes Schnauben ausstieß, das sofort eine Gänsehaut in meinem Nacken auslöste. Es klang, als bedanke sie sich bei mir und freue sich über Emma und Erika, die keine Berührungsängste mit Bonnie hatten, sondern nach dem ersten Beschnuppern zufrieden über das Heu herfielen. Nach einem kurzen Moment des Beobachtens begann auch Bonnie, im Liegen zusammen mit ihnen zu fressen – ein friedliches Bild, das mich ein wenig beruhigte. Immerhin, die drei vertrugen sich. Ein winziger Etappensieg.

„Wollte der Arzt sie nich' einschläfern?", störte Slawa meine stumme Zufriedenheit und sofort fiel mir das Atmen wieder etwas schwerer.

„Doch", gab ich resigniert zu. Sosehr er mir auch auf den Geist ging: Anlügen konnte ich ihn nicht. „Aber ich will das nicht. Sie hat Schmerzmittel bekommen, damit sie morgen aufstehen kann, wenn der Schmied kommt."

„Welcher Schmied?"

„Das wollte ich dich fragen." Wieder weiteten sich Slawas Augen – dieses Mal nicht aus Skepsis, sondern echtem, aufrichtigem Unglauben. „Es gibt hier doch Hufschmiede, oder?"

„Das kannst du nicht bringen. Echt nicht. Sie kann doch kaum stehen ..."

„Ja, weil sie Schmerzen hat, aber wie ich schon sagte: Die lindern sich bis morgen und dann kann sie stehen."

„Weißt du, Mira ..." Slawa sah sich prüfend in dem Schuppen um. „Ein Fenster in die Wand hauen, das ist kein Ding. Das kann ich machen. Ich kann dir auch eine Adresse von einem Schmied besorgen und die Ziegen gehörten sowieso deinem Vater. Aber Tierarzt – das ist noch die softe Version, vor allem der Danicek. Schmied ist eine andere Nummer. Hufschmiede sind Handwerker. Die sehen nur den Huf und sonst nichts. Die geben dir keine medizinische Hilfe oder achten auf deine Gefühle und ..."

„Ja, mag sein, aber ich will das alles nicht hören, weil der Schmied meine einzige Hoffnung ist! Warum will sie mir jeder nehmen? Warum will jeder dieses Pferd tot sehen, wieso?"

Slawa atmete hörbar aus, während er ein paar Bretter in der Wand abklopfte und testweise an ihnen rüttelte. Sofort löste sich ein Nagel. „Ich sehe, was ich sehe. Das hat nichts mit Wollen zu tun. Ich sehe ein Pferd, das nur noch liegen kann und Schmerzen hat." Er machte eine Pause, als müsse er Anlauf nehmen, um weiterzureden. Es schien ihm wirklich schwerzufallen. „Pferde sind Fluchttiere, die müssen laufen können. Ein Pferd, das nicht laufen kann, hat kein Leben mehr und reiten kannst du sie eh nie wieder. Das wusste auch dein Dad schon. Sie ist unreitbar geworden, du kannst mit ihr nichts anfangen!"

„Ich will mit ihr gar nichts anfangen." Meine Stimme wurde dünn und wackelig. „Ich will ihr nur helfen, sonst nichts."

„Das geht in deinen Kopf nicht rein, oder?" Fragend musterte Slawa mich. „Dass wir nicht allen Tieren helfen können und es manchmal die größte Hilfe für ein Tier ist, es gehen zu lassen?"

„Doch, das verstehe ich! Ich versteh es viel besser, als du denkst. Aber bei ihr ist es anders!"

„Hattest du denn vorher schon mal ein Tier?" Mit geübtem Griff riss Slawa eine der Latten aus der Schuppenwand. Sofort bahnte sich das matte Tageslicht seinen Weg und fiel direkt auf Bonnies schmutzverklumptes Fell.

„Nein, hatte ich nicht."

„Wie kannst du das dann wissen? Dass es bei ihr anders ist?"

„Verdammt, ich weiß es einfach!" Zornig stampfte ich auf. „Es lohnt sich, für sie zu kämpfen, auch wenn ich diesen Kampf verliere! Ich will sie auch nicht reiten. Ich kann gar nicht reiten. Mitnehmen kann ich sie sowieso nicht, wir wohnen mitten in Frankfurt. Aber ... es ist wie ein inneres Wissen, dass ich es versuchen muss und es keinen anderen Weg gibt ... und dass jedes Aufgeben verkehrt wäre ... Oh Gott, wie soll ich dir das nur erklären?"

„Gar nicht." Verwundert sah ich auf. Slawas Stimme klang nicht mehr kühl und fremd, sondern weich, und er sprach so leise, dass ich ihn kaum verstehen konnte.

„Wollte nur sichergehen, dass du nicht rumspinnst."

„Keine Ahnung." Ich lachte trocken auf. „Vielleicht spinne ich rum. Ich hätte jedenfalls genug Gründe dafür. Aber die haben nichts mit Bonnie zu tun."

„Ist deine Sache, nicht meine." Slawa riss eine letzte Latte aus der Wand und zu meiner Verblüffung fiel nicht nur Licht, sondern strahlende, goldene Sonne auf Bonnies Bauch – so gleißend, dass ich den Staub darin tanzen sehen konnte. Doch sie erhellte auch Slawas Augen – und als er mich ansah, erkannte ich mit Erstaunen, dass sie nicht braun, sondern dunkelgrün waren. Rasch wandte ich mein Gesicht von seinem ab. Wie lauernd er mich immer ansah! Noch immer nicht fiel mir ein, an welches Tier er mich dabei erinnerte. Ich wusste nur eines – es war unbezähmbar.

„Wow. Es gibt also auch bei euch eine Sonne", murmelte ich mit leiser Ironie, um die plötzliche Spannung zwischen uns zu lösen.

„Logisch gibt es die." Slawa wandte seinen Blick von mir ab und musterte zufrieden sein Werk. „Wenn Bonnie aufsteht, kann sie den Kopf nach draußen strecken. Das ist besser als gar nichts. – Und du willst das mit dem Schmied wirklich durchziehen?"

„Ja, selbst wenn ich meine Mutter knebeln und fesseln muss, damit sie noch eine Nacht hierbleibt – ich will hören, was er sagt und ob er was machen kann. "

Slawa nickte nur, prüfte ein letztes Mal die Latten rund um das provisorische Fenster und machte sich ohne einen Gruß oder ein Lächeln auf den Weg zurück zu seinen Enten. Zum ersten Mal bedauerte ich es, dass er mich alleine ließ, obwohl ich ihn vor ein paar Minuten noch hätte erschießen können. Noch nie hatte er so viel mit mir geredet wie eben gerade – und ich stellte überrascht fest, dass ich seine tiefe, dunkle Stimme zu mögen begann.

Bang schaute ich auf Bonnie hinab, die zu fressen aufgehört hatte und mit hängender Unterlippe und halb geschlossenen Augen vor sich hin schlummerte. Wenn ihr Bauch sich nicht bewegt hätte, hätte ich sie für tot gehalten, so entspannt und ruhig lag sie da. Emma hatte sich dicht neben sie gekuschelt, um zu dösen, während Erika hinter Bonnie geräuschvoll im Heu wühlte. Jetzt gab es nicht nur einen Herzschlag in diesem Schuppen. Er hatte sich verdreifacht und mit meinem eigenen war sogar ein vierter da.

Mehr Leben, mehr Hoffnung.

„Bitte lass mich nicht im Stich", wisperte ich und setzte mich zu Bonnie ins feuchte Stroh, um meine Wange an ihren warmen Hals zu schmiegen.

Ich meinte alle. Slawa. Bonnie. Mama. Den Schmied.

Und vor allem mich selbst.

ÜBERRASCHUNGSEFFEKTE

„Ach, Mama ...", flüsterte ich betreten, nachdem sich meine Augen an die Dunkelheit im Schlafzimmer gewöhnt hatten. Es tat mir leid, zu sehen, wie sie mit blutleeren Lippen auf dem riesigen Daunenkissen lag und die Decke bis zum Hals hochgezogen hatte, weil sie wahrscheinlich auch im Schlaf noch fror – und doch war ihr Zusammenklappen Bonnies und meine Rettung gewesen. Ihr Kreislauf hatte nicht mehr mitgemacht. Das passierte zwei- oder dreimal im Jahr. Die Beine knickten ihr unter dem Bauch weg, ihre Verdauung spielte verrückt, ihr wurde so kalt, dass sie zu zittern begann, und spätestens dann wollte sie nur noch eines: sich hinlegen, die Augen schließen und sich stundenlang nicht mehr bewegen. In einer solchen Verfassung konnte sie nicht Auto fahren und nur deshalb waren wir noch hier; nur deshalb hatte ich nicht mit ihr streiten müssen, um meinen Willen zu bekommen – und auch hatte ich mich nicht krank stellen müssen.

Nun war sie krank.

Der Arzt hatte mal gesagt, dass Mamas Körper die Notbremse ziehe, wenn er die Nase voll habe, und das immer wieder tun werde, wenn sie sich nicht endlich regelmäßige Auszeiten gönne. Genauso kam es mir vor. Mamas Körper hatte sie lahmgelegt. Selbst das Sprechen fiel ihr dann schwer – keine Kraft mehr für ihre üblichen fahrigen Monologe.

Freuen konnte ich mich nicht darüber, aber ich hatte Zeit gewonnen, ganz ohne Lügen und langwierige Diskussionen – und Slawa hatte sein Versprechen gehalten. Gegen Abend hatte er ans Fenster geklopft, mir einen kleinen Laib frisch gebackenes Brot gereicht und dazu einen Zettel mit dem Schmiedtermin.

„Paps hat ihn angerufen. Er schiebt Bonnie morgen Mittag dazwischen, eine absolute Ausnahme. Sie muss schon auf dem Hof stehen, wenn er kommt. Sonst fährt er wieder. Das muss klappen!"

„Wird es", versicherte ich ihm, doch meine Stimme sprach das Gegenteil. Obwohl Bonnie ruhiger und leichter atmete, zweifelte auch ich daran, dass sie es schaffen würde, länger als ein paar Minuten zu stehen, und Zeitdruck konnten wir bei einem solchen Unternehmen erst recht nicht gebrauchen.

Nachdem Slawa wieder zu seiner Familie gegangen war, um sich neben seinem Vater vor die Garage zu setzen und gemeinsam mit ihm schweigend vor sich hin zu brüten, hatte ich noch einmal nach ihr geschaut. Zu meiner Freude lag sie nun auf der anderen Seite – das bedeutete, dass sie von alleine aufgestanden war und sich gedreht hatte. Auch der Wassereimer war leer und ich musste Heu nachfüllen. Zu wissen, dass sie nicht ununterbrochen gelegen hatte, hatte mir neuen Auftrieb gegeben und das flaue Gefühl in meinem Magen war einem gesunden Hunger gewichen.

Zurück im Haus schloss ich alle Türen, die sich zwischen der Küche und dem Schlafzimmer befanden, damit der Suppengeruch nicht zu Mama drang – das konnte sie gar nicht ertragen, wenn es ihr so schlecht ging –, und wärmte mir den Rest vom Borschtsch auf. Das Brot schmeckte zwar nach nichts, war aber herrlich weich und locker, sodass es mir schwerfiel, die Hälfte für das Frühstück übrig zu lassen. Mit etwas Glück würde Mama morgen früh wieder ein paar Bissen zu sich nehmen können.

In der altertümlichen Vorratskammer hatte ich außerdem Apfelsaftschorle gefunden, die noch haltbar war, ein Glas eingemachtes Obst (ausnahmsweise mit Datum), Sprühsahne und Schokoladenkekse. Damit würde ich über die Nacht kommen.

Denn ich musste mich endlich so ausführlich wie möglich erkundigen, was es mit der Hufrehe auf sich hatte. Ich wollte wissen, welche Möglichkeiten der Therapie es gab und was genau mit den Hufen passierte, wenn sie von Rehe befallen waren. Dazu musste ich jedoch erst Mama berauben, die trotz ihres Crashs noch genug Energie gefunden hatte, sich vor dem Einschlafen mit ihrem Tablet zu beschäftigen. Es klemmte unter ihrem Arm, als sei es ein lieb gewonnenes Kuscheltier, das ihr Trost verschaffte.

Mein eigenes Notebook hatte ich zu Hause gelassen, denn ich wollte Bille keine Möglichkeit geben, mich zu erreichen, und noch viel weniger wollte ich über Facebook erfahren, dass sie und Janis nun ein Paar waren. Diese Vorstellung war so abschreckend, dass sich mein Magen alleine beim Gedanken daran zusammenzog. Auch mit meinem Handy war ich nicht mehr online gegangen. Ich wusste nicht, was ich mir lieber wünschte – dass Bille mir geschrieben hatte, um sich auf den Knien bei mir zu entschuldigen, oder dass sie schwieg, weil sie der Meinung war, ihr Verhalten sei richtig gewesen, und ich einen Grund mehr hatte, nie wieder mit ihr zu sprechen. Deshalb wählte ich weiterhin meine bewährte Vogel-Strauß-Taktik – und Mamas Tablet musste daran glauben.

Mit nur zwei Fingern und in akrobatischer Bückhaltung zog ich es Millimeter für Millimeter unter ihrem Arm hervor, bis ich es beidhändig greifen und an mich

nehmen konnte. Mamas Wimpern – noch immer ge-
tuscht – zuckten, doch sie wachte nicht auf. Für einen
Sekundenbruchteil erinnerte ihre Lethargie mich an
Bonnie und dieser Gedanke war so verstörend, dass ich
keinen Atemzug länger in diesem Raum bleiben wollte. Ich konnte regelrecht riechen, wie miserabel es
Mama ging; ganz ähnlich, wie ich das Leid und die
Schmerzen von Bonnie spürte, sobald ich ihren Schuppen betrat.
    Doch Mama würde spätestens übermorgen wieder
munter sein. Sich länger als zwei Tage auszuruhen,
schaffte sie sowieso nicht. Umso schneller musste ich
mich an die Arbeit machen. Mit der Apfelschorle, dem
Tablet und den Schokokeksen verzog ich mich ins
Wohnzimmer. Ich traute mich nicht, den Kamin anzu-
feuern, da ich so etwas noch nie gemacht hatte, doch
die Heizung verbreitete gluckernd und tickend eine
ausreichende, wohlige Wärme. Noch immer fand ich
dieses Haus befremdlich und auch das war ein Grund,
weshalb Mama und ich es nicht gewagt hatten, weitere
Zimmertüren zu öffnen. Wir benahmen uns, als würden wir missgestaltete schlafende Monster wecken, die
uns attackieren würden, sobald sie uns sahen. Ich
fürchtete mich davor, Details von Papa zu erfahren, die
meine Wut auf ihn neu anfachen würden – und gleichzeitig brannte die Sehnsucht in mir, etwas zu finden,

was die ganze Geschichte um ihn, Bonnie und das Haus in ein riesiges Missverständnis verwandelte und ihn als unschuldiges Opfer darstellte, sodass ich ihm von ganzem Herzen verzeihen konnte.

Leise seufzend schaltete ich das Tablet an. Noch immer hatten wir kein WLAN, aber Mama hatte es mit ihrem iPhone gekoppelt und die Verbindung reichte, um sich ins Netz einzuloggen. Doch schon nach dem Lesen des Wikipedia-Eintrags begann ich zu ahnen, dass es bei einer kurzen Recherche nicht bleiben würde. Es gab nicht nur eine Form der Hufrehe, sondern etliche Varianten und Verläufe dieser tückischen Krankheit, und je mehr ich darüber las und je mehr Erfahrungsberichte ich studierte, deren Verfasser sich in Foren austauschten und ebenso ratlos und verzweifelt waren wie ich, desto weniger konnte ich die geballten Informationen sortieren.

War Bonnies Hufbein schon rotiert? Woran genau sah man das überhaupt? Hatte sie es vielleicht mit dem sogenannten Cushing-Syndrom zu tun, über das es mehr Rätselraten gab als Gewissheit? Oder war sie – das war meine größte Hoffnung – eines jener Pferde, die nur einmal im Leben Rehe bekamen, sich wie durch ein Wunder davon erholten und anschließend nie wieder Probleme damit hatten? Denn auch über diese Fälle wurde berichtet – zwar selten, doch ich las davon. Bei den meisten Pferden allerdings endete die Leidensgeschichte mit lebenslanger Haft im Stall ohne Weidegang oder aber mit dem Gang über die Regenbogenbrücke, wie die Besitzer ihren Tod zu umschreiben pflegten.

Dr. Danicek hatte es ja selbst gesagt – Bonnie durfte nie wieder frisches Gras fressen, nie wieder auf der Weide stehen, nie wieder geritten werden. Das kam mir absurd vor. Pferde fraßen nun mal Gras – und ausgerechnet das sollte sie sterbenskrank machen? Doch auf den Fachseiten war die Rede von zu viel Eiweiß, Giftstoffen und Zucker im Gras, gefährlichen Fructanen, Überdüngung und etlichen anderen Faktoren, die eine Rehe auslösen konnten – Fazit: Niemand wusste etwas Genaues und ich weniger denn je.

Wahrscheinlich war das der größte Schrecken dieser Krankheit. Dass man ihrer nicht Herr wurde. Sie kam in Schüben, und jeder Schub konnte das Ende bedeuten. Selbst Tiere, die seit Jahren keinen einzigen Grashalm mehr zwischen ihre Zähne bekamen, erlitten ohne jede Vorzeichen einen neuen Schub, der noch heftiger war als die vorigen, und mussten eingeschläfert werden.

Doch ehe ich weiterlesen konnte, schreckte mich ein plötzliches Klingeln aus meinen düsteren Gedanken und sorgte zugleich für neue Horrorvorstellungen – denn es war der Facebook-Messenger-Ton. Ich hatte ihn lange nicht mehr gehört, sah aber sofort Bille und Janis vor meinem geistigen Auge und stieß das Tablet so heftig von mir, dass es beinahe zu Boden fiel. Panisch starrte ich es an, bis meine Vernunft sich zu Wort meldete und mich darauf hinwies, dass es Mamas Tablet war und Mama sich ganz bestimmt nicht unter meinem Namen eingeloggt hatte – sondern unter ihrem. Ja, es musste ihr Profil sein, das geöffnet war.

Und jetzt? Wenn ich die Nachricht las, würde ein Häkchen dahinter erscheinen, das Mama zeigen würde, dass jemand anderes an ihrem Tablet gewesen war, und sie war ohnehin nicht gut auf mich zu sprechen. Andererseits – wie sollte ich weiter recherchieren, ohne die Botschaft zu sehen, denn das Nachrichtenfenster hatte sich von alleine geöffnet, unübersehbar am unteren Rand des Screens? Vor allem aber dachte der Mensch, der Mama anschrieb, sie sei online, und wunderte sich vielleicht, dass sie nicht antwortete. Trotzdem musste ich versuchen, das Fenster zu ignorieren und weiterzusurfen. Meine Recherche war noch nicht beendet; ich hoffte immer noch auf die eine, rettende Information, die alles wenden würde. Mit heißen Händen zog ich das Tablet zurück auf meinen Schoß, doch meine Augen scherten sich nicht um Anstand und Diskretion, sondern saugten sich neugierig an dem Nachrichtenfenster fest. Ein Kerl, den ich noch nie zuvor gesehen hatte, grinste mir entgegen und schrieb ...

„Wie bitte?" Erneut schoss ein Hitzeblitz durch meinen Körper, während meine Augen am Nachrichtenfenster klebten, als hätte sie ein Fluch daran gefesselt.

„Schön, dass du online bist. Süße, ich denke gerade gaaaanz intensiv an dich und unsere letzte Nacht ..."

„Igitt!", quiekte ich entsetzt, als ich begriff, was hier geschah, und drückte mit zitterndem Finger den Ausknopf. „Bah, das ist ja ekelhaft!" Das bösartige Monster hockte gar nicht hinter den Türen der verschlossenen Zimmer, sondern in Mamas Tablet – es war ein Typ namens Rafael, mit dem sie zusammen – nein, das wollte ich mir gar nicht erst ausdenken.

Mich überkam das dringende Bedürfnis, das Tablet in den Mülleimer zu werfen oder zu verbrennen – ja, verbrennen musste ich es!

Gleichzeitig versuchte mein Gehirn verzweifelt, das eben Gesehene zu verarbeiten. War das etwa wahr? Mama hatte einen Lover – es gab einen Mann in ihrem Leben? Sie sagte doch bei jeder passenden Gelegenheit, so etwas könne sie nicht gebrauchen. Nie wäre ich auf die Idee gekommen, dass sie sich einen Liebhaber gönnte. Denn das eben, das hatte nicht nach einer heimlichen Partnerschaft geklungen. Das hatte nach Sex geklungen, nur darum war es ihm gegangen! Wann hatte sie sich denn mit diesem Rafael getroffen – wenn ich bei Bille übernachtet hatte? Wollte sie deshalb so schnell nach Frankfurt zurück? Weil sie ihren Jahresurlaub dank unseres gescheiterten Mallorca-Trips dazu nutzen konnte, sich mit ihm ein paar schöne Stunden zu machen?

„Du wirst die Finger von ihr lassen!", knurrte ich das Tablet an, als sei es schuld an der ganzen Misere. Wenn mir ein Mann solche Zeilen schreiben würde, würde Mama mir sofort lebenslangen Hausarrest erteilen – nicht, um mich zu bestrafen, sondern vor ihm zu schützen.

Seitdem ich dreizehn geworden war, wurde sie es nicht leid, mir immer und immer wieder zu erzählen, welch tragische Stolperfallen es bei der hochkomplexen Beziehung zwischen Männern und Frauen gab – mit dem Ergebnis, dass ich in die blamabelste aller Fallen gestolpert war, die man sich nur vorstellen konnte.

Aber was machte sie währenddessen – gab sich irgendwelchen halbseidenen Bettgeschichten hin und das auch noch mit einem Rafael? Allein der Name kotzte mich an. Rafael – das klang wie der Held einer schlechten, schnulzigen Fernsehserie. Angewidert schob ich das Tablet auf den Wohnzimmertisch. Mein Kopf dröhnte, mein Herz schlug viel zu laut und der Nachgeschmack der Schokokekse klebte unangenehm

an meinem Gaumen. Heute Nacht würde ich nicht bei
Mama im Bett schlafen. Ich würde auf dem Sofa bleiben und das Tablet würde ich ihr auch nicht zurück
unter den Arm bugsieren. Sie sollte außerdem ruhig
wissen, was ich herausgefunden hatte, wenn sie es
morgen anschaltete und die gelesene Nachricht sah. Ja,
es durfte ihr peinlich sein, so peinlich, dass sie mir
nicht mehr in die Augen schauen konnte!

Sie hatte mir Regeln vorgebetet, an die sie sich selbst
nicht hielt, und wollte lieber ein Pferd sterben lassen,
als ein paar Tage von ihrem Lover getrennt zu sein.
Das konnte ich ihr nicht verzeihen.

HOSEN RUNTER

„Du hast übrigens eine neue Nachricht."

Mein unterkühlter Tonfall ließ Mama sofort aufschauen. Sie hatte gerade versucht, in winzigen Mäusebissen ein Stück Brot zu knabbern, und sich dazu zu mir ins Wohnzimmer gesetzt. Obwohl draußen noch kein Wölkchen am tiefblauen Himmel zu sehen war, war die Stimmung in Papas Haus nachtschwarz. Ich hatte kaum geschlafen, weil mir Mamas Affäre mit diesem Rafael nicht aus dem Kopf gegangen war. Je länger ich wach gelegen hatte, desto mächtiger hatte sich das Gefühl aufgebläht, betrogen und verraten worden zu sein. Jetzt war also auch sie eine von jenen Menschen in meinem Leben geworden, die mich für dumm verkaufen wollten. Die Liste wurde lang und länger. Bille, Janis, mein Vater, Mama ...

„Ja, echt, eine Nachricht?", fragte sie nach einer längeren Pause gleichgültig nach, doch ihre Augen flackerten unruhig. „Warst du an meinem Tablet, hm?"

„Ja, war ich. Ich habe wegen Bonnies Hufen recherchiert. Du hattest deine Facebook-Seite noch offen."

Meine Worte klangen so bedeutungsschwanger, dass
Mama sie nicht mehr ignorieren konnte, und erneut
sah ich ein nervöses Flimmern in ihrem Blick. Doch sie
tat so, als habe sie sich wieder in ihr Brot vertieft.

„Aha", mümmelte sie schließlich, weil ich sie unverwandt anstierte.

„Aha?", brach es aus mir heraus. „Das ist alles, was du
dazu sagst – aha?"

„Was soll ich denn sonst sagen?" Verkniffen sah
Mama zu mir hoch, denn ich war aufgestanden, doch
unsere Pupillen trafen sich nicht.

„Keine Ahnung – vielleicht, dass du einen Lover hast,
der dir nachts schmierige Nachrichten schreibt?"

„Oh, er hat ..." Verlegen räusperte sie sich und straffte
dann ihre Schultern. „Diese Nachricht war nicht für
dich bestimmt, Mira." Mama war noch nicht kräftig genug, um ihre Stimme zu erheben, doch zu Waffen
konnte sie ihre Worte dennoch schärfen. „Sie geht dich
nichts an."

„Ich hab sie aber bekommen und jetzt weiß ich, was
hier los ist! Du willst zurück nach Frankfurt, damit du
dich möglichst schnell von diesem Rafael flachlegen
lassen kannst und ..."

„Mira! Schluss damit!" Obwohl sie leichenblass war,

stand Mama auf und ging auf mich zu, ihre Hand wie zur Drohung erhoben. „So sprichst du nicht mit mir!"

„Oh doch, das tue ich!", schrie ich und trat zwei große Schritte vor ihr zurück. Ich wollte sie nicht so nah bei mir haben. „Wegen diesem blöden Kerl sind die Hühner vom Fuchs geholt worden. Das war doch so, oder? Du hast vergessen, sie in den Stall zu bringen, weil du mit ihm gechattet hast, und du würdest Bonnie lieber sterben lassen, als ihr beizustehen – nur weil du in deinen freien Tagen mit ihm zusammen sein willst! Außerdem spielen Männer doch nur mit uns. Oder nicht? Damit textest du mich doch ständig zu!"

„Mira, ich warne dich ... noch so eine Frechheit und ich ... ich ..." Fahrig warf Mama ihre Hände in die Luft. „Herrgott, verstehst du mich denn wirklich nicht oder machst du jetzt plötzlich einen auf rebellische Tochter? Es ist nichts Schlechtes dabei, wenn ich mich mit Rafael treffe, ich muss mich dafür nicht rechtfertigen und es widerspricht sich auch nicht damit, dass ich dich zu schützen versuche und dir die Wahrheit über Liebesdinge erzähle ..."

„Oh ja, und es hat mir ja auch sooo viel genützt!" Meine Hände krallten sich in die Lehne vom Sofa, weil ich mich irgendwo festhalten musste, und auch Mama schwankte gefährlich – allerdings nicht vor Zorn, sondern vor Schwäche. „Du hast mich so weltfremd werden lassen, dass ich gar nicht mehr kapiere, was um mich herum abgeht! Ich war die Matratze für meine beiden besten Freunde – ja, du hast richtig gehört, ich war ihre Matratze!"

„Was redest du da für wirres Zeug?" Mama schaute mich an, als sei ich über Nacht dem Wahnsinn verfallen und hätte mich dabei in einer Scheinwelt verfangen. „Ist das ein neues Modewort, das ich nicht kenne? Matratze? Und was haben deine Freunde damit zu tun?"

Entnervt stöhnte ich auf. Wahrscheinlich würde niemand verstehen, worauf ich anspielte, wenn ich es nicht genauer erklärte, weil es so dämlich und beschämend war, dass kein normaler Mensch auf eine solche Idee käme. Selbst die hellsichtigste Mutter nicht.

„Sie haben auf mir miteinander rumgeknutscht! Bille und Janis haben dabei auf mir gelegen, als wäre ich eine Matratze, irgendein Ding, das sie benutzen können, weil es für sie bequemer ist, und ..."

„Mira, sei still, da ..."

„Nein! Nein, jetzt bin ich nicht still, jetzt rede ich! Du wolltest es doch unbedingt hören!", zeterte ich weiter.

„Meine beste Freundin macht sich auf mir ausgerechnet an den Jungen heran, in den ich ..." Mama wedelte so heftig mit den Armen, dass ich verunsichert abbrach. Was hatte sie nur? Jetzt deutete sie sogar hinter mich und wischte dabei immer wieder mit dem Zeigefinger über ihre Lippen – die eindeutige Aufforderung, endlich die Klappe zu halten, aber keine strafende, sondern eine mütterliche, gut gemeinte. Oh nein, sie versuchte, mich zu warnen! Bitte nicht, dachte ich, als ich mich mit offenem Mund herumdrehte und Slawas Silhouette hinter dem gekippten Fenster erkannte. „Ich bin so bescheuert!", rief ich kieksend und stürzte an Mama vorbei nach draußen. „Das sollte doch niemals jemand erfahren – nein, bleib weg von mir! Lass mich alleine!" Diese Worte wiederum galten Slawa, der einen Eierkarton in der Hand hielt und vorsichtshalber ein paar Meter zurücktrat, als ich an ihm vorbei flüchtete. Mama und ich führten uns mal wieder wie zwei Verrückte auf und er hatte alles mit angehört ... Konnte auf diesem Hof denn nichts geheim bleiben?

In einem Tempo, das mir bei den Bundesjugendspielen die Ehrenurkunde garantiert hätte, rannte ich zu Bonnies Schuppen, denn sie war das einzige Wesen, das ich nun in meiner Nähe ertragen konnte. Doch kaum war ich am Tor, hörte ich, wie Slawas Schritte sich mir näherten. Das Quietschen seiner Gummistiefel verriet ihn. „Sorry, Bonnie", rief ich unterdrückt, weil sie mich sicherlich schon gewittert hatte, und schlug einen Haken in Richtung Hühnergehege.

Die übrig gebliebenen Hennen mussten sowieso auf die Wiese gelassen werden und bis dorthin würde Slawa mich hoffentlich nicht verfolgen – und begreifen, dass ich gerade wirklich kein Interesse daran hatte, ihn zu sehen. Ohne mich umzudrehen, stieß ich das Törchen auf, schlug es demonstrativ hinter mir zu und rannte schnurstracks zum Stall, wo ich die Hühner schon zetern hörte. Rasch öffnete ich ihre Luke. Dankbar gackernd stoben sie über meine Füße hinweg ins Freie, was so komisch aussah, dass ich unter normalen Umständen darüber gelacht hätte. Doch normale Umstände gab es in meinem Leben nicht mehr, und wenn ich ehrlich war, hatte es sie nie gegeben. Obwohl Mama sich unentwegt bemüht hatte, für alles zu sorgen, was ich brauchte, und mich vor sämtlichem Übel zu bewahren, hatte sich eine Stressphase an die nächste gereiht, bis wir beide zu einem Wesen zusammengeschmolzen waren, dessen Herz viel zu hastig schlug und das nie richtig Luft bekam. Mamas Anspannung hatte sich auf mich übertragen und war so stark geworden, dass ich blind und taub geworden war. Meine beiden besten Freunde hatten sich ineinander verknallt und ich hatte es nicht gesehen, obwohl wir täglich zusammen gewesen waren. Deshalb hatten sie es mir wahrscheinlich auf die Holzhammermethode beibringen müssen.

Das Knarzen des Törchens riss mich aus meinen trüben Gedanken. Slawa war mir doch gefolgt …

„Hallo, Mira."

„Hau ab!" Doch Slawa ließ sich nicht von meinem Fauchen beeindrucken. Mit ruhiger Hand schloss er das Törchen und schritt mir entgegen. „Ich muss dir was Wichtiges sagen. Der Schmied kommt schon um elf. Er hat eben angerufen."

„Oh nein … Auch das noch. Kacke." Aufwimmernd setzte ich mich auf die morsche Bank und ließ meine Stirn gegen meine aufgestellten Knie sinken. Schweigend nahm Slawa neben mir Platz. „Du hast es gehört, oder? Was ich meiner Mutter gerade erzählt habe?"

„Na ja. Du warst ziemlich laut."

„Also hast du es gehört?"

„Dass deine Freunde auf dir miteinander rumgemacht haben? Ja, das hab ich mitbekommen."

„Scheiße …" Mit beiden Händen fuhr ich durch meine herunterhängenden Haare, die sich in der feuchten, kalten Morgenluft zu kräuseln begonnen hatten. „Wenn du das sagst, klingt es noch viel schlimmer."

„Ich frag mich, wie so was geht. Das ist krass, echt."

„Ja, ist es." Weil ich schlecht Luft bekam, hob ich meinen Kopf wieder, starrte aber stur die Hühner an, die sich von ihrem Fuchsüberfall erholt hatten und fleißig nach Körnern und Würmern pickten.

„Wart ihr betrunken oder was?"

„Nein! Waren wir nicht. Und es geht dich auch überhaupt nichts an!"

„Ja, stimmt. Aber ich kenne jetzt die Hälfte der Geschichte. Dann kannst du mir auch alles erzählen, oder nicht? Aber hast recht, ist deine Sache."

Schweigend versuchte ich, meine verrücktspielenden Haare zu glätten, während Slawa abwartend neben mir sitzen blieb. Was war schlimmer – ihm alles zu erzählen oder seiner Fantasie den Rest zu überlassen?

„Wir waren nicht betrunken", sagte ich nach einer langen Pause etwas ruhiger. „Ich war noch nie betrunken. Weiß gar nicht, wie das ist. Wir haben nur einen Film geguckt und dann ..." Wieder verfiel ich in ein lastendes Schweigen. Ich konnte es nicht erzählen.

„Dann?", hakte er leise, aber mit der ihm typischen Gleichgültigkeit nach.

„... dann haben wir ein paar Mon Cheri gegessen und das Licht ausgemacht und eine Kissenschlacht gestartet und ... Lach nicht!"

Doch Slawa gab sich keine Mühe, das Zucken seiner Mundwinkel zu unterdrücken. „Mon Cheri und eine Kissenschlacht. Ehrlich? Das ist noch viel krasser. Ich dachte, das gibt's nur in Büchern."

„Was anderes ist noch nicht drin, ich leb in Frankfurt! Das ist ein gefährliches Pflaster. Sagt Mama jedenfalls.

Wir gehen ins Kino oder treffen uns abends bei Freunden, meistens bei mir, und ... soll ich weitererzählen oder machst du dich eh nur über mich lustig?"

„Mach ich nicht. Ich finde es witzig. Na ja, eher süß." Ich spürte, wie mein Nacken zu kribbeln anfing – ein erstes Alarmzeichen für mein nerviges Schalentier-Mimikri. Eigentlich hätte ich längst glühen müssen wie Mamas Lavalampe. „Aber ich mach mich nicht über dich lustig. Ehrenwort."

„Na gut", gab ich seufzend nach – nicht nur ihm, sondern vor allem mir selbst gegenüber. Wenn ich nicht endlich darüber redete, was geschehen war, würde ich noch daran ersticken, und vielleicht war Slawa sogar der Richtige dafür. Sobald wir zurück in Frankfurt waren, würden wir uns nicht mehr begegnen, und er kannte niemanden von meinen Freunden und Bekannten, bei denen er die Geschichte ausplaudern konnte. Doch obwohl ich sie unzählige Male in Gedanken durchgekaut und jede Einzelheit von allen Seiten beleuchtet hatte, um herauszufinden, wo mein Fehler gewesen war, erschien mir dieser Abend plötzlich ein ähnlicher Wirrwarr zu sein wie die Einrichtung in Papas Haus und die Gehege auf Slawas Grundstück. Stockend begann ich mich zu erinnern, die Augen geschlossen und mein Atem schwer. „Nachdem wir das Licht gelöscht und ein paar Kerzen angezündet haben,

haben wir Musik gehört und rumgealbert und uns gegenseitig durchgekitzelt ... ist so 'ne Masche von uns ... es ist jedenfalls eine gewesen. Glaub ich." Es war unsere Art gewesen, uns näherzukommen, und diese Kabbeleien waren eigentlich gar nicht so harmlos gewesen, wie ich es mir immer eingeredet hatte. Es waren handfeste Annäherungsversuche gewesen, bei denen ich gehofft hatte, Janis für mich zu gewinnen, während Bille offenbar genau das Gleiche getan hatte. Aber Janis hatte Bille gewollt, sie hatten einander gewollt und ich war immer dazwischen gewesen.

„Bisher haben wir uns immer irgendwann voneinander gelöst und wieder geredet. Aber dieses Mal ..." Übelkeit kroch in mir hoch, als ich zurückdachte. „Dieses Mal wurde es plötzlich so seltsam still. Als wären wir von einem Film in einen anderen gerutscht. Die Stimmung hatte sich vollkommen verändert. Niemand regte sich mehr. Bille lag mit dem Kopf auf meiner rechten Schulter und Janis ..." Ich musste eine Pause machen, um meine Stimme zu beruhigen. „Janis lag mit seinem Oberkörper auf meinem Oberkörper."

„Aber ihr wart angezogen, oder?", hakte Slawa sachlich nach.

„Natürlich waren wir angezogen, was denkst du denn?", rief ich aufgepeitscht. „Es war ein ganz normaler Abend! Jedenfalls bis zu diesem Moment!"

„Ich frag ja nur." Slawa hob beschwichtigend die Hände. „Red' weiter."

„Also, Janis' Oberkörper lag auf mir und Billes Kopf auf meiner Schulter, direkt neben meinem Ohr, und auf einmal wurde Janis schwerer. Er fühlte sich anders an als vorher, es hat mich fast erdrückt. Ich konnte sein Herz schlagen fühlen. Dazu die Dunkelheit ... und dann hörte ich dieses Geräusch ... Ich hab erst gar nicht kapiert, was es bedeutete, aber als ich es kapiert hab, war ich wie gelähmt. Ich wäre am liebsten aus meinem Körper herausgeflogen. Sie haben sich geküsst, auf mir, und sich gestreichelt. Das war es, was ich gehört habe. Kussgeräusche direkt neben meinem Ohr."

„Sind die beiden denn ein Paar?"

„Jetzt wahrscheinlich schon", antwortete ich bitter. „Bis zu diesem Abend waren sie es nicht. Wir waren nur Freunde. Eine Clique."

„Aber du warst in ihn verknallt. In diesen Janis", stellte Slawa nüchtern fest, und das Wörtchen „warst" hatte in dem Moment eine ungemein beruhigende Wirkung auf mich.

„Ja, war ich." In einen Jungen, der auf mir solche Sachen mit meiner Freundin machte, konnte ich gar nicht mehr verliebt sein. Aber auch das war merkwürdig. Dass ich nichts mehr für ihn empfand außer Wut und Zorn.

„Und das wusste Bille."

„Ja." Unwohl hob ich die Schultern. „Bille und ich hatten allerdings so eine komische Abmachung – dass wir keinen Freund haben werden, bis wir 16 sind. Das war wie eine Absicherung, dass nie ein Junge zwischen uns stehen wird, weißt du? Wir wollten außerdem warten. Aber sie wusste, dass ich Janis mochte und ihn hübsch finde, das hab ich ihr mal gesagt ... Vor unserem Pakt." Verdutzt hob ich den Kopf. Hatte sie ihn deshalb mit mir geschlossen? Damit keine von uns Janis bekam? Und wie mochte sich die ganze Geschichte in Slawas Ohren anhören? „Oh Mann, das ist alles so peinlich ..."

„Peinlich? Weißt du, was ich denke? Denen sollte es peinlich sein. Nicht dir!"

„Aber ich hab nichts gesagt! Das ging minutenlang und ich hab einfach nichts gesagt. Ich hätte mich doch wehren müssen!", sprach ich aus, was mir seit Tagen durch den Kopf ging und sich für mich dramatischer angefühlt hatte, als dass Bille unseren Pakt gebrochen hatte – einen Pakt, den ich niemals wirklich hatte haben wollen. Doch ihm Worte zu verleihen, löste mit einem Mal eine dicke Panzerschicht von mir, die tonnenschwer auf meinen Nacken gedrückt hatte. „Wieso hab ich nichts gesagt? Ich hätte sie anschreien müssen, oder? Aber dann ... dann wäre es endgültig wahr gewesen ... So hatte ich immer noch die Hoffnung, ich irre mich oder wache auf und alles ist nur ein böser Traum."

„Du bist dir also sicher, dass sie nicht auch mit dir knutschen wollten?"

„Was!?" Errötend wandte ich mich Slawa zu, senkte meine Lider aber wieder, als unsere Blicke sich trafen. Sofort ließ ich meine Augen weiterschweifen, doch in seinen hatte ich deutlich sehen können, dass er seine Frage tatsächlich ernst meinte. Dabei hatte ich darüber nicht eine Sekunde nachgedacht.

„Ja, absolut sicher! Ich war ein Gegenstand für sie geworden. Wie ich vorhin schon sagte – ich war ihre Matratze. Als Mensch existierte ich für sie in dem Augenblick gar nicht mehr. Sie hatten mich vergessen." Und das tat weh. So weh.

„Aber irgendwann haben sie doch aufgehört, oder?"

„Ja. Es kam mir vor wie eine Ewigkeit, doch nach einigen Minuten wälzte Janis sich von mir herunter und Bille nahm den Kopf von meiner Schulter. Ich hab so getan, als wäre ich eingeschlafen, und auch sie blieben ganz still liegen, rechts und links von mir, bis ich anfing zu weinen ... Dann sind sie aufgestanden und nach Hause gegangen. Ohne ein einziges Wort."

„Meine Fresse", brummte Slawa und schüttelte langsam den Kopf. „Scheißsituation. Und ich bleib dabei:

Die sollten sich schämen. Egal, ob du was gesagt hast oder nicht."

„Ich will die beiden trotzdem nie wiedersehen", flüsterte ich und zog schlotternd den Reißverschluss meiner Jacke zu. „Es kann nicht mehr werden wie früher."

„Deshalb willst du hier nicht weg, stimmt's?"

„Nein, wegen Bonnie. Und auch wegen Bille und Janis, ja. Doch hauptsächlich wegen Bonnie. Ach, was weiß ich denn ..." Prustend rieb ich meine kalten Arme. „Ich blick nicht mehr durch."

„Schon lustig mit dir und deiner Mutter. Ihr seid wie zwei aufgescheuchte Hühner, die nach den Eiern suchen, die sie gerade gelegt haben." Slawa grinste gutmütig. „Ich würd diese Bille abschreiben. Menschen, die so was machen, sind keine wahren Freunde."

„Ich bin mit ihr seid der fünften Klasse zusammen. Ich hab keine andere beste Freundin. Eigentlich war ja auch immer alles gut." Gut – und langweilig. Wir hatten nie über die Stränge geschlagen; unser Miteinander lief stets geordnet und organisiert ab, und unsere Eltern wachten aufmerksam im Hintergrund. Janis kam erst vor einem halben Jahr dazu, als wir anfangen durften, alleine ins Kino zu gehen oder mal in einem Bistro zu frühstücken. Aber kurz darauf hatten wir unseren blöden Pakt geschlossen, und wenn ich ehrlich war, hatte ich insgeheim immer davon geträumt, ihn eines

Tages umgehen zu können, mit Janis. Nun hatte Bille es getan.

Natürlich hatten wir unsere Geheimnisse und kleine Sünden gehabt. Aber nun fand selbst ich es kindisch, dass wir unsere Zu-dritt-Abende damit verbracht hatten, DVDs zu gucken, zusammen auf dem Boden herumzulungern und uns ab und zu durchzukitzeln. Wir waren fünfzehn. Irgendwann musste es passieren, dass einer von uns mehr wollte, und wir waren nicht ehrlich zueinander gewesen. Aber niemals hätte es auf diese Weise passieren dürfen."

„Vielleicht muss ich mich auch mal auf dich drauflegen." Slawa lehnte sich mit einer betont angeberischen Grimasse zurück. „Scheinst bequem zu sein."

„Du Arsch!" Ich wusste, dass er nur versuchte, mich aufzumuntern. Trotzdem lachte und schluchzte ich gleichzeitig auf.

„Kannst mich ja zur Strafe danach durchkitzeln."

„Idiot." Mit Schwung stieß ich meinen Ellenbogen in seine Flanke, doch er schmunzelte nur und ließ seine Fäuste in seinen Jackentaschen ruhen. „Wir müssen zu Bonnie, Mira. Der Schmied kommt in einer halben Stunde."

„Ich weiß nicht mal, wie ich ihn bezahlen soll! Mein Urlaubsgeld ging für den Tierarzt drauf und Mama gibt mir bestimmt nichts mehr. Sie hat so viel draufzahlen müssen für die Tierarztrechnung. Der wollte 150 Euro von uns haben!"

„Das kriegen wir schon hin." Wir ..., dachte ich aufhorchend. Slawa hatte „wir" gesagt. Also würde er mir beistehen? Seufzend zog er seine Rechte aus der Jacke und klopfte mir freundschaftlich auf mein Knie. „Ich mach mir mehr Sorgen, ob sie aufstehen und in den Hof laufen kann. Komm."

Als hätten wir nur über das Wetter geplaudert, erhob Slawa sich, stieg über ein paar Hühner und steuerte dem Zaun entgegen. Entweder war es ihm vollkommen egal, wie bekloppt Mama und ich uns benahmen und was ich für private Katastrophen erlebte, weil auch ich ihm egal war, oder – oder er fand mich nicht ganz so lachhaft, wie ich die ganze Zeit angenommen hatte.

Mir waren beide Varianten willkommen.

Doch hätte ich mir eine wünschen können, wäre es die zweite gewesen.

TASHUNKA-WITKO

„Bitte, Bonnie, steh auf! Du musst es versuchen!"
Wie zur Antwort atmete sie tief aus, während sie
mich wieder aus ihren dunklen, samtigen Augen ansah, als hütete ich ein Geheimnis in mir, das sie vor ihrem unendlichen Leid retten konnte. Mit beiden Händen strich ich über ihre Nüstern und drückte meine
Stirn gegen ihre. Gestern noch war ich mir sicher gewesen, dass die Schmerzmittel gewirkt hatten – so entspannt und ruhig, wie sie geschlafen hatte. Doch ausgerechnet jetzt, wo der Schmied auf dem Hof stand und
auf uns wartete, kam sie mir beunruhigend apathisch
vor. Ob sie die Medikamente nicht gut vertragen hatte?
Oder war sie etwa dabei, ihren Lebensmut zu verlie-
ren?

„Du musst aufstehen, wenn du überleben willst. Es
geht nicht anders. Zeig ihnen, dass du es schaffen
kannst. Ich geb dich nicht auf, also gib du dich auch
nicht auf, okay?"

Eine Träne rann über ihren Nasenrücken. Es sah aus, als sei sie ihren Augen entsprungen und nicht meinen. Meine Tränen, ihre Tränen – machte das noch einen Unterschied? Wieder atmete sie hörbar aus, dann zuckten ihre Vorderhufe, als habe sie einen kleinen Stromschlag bekommen. War das ein Zeichen? „Los!", hörte ich Slawa hinter mir rufen. „Beweg dich, Mädchen! Der Schmied wartet!" Ich unterdrückte ein Schluchzen, als er mit der Faust brachial gegen die Bretterwand des Schuppens schlug, doch Bonnie reagierte. Schnaufend hob sie ihren Kopf aus dem Mist, richtete ihren Hals auf und stemmte ihre zerschundenen Hufe in das Stroh. Noch einmal ließ Slawa seine Faust gegen die Stallwand donnern, so laut, dass Bonnies Augen sich ängstlich weiteten. Ich konnte es kaum aushalten – aber ich wusste zu genau, dass er tat, was ich nicht übers Herz brachte und Bonnie dringend brauchte, um auf ihre Beine zu kommen. Sie musste mithelfen, sie durfte nicht aufgeben und musste wach gerüttelt werden. All mein gutes Zureden und Streicheln hatte sie nicht aus ihrer Lethargie holen können. Auch die Ziegen, die sich in den hinteren Bereich des Schuppens zurückgezogen hatten und dort eingekuschelt im Heu lagen, beachtete sie nicht mehr.

Ein drittes Mal knallte Slawas Faust gegen die Stallwand – so fest, dass die Balken des Schuppens ächzten.

Zitternd – ob vor Schmerz oder vor Angst, wusste ich nicht – wuchtete Bonnie sich hoch und schwankte dabei so stark, dass Slawa sich mit seinem ganzen Körper gegen sie lehnen und ich sie an der Brust stabilisieren musste, damit sie nicht umfiel. Doch nach einigen Sekunden fand sie ihre mühsame Balance, die Vorderläufe weit nach vorn gestreckt, die Hinterläufe gespreizt – ein Bild des Jammers, mehr tot als lebendig. Das Zittern lief nun in Wellen durch ihre Muskeln, ihre Nüstern waren gebläht. Doch noch immer kannten ihre Augen keine Vorwürfe.

„Es tut mir leid", flüsterte ich und strich über das dichte, seidige Fell unter ihrer langen, dreckverklumpten Mähne – ihre einzige saubere Stelle. „Das war erst der Anfang. Jetzt musst du nach draußen laufen und bekommst ordentliche Hufe. Es dauert nicht lange, versprochen, und es wird auch nicht wehtun."

Auch sie log ich an, aber ich konnte nicht anders. Sie schlotterte vor Schwäche und jeder Schlag des Schmieds würde ihre Pein verschlimmern. Es konnte sogar sein, dass wir sie damit umbrachten, weil ihr Kreislauf kollabierte und ihre Organe versagten, das hatte ich letzte Nacht noch in einem Forum gelesen. Denn derart starke Schmerzmittel, wie sie von Dr. Danicek bekommen hatte, belasteten den sensiblen Stoffwechsel der Pferde enorm. Doch es war die einzige

Chance, die wir hatten, und obwohl der Rehebeschlag umstritten war, gab es etliche Pferde, die damit gut zurechtkamen.

„Mach schon, Mira. Führ sie raus", forderte Slawa mich mit rauer Stimme auf und schaute für einen Sekundenbruchteil direkt in meine Augen. Sofort erschauerte ich – denn plötzlich wusste ich, an welches Tier sie mich erinnerten. Wolf, dachte ich. Jetzt sehe ich es endlich. Du bist ein Wolf ... Doch das Wilde, Ungezähmte in seinem dunkelgrünen Blick, vor dem ich in den letzten Tagen mehrmals zurückgeschreckt war, half mir nun dabei, mich aufzurichten und Bonnie das Halfter überzuziehen. Er gab mir Kraft.

„In einer Stunde muss ich beim nächsten Termin sein!", brüllte der Schmied von draußen. Er klang gereizt und überanstrengt, doch Bonnie spitzte in plötzlicher Neugierde die Ohren und sog witternd Luft ein.

„Wird das noch was oder bin ich umsonst gekommen?"

„Ganz bestimmt nicht", knurrte ich, schloss das Halfter und drehte mich zu Slawa um. „Gibst du ihr ... kannst du ...?" Er nickte nur. Freiwillig würde Bonnie keinen einzigen Schritt gehen. Einer von uns musste sie antreiben – und ich würde es nicht tun können. Slawa hingegen schon. Entschlossen hob er seine Gerte und ließ sie auf ihr verkrustetes Hinterteil klatschen, während ich am Strick des Halfters zog. Doch Bonnie bewegte sich keinen Zentimeter von der Stelle. Es war, als ob ich an einem Felsen zerrte. „Noch fünf Minuten, dann packe ich meinen Kram wieder ein und verschwinde!", schallte die Stimme des Schmieds durch die geöffnete Stalltür. Sein Ton ließ keinen Zweifel daran, dass er es ernst meinte.

Slawas Miene wurde ernster. Erneut tippte er Bonnie mit der Gerte an. Ihre Hinterhand zitterte kurz, doch sie bewegte sich nicht. Stattdessen beugte sie ihren Kopf und berührte mit den Nüstern ihr linkes Knie, als wolle sie uns demonstrieren, dass sie Schmerzen habe.

„Mira ..." Seufzend senkte Slawa die Gerte und trat einen Schritt auf mich zu, wobei er seine Linke sanft über Bonnies Rücken gleiten ließ. „Ich bin echt niemand, der schnell aufgibt, aber das hier ..." Resignierend schüttelte er den Kopf. „Ich glaub, das hat keinen Sinn."

„Oh doch, das hat es!", widersprach ich zornig und nun war ich es, die gegen die Bretterwand schlug – zwar mit der flachen Hand, aber es genügte, um Slawa und Bonnie aufhorchen zu lassen. „Wir haben sie auf die Beine bekommen, also muss sie auch laufen können, wenigstens ein paar Schritte! Ich heiße Miracle, das hast du letztens schon richtig verstanden. Miracle bedeutet Wunder, und wenn dieser bescheuerte Name für irgendetwas gut ist, dann für diese Situation! Mag

sein, dass Bonnie dabei ist, sich aufzugeben, aber ich
bin es nicht! Ich glaube an ein Wunder!"

Schweigend und in seiner gewohnt unergründlichen
Art musterte Slawa erst Bonnie und dann mich, ohne
mir jedoch dabei ins Gesicht zu sehen. Draußen begann der Schmied lautstark, Werkzeug in seinen Wagen zu schmeißen, ein Geräusch, das meine Nerven
überstrapazierte.

„Okay, du Wunderkind", murmelte Slawa schließlich
und strich mechanisch über Bonnies Widerrist, während seine Augen sich auf die Gerte hefteten. „Dann
versuche ich es. Geh du raus und halte dir die Ohren
zu. Ich erledige das. Frag nicht, wie ...", setzte er nach,
als er mein entsetztes Gesicht sah. „Aber ich kann es
tun. Mir kann sie ihr Leben lang böse sein, ich bin nicht
ihr Mensch. Aber du ..." Er machte eine Pause und Bonnie ließ ein fast beruhigendes Schnauben hören. „Du
bist ihr Mensch und sie ist dein Tashunka-Witko."

„Tashunka-Witko?", echote ich mit dünner Stimme.
„Ist das ukrainisch?"

Slawa lachte gedämpft auf. „Nein. Lakota. Indianer,
weißt du? Ein Tashunka-Witko ist ein Geheimnispferd,
das nur einen einzigen Menschen hat, der es versteht
und in ihm das sieht, was es in Wahrheit ist. Und irgendwann können diese Menschen auch sich selbst in
ihrem Pferd erkennen."

Ungläubig blinzelte ich ihn an. Slawa, der jeden Abend in dreckigen Armeehosen und seinen ewigen Gummistiefeln neben seinem Vater vor der Garage saß, um trüb in den Himmel zu schauen, und frisch ertrunkene Entenbabys in den Mülleimer warf, ohne mit der Wimper zu zucken, kannte sich mit Lakota-Indianern, deren Pferden und ihren spirituellen Verbindungen aus? Damit hatte ich im Traum nicht gerechnet.

„Ich ... Ich wusste nicht ...", stotterte ich verlegen.

„Also, ich wusste nicht, dass du ... so was ... draufhast."

„Du fragst ja auch nicht", antwortete er ruhig. „Es sollte jedenfalls jemand tun, der nicht ihr Mensch ist. Also geh raus und warte dort auf mich."

„Verdammt ...", flüsterte ich, als ich begriff, dass wir keine andere Möglichkeit hatten. Er würde Bonnie wahrscheinlich schlagen und ihr Angst einjagen müssen, damit sie ihre Höhle verließ und einen Huf vor den anderen setzte – doch er hatte recht: Wenn ich dabei blieb, würde sie es mit meiner Person verbinden und vor allem würde ich es nicht dulden können. Vor der Stalltür heulte der Motor des Schmiedwagens auf.

„Okay, dann tu es ... Tu es!", bat ich Slawa tonlos, küsste Bonnie auf ihre Nüstern und stürzte nach draußen.

„Stopp!", schrie ich dem Schmied entgegen und wedelte mit den Armen. „Nicht wegfahren! Sie kommt, bitte nicht wegfahren!"

Entgeistert schaute er mir dabei zu, wie ich mich in einiger Entfernung an einen Baum lehnte, die Finger in meine Ohren stopfte und mich nicht entscheiden konnte, ob ich die Augen öffnen oder schließen sollte – doch nachdem ich die Lider einmal zusammengepresst hatte, waren sie wie verklebt. Ich wollte weder sehen noch hören noch ahnen, was gerade im Stall geschah. „Shine bright like a diamond", sang ich laut vor mich hin, weil ich den Fingern in meinen Ohren nicht traute und mir dieser Song ständig durch den Kopf ging, seitdem ich Bonnie das erste Mal gesehen hatte. Der Schmied musste glauben, dass ich meinen Verstand verloren hatte, doch das war mir egal. Oder war er sogar wieder weggefahren, weil er der Meinung war, es mit zwei Verrückten zu tun zu haben? Hatte Slawa es geschafft, Bonnie zu bewegen, aber wir hatten niemanden mehr, der ihre Hufe bearbeitete? Was sollten wir dann nur tun?

Jemand packte meine rechte Hand und zog sie unsanft von meinem Ohr.

„He ... Mira. Hör auf zu spinnen."

„Shine bright like a diamond ...", sang ich schief und krumm weiter, doch Slawa zog mir auch den anderen Finger aus dem Ohr, packte mich an den Schultern und drehte mich um. „Shine bright like a diamond ..."

„Augen auf."

Sein Befehl war unmissverständlich – und ich reagierte. Lichtfunken tanzten vor meinem Blickfeld, als ich zu verstehen begann, was ich sah. Bonnie stand angebunden neben dem Auto des Schmieds, zwar in der gleichen unglücklichen Haltung wie eben, doch sie stand, und es lief kein Blut von ihren Flanken, auch sah ich keine Striemen auf ihrem Rücken.

„Wie hast du ... Wie hast du das geschafft?", stammelte ich und suchte in meinen Hosentaschen nach einem Tempo, doch Slawa bot mir wortlos seinen Jackenärmel an und in meiner Verwirrung rieb ich meine tropfende Nase daran ab.

„Ich kann ziemlich laut sein", erwiderte er mit einem leichten Grinsen. „Pferde mögen das nicht so. Vor allem nicht auf Ukrainisch."

„Nein, anscheinend nicht ..." Fassungslos lächelte ich zu Bonnie hinüber, die ihren Kopf zu uns wendete und Slawa ansah, als sei er nicht ganz klar im Oberstübchen. „Und jetzt?"

„Jetzt gehst du zu ihr rüber und stehst ihr bei. Mehr kannst du nicht machen, oder?"

Ich fröstelte, als ich sah, wie der Schmied Bonnie mit gekonntem Griff dazu animierte, den linken Vorderhuf anzuheben, und ihr gesamter Körper aus dem Gleichgewicht zu geraten drohte. Genervt atmete er aus und winkte mich zu sich.

„Ich kann es versuchen. Rehebeschlag, mit Polsterung. Vorher muss ich die Hufe mit der Feile bearbeiten. Da muss jemand mit der Flex dran gewesen sein, eine Katastrophe." Errötend blickte ich zu Boden – dieser Jemand konnte nur mein eigener Vater gewesen sein. „Aber wenn du mich fragst, taugt dieses Tier nur noch zum Schlachter. Die wird nicht mehr."

„Das sehe ich anders", entgegnete ich reserviert. Stöhnend ließ er ihren Huf sinken und richtete sich wieder auf. „Ich weiß, wie ihr Mädchen seid, wenn es um Pferde geht. Da ist alles rosarot und geht immer gut aus. Aber ich hab schon viele Rehepferde vor mir gehabt und sehe, welche es schafften und welche nicht. Es kann sein, dass der Beschlag alles schlimmer macht. Das ist dir klar, oder?"

Ich zuckte mit den Schultern, denn reden konnte ich nicht mehr, und er erwiderte meine abweisende Geste mit mürrischem Blick.

„Na gut", willigte er ein. „Probieren wir es. Den Schlachter kann man immer noch bestellen ..."

„Eine Bitte." Meine Stimme klang hohl, doch wenigstens konnte ich wieder sprechen. „Kein Wort mehr vom Schlachter oder irgendetwas anderem, was mit Tod zu tun hat. Denn sie hört das." Mit dem Daumen deutete ich auf Bonnie, die mäßig interessiert am Werkzeugkasten schnüffelte und gerade alles andere als lebensmüde wirkte – und auch nicht mehr so apathisch wie eben noch. „Zumindest spürt sie es. Glaube ich."

„Ja, und in China fällt ein Sack Reis um." Kopfschüttelnd fachte der Schmied seinen Ofen an und legte sich seine Schürze um, während ich in großer Versuchung war, ihm einen Tritt in seinen Hintern zu geben, doch ich riss mich zusammen und ging zurück zu Slawa, der uns stumm beobachtet hatte. „Er ist ein Arsch", fauchte ich wütend.

„Und der beste Hufschmied, den wir hier haben. Ich habe dich gewarnt. Musst ihn ja nicht heiraten." Ungerührt zog er die Nase hoch. „Wenn es einer hinkriegt, dann er."

„Denkst du denn auch, dass es sinnlos ist, sie zu beschlagen?"

Slawa nahm sich Zeit, Worte zu finden, und ließ seinen Blick beim Nachsinnen auf Bonnie ruhen.

„Siehst du, was sie macht?", fragte er, als ich schon dachte, ich würde niemals eine Antwort bekommen.

„Keine Ahnung. Sortiert Nägel?"

Slawa erwiderte mein verzweifeltes Lachen mit einem kurzen Schmunzeln. „Sie reagiert auf ihre Umgebung. Ein Tier, das sich vollkommen aufgegeben hat, macht das nicht, oder? Ich glaub', wir haben sie aufgeweckt."

Nachdenklich beobachtete ich Bonnie dabei, wie sie gegen die Nägel prustete, sie mit ihren weichen Nüstern ertastete und probeweise zur Seite schob. Es sah aus, als ob sie spielte. Doch als sie mich aus den Augenwinkeln anblickte, war ich mir nicht mehr sicher, ob sie es für sich selbst oder für mich tat. Denn ich war es, die vor Angst fast verging, während sie sich in grenzenloser Geduld ihrem Schicksal gefügt hatte und es mir überließ, was mit ihr geschehen würde.

Slawa hatte recht – sie war mein Tashunka-Witko, mein Geheimnispferd. Selbst jetzt, in dieser jämmerlichen Situation, in der es ums nackte Überleben ging, ihr Fell vor verkrustetem Dreck starrte und jedes menschliche Wesen vor Schmerzen geschrien hätte, umgab sie ein Schimmer, der stärker war als all ihr Elend und mich so magisch in seinen Bann zog, dass ich kaum mehr atmen konnte. Diesen Schimmer hatte ich von der allerersten Sekunde an gespürt, selbst in der nächtlichen Dunkelheit des Schuppens. Ja, ich war ihr Mensch und sie mein Tashunka-Witko. Für einen winzigen Augenblick sah ich sie in wildem Galopp über die weite Steppe fliegen, den Kopf stolz erhoben und die lange Mähne flatternd im Wind.

Das alles war immer noch da, konnte sich immer noch zeigen. Selbst wenn niemand anderes daran glaubte – ich wusste es. Diese Hufe wollten laufen.

ZWEITHOSEN

„Hundertfünfzig Euro!?"

„Ja. Ist ein Rehebeschlag. Hundertfünfzig." Slawa und ich wechselten einen ratlosen Blick. Er hatte sein Sparschwein geschlachtet und ich den Rest meines Urlaubsgeldes geopfert, aber wir bekamen nur hundertdreißig Euro zusammen – und mit diesem Mann brauchten wir gar nicht erst anfangen zu handeln. Er würde Bonnie die Eisen von den Hufen reißen, wenn wir ihn nicht ausbezahlten.

„Können wir vielleicht ...", setzte Slawa an, als plötzlich eine Hand nach seiner Schulter griff und sich eine schmale Gestalt an ihm vorbeischob.

„Lasst nur, ich mach das. Hier haben Sie das Geld."

Wortlos nahm der Schmied die Scheine an, nickte Mama zu und drehte sich wieder um, um seine Gerätschaften in sein Auto zu räumen.

„Danke, Mama." Ich schaffte es immer noch nicht, sie anzuschauen. Selbst aus den Augenwinkeln heraus konnte ich nicht übersehen, dass es ihr nach wie vor nicht gut ging und sie sich hatte zusammenreißen müssen, um nach draußen zu kommen. Doch bei Slawas Brüllerei, dem Hämmern des Schmieds und dem Kreischen seiner Flex, mit der er den Eisen den letzten Feinschliff verpasst hatte, konnte selbst sie nicht mehr so tun, als bekäme sie nichts von dem mit, was auf dem Hof passierte.

„Jetzt steht sie also."

„Ja, sie steht", erwiderte ich mechanisch und beobachtete mit einem nervösen Gefühl in der Magengegend, wie Mama ihre Augen über Bonnie wandern ließ. Bonnie hatte während des Beschlags immer wieder geschwankt wie ein Tanker in Seenot, aber Slawa und ich hatten sie mit vereinten Kräften stützen können. Meine Angst, sie könne anfangen zu treten vor Schmerz, hatte sich rasch gelegt. Bonnie ließ ihr Leid nicht an den Menschen aus. Ich hatte sogar den Eindruck, sie wusste genau, dass wir ihr zu helfen versuchten, und dass sie so gut mitgeholfen hatte, wie sie konnte. Ihre Hufe sahen mit dem neuen Beschlag unförmig und dick aus und sie hatte noch keinen einzigen Schritt darauf gemacht. Doch immerhin stand sie, seit einer Stunde, und sie wirkte auf mich nicht, als würde sie im nächsten Moment zusammenbrechen. Nichtsdestotrotz konnte niemand übersehen, dass sie krank war.

„Meine Güte, ist die schmutzig …", murmelte Mama. „Das kommt davon, weil sie so viel liegt." Tastend fuhr ich mit der flachen Hand über ihr Fell. Es war noch immer starr vor Dreck. Ihr eigener Mist hatte sich über die Wochen, in denen sie im Schuppen vor sich hinvegetiert hatte, mit ihrem Haarkleid verbunden. „Sie kann nichts dafür."

„Nein, natürlich nicht", erwiderte Mama müde und unterdrückte ein Gähnen. Slawa blieb stumm, als wolle er unseren wortkargen Dialog nicht stören, und ich spürte, dass ihm keines unserer verborgenen Mutter-Tochter-Signale entging und seine Augen aufmerksam auf uns ruhten. Doch nun wusste ich, dass sich hinter seinem messerscharfen Blick viel mehr abspielte, als ich vorher geahnt hatte. Slawa redete kaum. Aber das bedeutete noch lange nicht, dass ihm egal war, was um ihn herum geschah.

„Mira, wir müssen miteinander sprechen."

Als wäre Mamas Aufforderung sein Stichwort, ergriff Slawa Bonnies Strick, löste ihn vom Anbindepfahl und forderte sie schnalzend auf, ihm zu folgen.

„Ich bring sie in den Schuppen und geb ihr frisches Heu. Bis später."

„Ja, bis später." Angespannt schaute ich ihnen nach. Bonnie setzte die Hufe so langsam und fühlig auf, dass sie nach jedem zweiten Schritt eine Pause machte und mit den Nüstern an ihre Fesseln ging. Erneut überfiel mich der Angstgedanke, die Rehe mit dem Beschlag nur verschlimmert zu haben, weil ihre Entzündung jetzt im Huf eingesperrt war.

„Ich kann kaum hinsehen ...“ Mama wandte sich von ihrem Anblick ab und schlurfte mit kleinen, kraftlosen Schritten dem Haus entgegen. Viel gesünder als Bonnie wirkte sie nicht und auch das nagte an mir. Normalerweise kam sie mir am Tag nach ihrem Zusammenklappen schon wesentlich munterer vor. Doch sie war immer noch bleich wie ein Gespenst, das sich gründlich den nicht vorhandenen Magen verdorben hatte.

„Du wolltest mit mir reden?“, machte ich den Anfang, nachdem wir wieder im Wohnzimmer waren und Mama stöhnend in den Sessel fiel. Umständlich wickelte sie sich eine Wolldecke um ihren Bauch, obwohl sie noch ihren Mantel trug. „Also gut, Mira, du hast vorerst gewonnen. Ich bin noch nicht fit genug, um eine lange Strecke zu fahren, und muss hier ein paar Sachen erledigen, mit denen ich nicht gerechnet hatte. Der Bunker ist zum Glück bezahlt.“ Sie deutete nach oben, um zu bekräftigen, dass sie damit Papas Haus meinte. „Marius hat ihn zu einem Spottpreis bekommen. Dafür kriegst du in Frankfurt nicht einmal eine Schrebergartenparzelle.“ Sie lachte kalt auf und fasste sich sofort an den Bauch, als wäre die Erschütterung ihres Zwerchfells zu viel für ihn gewesen. „Die Vorbesitzer waren ins Altenheim gekommen und niemand wollte es haben. Wundert mich nicht. Aber das Veterinäramt will noch einen Kontrollbesuch machen und ..." Wieder seufzte sie geplagt auf. „Es macht wenig Sinn, vorher heimzufahren und dann wieder herzufahren. Zumal sie ohne Ankündigung kommen."

Langsam ahnte ich, was sie mir gerade andeutete. Sie wollte noch einige Tage bleiben! Schenkte sie mir und Bonnie etwa Zeit? „Außerdem sollte dieses Pferd ... also ... wir sollten irgendwann klären, wohin Bonnie kommt und wer sich um sie kümmert. Ich hab jetzt 300 Euro in dieses Tier investiert. Dann soll es auch seine Chance kriegen, bis das Amt vorbeischaut. Aber Mira ..."

Ich hatte gerade vor Freude aufjauchzen wollen, als Mamas strenger Blick mich stoppte.

„Wir können sie nicht nach Frankfurt mitnehmen. Selbst wenn eine Wunderheilung geschieht – und das glaube ich nicht –, Bonnie bleibt hier."

„Das weiß ich doch!", versicherte ich ihr nickend.

„Ja, aber du weißt nicht, was das für dich bedeutet. Ich bleibe an diesem Ort nur so lange wie nötig. Kann sein, dass die Beamten noch vor Ostern kommen. Dann verbringen wir Ostern in Frankfurt. Wenn sie erst danach auftauchen, müssen wir schauen, wie wir bis dahin in der Pampa zurechtkommen. Das wird nicht gut funktionieren, wenn wir uns gegenseitig die Köpfe einschlagen."

„Okay." Verlegen senkte ich meine Lider. Wir hatten uns heute Morgen angeschrien wie noch nie zuvor. Natürlich zickten wir uns manchmal an oder diskutierten miteinander, weil wir uns in einer Sache nicht einig werden konnten, und es gab Tage, an denen sie mir mit ihrer Hektik und ihren vielen Fototerminen auf den Zeiger ging, doch unser Disput heute Morgen hatte eine andere Qualität gehabt. Er war abgründig gewesen.

„Möchtest du über das sprechen, was dir mit Bille und Janis passiert ist?"

„Nein", antwortete ich verschlossen. Denn ich hatte es bereits getan, mit Slawa. Der hatte mir weder altkluge Ratschläge gegeben noch Vorwürfe gemacht, ich sei zu naiv gewesen, sondern lediglich seine Sicht der Dinge geäußert. Für ihn war mein Katastrophenabend nichts weiter als ein skurriler Kinofilm, den er aus weiter Ferne angeschaut hatte. Mama würde nicht locker nehmen können, was mir geschehen war. Sie war so viel näher dran.

„Nun gut. Möchtest du etwas über Rafael wissen?"

„Nein." Nun klang mein Nein abweisend. Sein Name regte mich noch immer auf, und was er ihr geschrieben hatte, flog alle fünf Minuten wie eine lästige Stechmücke durch meinen Kopf.

„Auch gut." Mamas eben noch so versöhnlicher Tonfall hatte sich abgekühlt. Doch was sollte ich sie ihrer Meinung nach zu Rafael fragen? Sie stritt nicht ab, dass er ihr Liebhaber war, also war alles geklärt. Für die nächsten zehn Jahre reichte mir diese Information. Einzelheiten wollte ich darüber nicht erfahren. Das war eine fremde Welt für mich. „Aber irgendwann werden wir darüber reden müssen. Über deine und über meine Geschichte."

„Nicht heute, bitte."

Verbissen schwiegen wir vor uns hin, jeder in seine eigenen trüben Gedanken verfangen, bis Mama ihre Hände in die Armlehnen des Sessels stemmte und sich keuchend nach oben wuchtete, als wäre sie übergewichtig. Dabei wirkte sie dünner denn je. „Okay, soll mir recht sein. Ich muss mich hinlegen, mir wird wieder schwindelig. Kommst du alleine klar?"

„Ja, natürlich."

Nachdem Mama sich ins Schlafzimmer zurückgezogen hatte, lungerte ich tatenlos auf dem Sofa herum und überlegte, ob ich eine der verschlossenen Türen öffnen sollte und mit welcher ich am besten anfing, doch der aufreibende Tagesbeginn und Bonnies Beschlag hatten mich so entkräftet, dass ich eindämmerte und orientierungslos hochschreckte, als mitten in einem besonders schönen, weichen und bunten Traum ein hartes Klopfen hinter mir ertönte. Als ich mich aufrichtete, drang ein Schwall würziger Stallluft aus meinen Klamotten und kitzelte mich im Nu wach.

„Mira? Bist du da?"

„Ja ... Moment." Da ich das Gefühl hatte, meine Haare stünden wie beim Struwwelpeter vom ganzen Kopf ab, presste ich meine eigensinnigen Korkenzieherlocken mit beiden Händen an meinen Schädel, bevor ich zum Fenster lief und es öffnete. Slawa schien Türen nicht zu mögen, dachte ich zerstreut. In Frankfurt würde er das niemals tun können – an unser Fenster klopfen. Wir wohnten im vierten Stock. „Ist was mit Bonnie?"

„Nein, alles gut. Wollte nur fragen, ob ihr genug zu essen habt. Na ja, Babka wollte, dass ich euch das frage. – So nenne ich meine Uroma. Babka", fügte er hinzu, als ich ihn verständnislos anstarrte.

„Ich hab noch ... äh ..." Gähnend kratzte ich mich hinter meinem Ohr, wo meine Haare sich wieder dramatisch aufzuplustern begannen. „Schokokekse und eingemachte Birnen. Und Sprühsahne."

„Sprühsahne", echote Slawa mit unlesbarer Miene. „Das ist kein Essen. Sonst nichts?"

„Nein, ich glaube nicht. Jedenfalls nichts, von dem wir wissen, ob es noch haltbar ist."

„Deine Mutter sieht jetzt schon aus, als habe sie eine Lebensmittelvergiftung." Slawa lehnte sich mit dem Ellenbogen auf die Fensterbank. Irgendwie sah er anders aus als sonst, doch ich war zu verschlafen, um herauszufinden, woran das lag. „Braucht sie einen Arzt?"

„Nein. Ist nur ihr Kreislauf. Sie hat ziemlich viel gearbeitet in den letzten Monaten und Papas Flucht war zu viel für sie."

„Dann braucht ihr erst recht was Vernünftiges zu essen", erwiderte Slawa im Brustton der Überzeugung. „Ich fahr einkaufen, magst du mitkommen?"

„Ich hab kein Fahrrad", antwortete ich dröge.

„Doch nicht mit dem Fahrrad!" Slawas Mundwinkel kräuselten sich amüsiert. „Sondern mit dem Trecker."

„Du darfst schon Trecker fahren? Echt?"

„Keine Ahnung, aber ich tu es, seitdem ich vierzehn bin. Macht hier doch jeder."

Ich verrenkte mir beinahe den Hals, um an ihm vorbei in den Hof zu blicken. Tatsächlich – dort stand ein rostiger, grüner Traktor mit einem kleinen Anhänger, auf dem ein Drahtkäfig angebracht war, in dem ein paar dicke, schwarze Hühner saßen und stumm die Welt betrachteten. „Kommen die etwa zum Schlachter?"

„Nein. Die muss ich unterwegs bei jemandem vorbeibringen. Wir haben eine Liebhaberzucht, unsere Tiere werden nicht geschlachtet. Wir verkaufen nur ab und zu welche an andere Liebhaber."

„Ich kann das Wort ‚Liebhaber' nicht mehr hören ...", knurrte ich geistesabwesend.

„So nennt man das nun mal", entgegnete Slawa mit fragendem Blick.

„Ist auch egal, vergiss es. – Ja, von mir aus, ich komme mit. Eigentlich brauchen wir alles. Getränke, Brot, Butter, Käse, Marmelade ..."

„Dann los, beeil dich. Der Norma macht um acht zu."

Und die Fahrt zum Norma war lang, wie mir klar wurde, als wir nach zehn Minuten dröhnend lauter Fahrt im 40-Stundenkilometer-Tempo immer noch über die gleiche, leere Landstraße rumpelten und ich alle Hände voll zu tun hatte, nicht aus der offenen Fahrerkabine zu kippen. So ein Trecker war verdammt hoch und anschnallen konnte ich mich auch nicht. Ein anderes Dorf war weit und breit nicht zu sehen. Strassnitz, erzählte Slawa mir, hatte lediglich einen Bäcker, der nur morgens öffnete. Bis zum nächsten Supermarkt mussten die Einwohner fast zwanzig Kilometer fahren – auch ein Grund, weshalb immer mehr Häuser verfielen, weil die Besitzer in die Stadt gezogen waren. Manche Dörfer waren so gut wie ausgestorben.

Nach ein paar Kilometern hatte ich mich an das unruhige Ruckeln des Treckers gewöhnt und wagte es,

Slawa von der Seite anzuschielen. Jetzt wusste ich, warum er anders wirkte als sonst. Er hatte seine Armeehose gegen eine schwarze Cargohose getauscht und statt der Regenjacke trug er einen grauen Strickpullover mit Seemannskragen. An seinem Hals konnte ich ein schwarzes Lederband erkennen, an dem ein silbernes Emblem mit einem Falken in der Mitte baumelte, und seine Füße steckten nicht in Gummistiefeln, sondern groben Lederboots. All das stand ihm verteufelt gut.

„Der Trend geht jetzt also zur Zweithose?"

Slawa lachte brummig auf. „He, du wirst frech. – Ich trag halt Arbeitsklamotten, wenn ich meinem Dad helfe. Ist praktischer."

„Hast du auch Jeans?"

„Ja, ich besitze Jeans. Da staunst du, was?" Er bleckte grinsend die Zähne. „Ich hab sogar einen Anzug."

„Ehrlich?", gab ich übertrieben erstaunt zurück, obwohl sich mein Gehirn sofort ausmalte, wie das wohl aussah. Slawa im dunklen Anzug. Mit dunklen kurzen Haaren und seinen dunkelgrünen Augen und seinem „Ich brauch in meinem Leben keine Anzüge und mache niemals Kissenschlachten"-Blick.

„Meine Mutter hat mich dazu verdonnert, als Babka 90 wurde. Aber dann hat Yaro zu viel Kuchen gegessen und mir aufs Sakko gekübelt."

Das Bild in meinem Kopf platzte wie eine Seifenblase. Nein, diesen Anzug brauchte er für mich nicht mehr anzuziehen.

„Wieso hältst du an? Ist der Tank leer?"

„Nein." Slawas Lachen schwand, als er vom Trecker stieg und auf die Straße trat. Musste er etwa pinkeln? Misstrauisch beobachtete ich, wie er den Trecker umrundete und am Seitenstreifen der Straße hielt, der direkt an ein riesengroßes, sanft abfallendes Feld grenzte. Weil er seinen Hosenschlitz nicht öffnete, sondern sinnend stehen blieb, entschied ich mich dazu, ihm zu folgen und mich neben ihn zu stellen.

„Hier saß ich letzten Sommer zwei Stunden lang im Gras und hab auf Hilfe gewartet. Muss jedes Mal dran denken, wenn ich vorbeifahre."

Wow. Slawa begann von alleine, zu reden – das war etwas Besonderes, ich wusste es sofort, und ich wollte auf keinen Fall, dass er damit aufhörte. Es fühlte sich an, als sei plötzlich eine fest verschlossene Tür aufgegangen.

„Hattest du einen Unfall gehabt?"

„Nein, nicht ich. Ein kleines Reh ..." Sein kaum sichtbarer Adamsapfel bewegte sich, als strenge es ihn an, zu schlucken. „Jemand hatte es angefahren und war abgehauen. Hab seine Ohren aus dem abgemähten Mais spitzeln gesehen. Es hat seinen Kopf genau in dem Moment gehoben, als ich vorbeigefahren bin, sonst hätte ich es gar nicht bemerkt. Es muss durch den Aufprall ins Feld geschleudert worden sein."

„Es war also bei Bewusstsein?"

„Ja." Slawa machte eine kleine Pause, in der ich unruhig an seinen Lippen hing. „Es hat gleichmäßig geatmet und seine Augen waren offen. Sie haben mich direkt angesehen. Aber seine Hinterläufe waren verdreht und ich wusste sofort, dass es gelähmt war. Rückgrat gebrochen. Es hatte keine Chance. Und es hat ewig gedauert, bis der Jagdpächter kam, um es zu erschießen …"

„Oh Gott", wisperte ich. „Warst du dabei?"

„Ja." Wieder zuckte sein Adamsapfel. „Konnte mich nicht verpissen, nachdem ich die ganze Zeit bei ihm gesessen war. Es hat so gekämpft. Immer wieder hat es versucht, Luft zu holen, obwohl der Schuss mitten ins Herz gegangen war … Es hat minutenlang gedauert."

„Oh nein, wie schrecklich …" Mein Osterurlaub mutierte langsam zu hochdepressiven Heulferien. Schon wieder musste ich gegen meine Tränen ankämpfen. Slawa hatte seinen Blick immer noch auf das Feld gerichtet – jene Stelle, wo das kleine Reh gelegen und er bei ihm gewacht hatte, um in seiner schwersten Stunde bei ihm sein zu können.

„Ging mir ziemlich an die Nieren." Ich sah förmlich vor mir, wie Slawa neben ihm gesessen und mit ihm geredet hatte, während die Sonne auf ihn herunterbrannte und er dem Kitz mit seinem Schatten Kühle schenkte. Auch wenn er frisch ertrunkene Entenküken in die Mülltonne werfen konnte, ohne eine einzige Regung zu zeigen – sein Herz war nicht kalt. Es fühlte.

„Du redest nicht gerne. Oder?", fragte ich behutsam, ohne ihn anzuschauen.

„Ich kann's nicht besonders gut. Muss immer erst nach den Worten suchen. Ich beobachte lieber."

Ja, das hatte ich gemerkt – umso mehr musste es eine Bedeutung haben, weshalb er hier anhielt und mir die Geschichte von ihm und dem Reh erzählte.

„Aber jetzt redest du ..."

„Muss sein. Du sitzt in jeder freien Minute neben Bonnie und vielleicht ist ihre Lage genauso hoffnungslos wie bei dem Reh."

„Was willst du mir damit sagen? Dass das mit dem Schmied sinnlos war?" Meine Stimme brach. „Wieso hast du mir dann überhaupt geholfen?"

„Hab Ferien." Slawa zuckte lässig mit den Achseln. „Gibt nicht viel anderes zu tun und ich mag Pferde."

„Das kann doch nicht der wahre Grund sein!" Gestern noch hätte ich ihm diese Worte geglaubt. Jetzt aber wusste ich, dass er nicht so emotionslos war, wie er sich gerne gab.

„Doch, ich mag Pferde. Und manchmal auch Menschen. Ihr habt eine besondere Beziehung, Bonnie und du. Und wenn Bonnie es nicht packt, dann ... dann wird es dich fertigmachen. Glaub mir."

„Ich werde trotzdem für sie kämpfen", flüsterte ich.

„Ja, is' deine Entscheidung. Da hab ich nix zu melden. Weißt du, was Babka immer sagt: Ein hungriger Wolf ist stärker als ein zufriedener Hund. So kommst du mir vor – wie ein hungriger Wolf."

Eigentlich bist du der Wolf, dachte ich mit einem warmen, traurigen Gefühl in der Brust. Aber im Gegensatz zu mir war Slawa satt und zufrieden. Bonnie füllte eine Leere in mir, von der ich bis jetzt nichts gewusst hatte, und ich fürchtete, dass die alte Leere sich erneut in mir ausbreitete, wenn unsere Wege sich trennen würden – oder ich sie gehen lassen musste, weil sie nie wieder gesund werden konnte.

„Nur – manchmal tut man alles für ein Tier und es nützt doch nichts", sprach Slawa gedämpft weiter. „Wenn das bei Bonnie und dir genauso ist, dann ... ich will dir nur sagen ... dass ich dann da bin. Ich lass euch nicht alleine, okay?"

Unter Tränen nickte ich. „Danke. Aber ich möchte etwas anderes erleben. Etwas Schönes."

„Ich auch", sagte Slawa schlicht. „Los, wir müssen weiter. Sonst wird es nachher nur stressig."

Den Rest der Fahrt sagten wir nichts mehr; Slawa war

in seine gewohnte verschlossene Ruhe zurückverfallen und ich sann still seinen Worten nach. Es war längst zu spät, um irgendetwas rückgängig zu machen und Bonnie weniger zu lieben, als ich es bereits tat. Das würde niemals funktionieren. Also hatte ich sowieso keine Wahl. Ich würde Bonnie begleiten – wohin auch immer.

Doch nun wusste ich, dass ich dabei nicht alleine sein würde.

Was auch geschah: Ich war nicht alleine.

NEUE SEITEN

Irgendwann würde ich es tun müssen – und ich hatte schon viel zu lange damit gewartet. Jetzt war der richtige Zeitpunkt. Bonnies Zustand war so stabil, dass ich sie nach einer mehrstündigen Nachtwache halbtot vor Kälte alleine gelassen hatte, Mama schlief und ich war alleine im unteren Stockwerk des Hauses. Was geschehen war, war außerdem geschehen, sagte ich mir aufmunternd, starrte mein Handy aber weiterhin voller Abwehr an. Entweder hatten Bille und Janis versucht, mich zu erreichen, oder nicht. Die Funknetze wussten es längst; nur ich steckte meinen Kopf in den Sand und wollte weiterhin so tun, als gäbe es mich nicht. Dabei musste ich mich nur noch den Tatsachen stellen.

Zögernd strich ich den Sperrbildschirm zur Seite und legte das Handy sofort wieder neben mich, als hätte es mich zu beißen versucht, bis ich meinen eigenen Eiertanz nicht mehr aushielt und es mit einem leisen

Fauchgeräusch in den Onlinemodus versetzte. Kaum baute das Empfangssignal sich auf, warf ich es an das Fußende des Sofas und presste die Fäuste auf meine Augen. Schon ging es los. Das Handy brummte, zitterte, piepste und sang; völlig überfordert mit der Vielzahl an Nachrichten, die in der Zwischenzeit eingegangen waren. Schließlich verstummte es blinkend. Langsam nahm ich die Hände von meinem Gesicht. Mit den Zehen schob ich es bis zu meinem linken Knie herauf, sodass ich es greifen konnte. Es fühlte sich warm an, doch das war kein Vergleich zu der Hitze, die in meinen Nacken und Bauch kroch, als ich erneut den Sperrbildschirm zur Seite wischte. Es waren Anrufe, Facebook-News und WhatsApp-Nachrichten eingegangen. Aber von wem? Stammten sie vielleicht sogar von Janis?

Dieser Gedanke war elektrisierend und ich vergaß meine Angst. Mit einem entschiedenen Tippen öffnete ich meinen WhatsApp-Chat. Die Enttäuschung schmeckte so bitter, dass meine Lippen sich verzogen, als hätte ich auf eine faule Frucht gebissen. Die neuen Nachrichten stammten weder von Bille noch von Janis. Linda aus unserer Klasse hatte eine Gruppe für ihre Geburtstagsparty kommenden Monat gegründet, in der schon Etliches geschrieben worden war. Doch ich fand keine einzige Botschaft von Bille oder Janis. Mit verspannten Schultern ging ich auf die verpassten Anrufe. Oh. Das war Bille gewesen ... Sie hatte versucht, mich anzurufen, dreimal sogar – aber erst heute früh. Ich wusste nicht, was ich darüber denken sollte, denn sie hatte keine Mailbox-Nachricht hinterlassen.

„Huch!", entfuhr es mir keuchend, als das Handy plötzlich zu tröten anfing. Vor Schreck rutschte es mir aus der Hand und zurück auf das Sofa, wo es sich vibrierend dem Abgrund entgegenbewegte. Dieser Signalton war neu für mich, ich hatte ihn nie zuvor gehört. Blinzelnd lugte ich auf das Display. Er kam vom Facebook-Messenger ... Es war ein Videoanruf von ...

„Papa?", wisperte ich in das Vibrieren und Tröten hinein, ohne zu begreifen, was gerade geschah, denn es kam mir absurd und gespenstisch vor. Deshalb blieb ich sekundenlang wie festgenagelt sitzen, bis das Handy endlich wieder still wurde und anfing, grün zu blinken. Ich hätte es niemals online schalten dürfen, dachte ich ärgerlich. Die Enttäuschung darüber, dass Janis mir kein einziges Wort geschrieben und Bille lediglich angerufen hatte, hatte bereits zahlreiche Stacheln in meine Brust getrieben. Dass Sekunden später mein Vater versuchte, mich zu erreichen, war jedoch das Sahnehäubchen meines kommunikativen Super-GAUs. Und dann auch noch per Video-Chat!

Papa und ich hatten uns irgendwann Freundschaftsanfragen geschickt und bestätigt, aber großartig geschrieben hatten wir uns nie. Er war ja auch stets mehr ein Phantom als ein Vater gewesen. Zu Weihnachten und zum Geburtstag gab es Geschenke und hin und wieder rief er an. Er hatte regelmäßig gefragt, ob wir uns sehen könnten, aber letztlich hatte es fast nie geklappt. Warum eigentlich?, fragte ich mich plötzlich und kaute nervös auf meinen Fingerknöcheln herum. Weil ich das Gefühl gehabt hatte, Mama wolle das nicht? Sie hätte es mir niemals verboten, aber ...

Verdammt. Er versuchte es schon wieder – das Handy vibrierte und trötete erneut! Was sollte ich denn jetzt nur tun?

„Leg auf ... bitte, leg auf!", flüsterte ich und wich ein Stückchen nach hinten, weil das Handy mir über den glatten Bezug entgegenwanderte, als wollte es mich anbetteln abzunehmen. Doch Papa gab nicht auf. Nach wenigen Sekunden ging das Spiel von Neuem los – zum dritten Mal, vierten Mal, fünften Mal, bis mein Zorn gewann.

„Was willst du von mir?"

Erst als sein Gesicht unscharf auf dem Display erschien, realisierte ich, dass er mich jetzt ebenfalls sah – mit zerzausten Locken, erhitzten Wangen und einem Blick, der vermutlich töten konnte.

„Hey, Baby. Schön, dass du abnimmst."

Das Bild ruckelte, ebenso wie seine Stimme, und Papa rückte näher an die Kamera, als versuche er krampfhaft, mich zu erkennen. Wir hatten eine schlechte Verbindung – ganz wie in der Realität.

„Ist das mein Haus?", drang seine Stimme durch das Rauschen und Knattern.

„Ja, ist es! Und dein Hof, in dem deine Tiere leben – oder gelebt haben!"

Papa fuhr zusammen, als habe ihn jemand in den Rücken getreten. Für einen kurzen Augenblick wurde das Bild scharf und ich musste unweigerlich seufzen. Mein Vater sah anders aus als bei unseren letzten Begegnungen. Er hatte sich einen Dreitagebart wachsen lassen, die Haare abgeschnitten und sein Gesicht war braun gebrannt. Das stand ihm ebenso gut wie das karierte Hemd und der Cowboyhut, den er trug. Doch unter seinen Augen lagen dunkle Ringe.

„Gelebt haben ...? Mira, hörst du mich?"

„Ja, ich höre dich – aber soll ich dir was verraten? Ich will dich gar nicht hören!" Leider konnte ich ihn nur gedämpft anschreien, weil ich Angst hatte, Mama zu wecken. „Du hast dich einfach verpisst! Das ist mies, Papa, richtig mies und gemein!"

Jetzt wurde das Bild so unscharf, dass ich nur noch bunte Vierecke sehen konnte, doch Papas Stimme wurde glasklar übertragen.

„Lebt Bonnie noch, Baby? Was ist mit Bonnie?"

„Ihr geht's beschissen, das ist mit ihr! Sie ist todkrank und du lässt sie im Stich! Was hast du dir nur dabei gedacht? – Nein, ich will es nicht wissen!" Ich hatte keine Ahnung, ob Papa mich noch hörte, denn der Bildschirm zeigte mir ein einziges Gewusel aus Grau und Farbe und ständig knackte es in der Leitung. „Ich möchte mit dir nichts mehr zu tun haben. Lass mich in Frieden."

Ein letztes Mal wurde der Bildschirm scharf und die Hilflosigkeit in Papas Blick fühlte sich an, als habe jemand eine Lanze in mein Herz versenkt. Für einen kurzen Moment konnte ich nicht mehr atmen. Doch meine Wut rettete mich und ließ die Lanze in Flammen aufgehen, sodass mein Herz zwar brannte, aber wieder schlagen konnte.

„Du kannst mich mal", flüsterte ich unter Tränen. „Echt, du kannst mich mal, Papa …"

Dann war die Verbindung unterbrochen. Wütend wischte ich mir die Tränen von den Wangen, atmete tief durch und versuchte, meine Gefühle unter Kontrolle zu bringen. Seine Sorge um Bonnie war echt, das hatte ich gesehen. So wie er schaute nur ein Mensch, der vor Grübeleien kaum mehr schlafen konnte. Es geschah ihm recht, ich wusste das. Es war das Mindeste, dass er sich schlecht fühlte und kein Auge zutat.

Aber was Bonnie betraf, empfanden wir das Gleiche – doch warum hatte er sie dann alleine gelassen? Ich verstand ihn weniger denn je. War er wirklich so unreif und sprunghaft, wie Mama immer behauptet hatte – heute hier, morgen dort, ein verantwortungsloser Traumtänzer, der sich lieber in Wolkenkuckucksheim verirrte, anstatt der Realität ins Auge zu sehen?

„Ich muss mehr über dich wissen", hörte ich mich flüsternd sagen. „Ich muss eine der verschlossenen Türen öffnen ..."

Ich hatte mein Handy online geschaltet, also würde ich auch einem neuen Raum gewachsen sein. Für unschöne Überraschungen war ich gründlich aufgewärmt. Auf Zehenspitzen schlich ich aus dem Wohnzimmer, nahm die hölzerne, enge Treppe in das Obergeschoss, wo das Schlafzimmer und das Bad lagen, und tapste zum Ende des schwach beleuchteten Flurs, dessen Wände braun tapeziert worden und mit gerahmten Zeichnungen alter Ortsansichten geschmückt waren. Mit schwitzigen Fingern drückte ich die Klinke der Tür rechts von mir herunter, doch mein Mut wurde nicht belohnt – hinter ihr lag eine Art Wäschekammer, in der ein Bügelbrett stand und deren Wände mit Regalbrettern bestückt waren. Zwei leere Wäschekörbe standen in der Ecke; das winzige Fenster war von Staub und Spinnenweben überzogen. Dieses Zimmerchen würde mir nichts über meinen Vater verraten außer der altbekannten Tatsache, dass er sich nicht gerne an Haushaltstätigkeiten beteiligt hatte. Also musste ich die Tür links von mir öffnen. Erst als ich mich mit meinem ganzen Gewicht gegen sie lehnte, bewegte sie sich, und schon nach den ersten Zentimetern schob sie etwas Schweres über den Boden. War ich in einem stinkenden Messie-Zimmer gelandet, in dem sich Müll und vollgestopfte Kartons bis an die Decke stapelten? Vorsichtshalber hielt ich die Luft an, als ich nach dem Lichtschalter tastete und ihn nach unten drückte. Doch meine Augen signalisierten meinem Gehirn sofort Entwarnung. Ich stand in einem Büroraum, den Papa kurz vor seiner Flucht noch einmal auf den Kopf gestellt haben musste. Wahrscheinlich hatte er nach Unterlagen gesucht, die er für seine Einreise in die USA brauchte.

Neugierig linste ich um die Ecke. Aha. Es war ein Karton gewesen, den die Tür zur Seite geschoben hatte und der während Papas Abwesenheit aus dem vollgestopften Regal gerutscht war. Einhändig und in der Hocke zog ich ihn zu mir, stemmte ihn hoch und geisterte mit ihm an meiner Brust ins Wohnzimmer zurück. Kurz vor dem Sofa glitt er mir aus den Händen, fiel auf den Teppich und gab dabei ein schepperndes Geräusch von sich. Sekundenlang lauschte ich nach oben, um mich zu vergewissern, dass Mama nicht aufgewacht war, doch alles blieb still.

Obwohl ich mich davor fürchtete, in Spinnenweben zu fassen, klappte ich den Deckel des Kartons auf und tauchte mit meiner Hand hinein, um die Ursache des metallischen Schepperns zu finden. Es war von unten gekommen; etwas musste unter den Bildern und Fotos liegen, die den Karton füllten. Da – meine Finger berührten einen kühlen, glatten Gegenstand, oben rund und darunter eine Art Stil mit Sockel. Die Fotos raschelten, als ich ihn an die Luft zog und ins Licht hielt.

„Ein Pokal", murmelte ich rätselnd und versuchte, die eingravierten Zeilen zu entziffern: „Wanderritt Ketzau mit Geschicklichkeitsparcours, 2. Platz." Darunter stand Papas Name – und der des Pferdes. Bonnie.

„Bonnie ...!" Jetzt war meine Wissbegierde endgültig geweckt. Kurzerhand kippte ich den Inhalt des Kartons auf den Teppich. Vier weitere Pokale rollten heraus; drei davon sogar für den ersten Platz.

Mein Herz schlug rascher, als ich die Fotos auseinanderschob und darunter ein Album zum Vorschein kam – schmal und klein, aber edel in Leder gebunden. Ein Fotograf musste es angefertigt haben, denn sein Firmenlogo prangte auf der Rückseite. Neugierig schlug ich es auf.

„Wahnsinn ...", hauchte ich perplex. „Mensch, Papa ...

Das wusste ich ja gar nicht!" Jedes der fein säuberlich eingeklebten Fotos zeigte ihn auf einem Turnier mit einem seiner Pferde. Da waren immer wieder Bonnie, aber auch ein brauner Wallach und ein heller Schecke; vielleicht der Vater oder die Mutter von Bonnie? Mich faszinierte und berührte, welch versunkene, konzentrierte Ruhe Papa auf den Bildern ausstrahlte. Er schien seine Tiere mit sanfter, aber entschiedener Hand zu leiten, die Wimpern niedergeschlagen, sein Mund weich und entspannt. Mit einem weltfremden Lebemann hatte der Mensch auf diesen Aufnahmen nichts zu tun. Sie zeigten einen Mann, der ganz genau wusste, was er tat. Papa hatte sich für die Turniere sogar herausgeputzt; mit bestickten Hemden, fransenbesetzten Chaps und gewienerten Stiefeln, an denen silberne Sporen blitzten. Ich war mir sicher, dass er sie niemals ernsthaft benutzt hatte, denn er und die Pferde bildeten eine Einheit, die keinerlei Gewalt bedurfte.

„Das gibt's ja nicht, ich glaub es nicht", plapperte ich gedankenlos vor mich hin. „Mein Vater ist ein Cowboy. – Oh ... Bonnie ..."

Das Bild auf der letzten Seite des Albums war kein Turnierfoto, sondern eine großformatige Nahaufnahme von ihm und Bonnie als Fohlen. Lächelnd ließ er es zu, dass sich ihre Nüstern ihm frech näherten, während ihre Augen den seinen vertrauensvoll begegneten.

„Jetzt verstehe ich dich noch viel weniger", sagte ich, als würde er direkt vor mir sitzen. „Du kennst sie von Geburt an, oder? Und lässt sie zurück?"

Aber mich kannte er auch von Geburt an. Und mich hatte er ebenfalls zurückgelassen. Er war fort, auf Lebenszeit, und für einen Herzschlag lang fühlte ich mich genauso krank und schmerzerfüllt wie Bonnie. „Warum nur bist du gegangen?", fragte ich in die graue Stille hinein, die mich umgab. Eine Träne rann meine Wange hinab und tropfte auf das Foto, mitten in Papas lächelndes Gesicht. „Wie soll ich das jemals begreifen?"

Er hatte hier doch alles gehabt! Seine Pferde, seinen Bauernhof, Bonnie, seine Turniere – Dinge, die ich wahrscheinlich niemals haben würde. Ich würde diesen Hof in ein paar Tagen wieder verlassen müssen, doch er hätte sein Leben lang bleiben und es sich in diesem Haus schön einrichten können. Es war nicht verkehrt; es musste nur gründlich renoviert und modernisiert werden. In den Ferien hätte ich ihn besuchen können, wir hätten zusammen ausreiten und uns um die Pferde kümmern können. Hatte er niemals einen Gedanken daran verschwendet, war das gar nichts wert für ihn?

Wieder einmal stellte ich mit einem schalen Gefühl im Bauch fest, dass ich meinen Vater nicht kannte. Da waren die Erzählungen von Mama, die selten ein gutes Haar an ihm ließen, und meine wenigen Begegnungen mit ihm, die stets an der Oberfläche vor sich hin gedümpelt waren und mich mehr verwirrt als zufrieden zurückgelassen hatten. Auch deshalb hatten Mama und ich sie irgendwann auf ein Minimum reduziert.

Erst jetzt, durch die Pokale und die Fotos, hatte ich den Eindruck, einen zarten, zerbrechlichen Kontakt zu ihm gefunden zu haben. Zu spät. Viel zu spät ...

Seufzend schmiegte ich das Album an meine Brust, rollte mich unter der Kuscheldecke auf dem Sofa zusammen und versuchte zu schlafen.

Ich sah nur ihn vor mir. In jedem Traum tauchte er irgendwann auf, zu Pferd und in seinen lässigen Westernklamotten, und schwang sein Lasso, als wollte er mich aus meinem Chaos namens Leben retten.

Doch ich rannte jedes Mal davon.

EISKALT

„Irgendetwas stimmt nicht." Argwöhnisch blieb ich
stehen und fixierte das Haus. Von außen war nichts Au-
ßergewöhnliches zu bemerken, aber meine Nase hatte
längst Witterung aufgenommen. Je näher ich ihm kam,
desto stärker roch die Luft nach Mamas berühmten
Kirschpfannkuchen, die sie normalerweise nur machte, wenn ich Geburtstag hatte oder uns an den Weih-
nachtsfeiertagen langweilig wurde. Doch ich war stundenlang bei Bonnie gewesen, die immer noch zu viel
lag und zu wenig stand, und hatte nicht mitbekommen, was Mama den ganzen Tag so getrieben hatte.
Bonnie hatte den Beschlag überstanden, aber ich wusste nicht, womit ich sie dazu bewegen konnte, mehr
zu stehen und vielleicht sogar ein paar Schritte zu laufen. Meine Knie schmerzten bereits, weil ich kaum
etwas anderes tat, als neben ihr im Heu zu sitzen, sie
zu streicheln, mit ihr zu sprechen und sie zu beobachten.

Wie es Mama ging, war mir vollkommen entgangen. Heute Morgen hatte sie immer noch blässlich und still am Küchentisch gesessen und sich ihr Müsli mehr reingequält als genossen. Auch den Kaffee hatte sie ignoriert. Ihre Genesung zog sich hin.

Jetzt aber war das Wohnzimmer hell erleuchtet und ich sah ihre schmale Gestalt darin emsig hin und her huschen. Selbst wenn es ihr besser ging – das mit den Pfannkuchen passte nicht. Da war etwas im Busch. Wollte sie einen neuen Überredungsversuch starten, zurück nach Hause zu fahren? Meinte sie ernsthaft, sie könne mich mit Pfannkuchen von Bonnie weglocken?

Doch sie rochen verführerisch, und mein Frühstück und das Salamibrötchen von heute Mittag waren längst verdaut. Außerdem wollte ich ins Warme zurück. Heute Nacht waren die Temperaturen in den Keller gestürzt und gegen Morgen die ersten Schauer herangezogen. Sie hatten einen kalten, herrischen Wind mit sich gebracht, der auch vor der gut gefütterten Outdoorjacke, die ich in Papas Garderobe gefunden hatte und mir fünf Nummern zu groß war, kein Erbarmen kannte. Wie ein Einbrecher pirschte ich mich an das Haus heran, doch ehe ich durch eines der Fenster schauen konnte, wie Slawa es immer zu tun pflegte, stand Mama in der Eingangstür – verdächtig gut frisiert und geschminkt obendrein.

„Da bist du ja endlich! – Komm rein!"

„Was ist hier los?" Sie klang zu fröhlich, zu unecht – und zu überzeugt.

„Nun komm schon rein, Mira, es fängt wieder an zu regnen ..." Tat es nicht, aber Mamas Griff duldete keinen Widerstand und so schob sie mich wie eine störrische Ziege durch den Flur und direkt ins Wohnzimmer, wo sich mein herber Stallgeruch sofort mit dem Pfannkuchenduft vermischte.

„Was soll das?" Mit einer rabiaten Armbewegung befreite ich mich aus Mamas mütterlich-dominantem Griff. „Ich will sie nicht sehen."

„Oh bitte, Mira!" Wieder wollte Mama sich bei mir unterhaken, doch ich stieß sie weg. „Irgendwann müsst ihr doch miteinander reden!"

„Ich muss gar nichts und sie soll wieder verschwinden. Sofort."

Erst jetzt schlug Bille ihre Augen nieder. Vorher hatte sie konsterniert auf mich und mein missratenes Outfit geglotzt, als hätte ich gerade einen Hässlichkeitswettbewerb gewonnen. Stockend begann sie zu sprechen, während ich finster an ihr vorbeischaute. „Mira, ich hab mein letztes Taschengeld in die Fahrt hierher investiert und kriege heute keinen Bus mehr zum Bahnhof, also ..."

„Ist mir egal. Ich hab dich nicht hergebeten."

„Mir ist es aber nicht egal!", fiel Mama dazwischen und baute sich zwischen uns auf. „Bille hat eine lange Reise hinter sich und wird heute hier übernachten, ob ihr euch nun aussprecht oder nicht."

„Woher weiß sie eigentlich, wo wir sind, hm?" Ich löste meinen Blick von der Wand, um Mama ins Visier zu nehmen, die hektisch zu blinzeln begann. „Ich hab es ihr jedenfalls nicht gesagt. Ich rede nicht mehr mit ihr, wie du weißt ..."

„Sie hat mich angerufen, weil du nie abgenommen hast und permanent offline warst!" Mama breitete die Arme aus, als wäre sie die Unschuld vom Lande. „Was hätte ich denn tun sollen, sie anlügen? Nein, ich hab ihr gesagt, wo wir sind, weil sie mit dir reden möchte. Mensch, Mira, sie ist mit öffentlichen Verkehrsmitteln in die Pampa gefahren, alleine das verdient Respekt!"

„Respekt?" Ich lachte höhnisch auf und wandte mich wieder Bille zu. „Du verdienst Respekt? Das ist doch ein schlechter Witz ..."

„Mira, bitte ..." Ihre Lippen zitterten, sie stand kurz davor, zu weinen. Prima. Ich hatte auch geweint. „Lass mich wenigstens mit dir reden."

„Ich glaube nicht, dass mich interessiert, was du zu sagen hast." Ich hatte sogar Angst davor. Ich wollte nicht hören, was in der Zwischenzeit geschehen war.

„Aber es muss sein. So kann es doch nicht bleiben."
Zähneknirschend ließ ich mich auf den nächstbesten
Sessel fallen. „Stimmt. Aber dass es ist, wie es ist, ist
nicht meine Schuld."
„Wollt ihr vielleicht frische Pfannkuchen mit Kir-
schen und Sahne?", mischte sich Mama leutselig in unser Hickhack ein und wir verneinten exakt im gleichen
Moment und in der gleichen Tonlage – eine schmerzhafte Erinnerung an das, was einst zwischen uns gewesen war. Wie oft hatten Bille und ich gleichzeitig dasselbe gesagt oder gedacht, bevor sich binnen weniger
Minuten plötzlich ganze Kontinente zwischen uns geschoben hatten. „Gut, dann stelle ich sie warm und lasse euch beide alleine."

Ich hatte mich die vergangenen Tage damit arran-
giert, dass Mama die meiste Zeit im Schlafzimmer verbracht hatte, denn es hatte mir die Gelegenheit gegeben, ungestört bei Bonnie zu sein, aber jetzt überkam
mich der Drang, ihr hinterherzulaufen und mich an ihren Rockzipfel zu hängen. Kaum hatte sie den Raum
verlassen und die Tür geschlossen, verfielen Bille und
ich in ein angespanntes Schweigen, das mich fürchten
ließ, sie könne mein Herz schlagen hören. Es hatte vor
lauter Angst seinen Rhythmus verloren.

„Na schön, was hast du zu sagen?", stieß ich schließlich unwillig hervor, weil Bille stumm auf den abge-

wetzten Teppich schaute und sich nicht traute, das Wort zu ergreifen.

„Also, erst mal ... Es tut mir leid, Mira. Das, was passiert ist. Ich wollte es nicht und ..."

„Wenn du es nicht gewollt hättest", unterbrach ich sie hart, „hättest du es einfach nicht getan! Aber du wolltest es!"

„Ja", gestand Bille zu meinem Erstaunen. „Ja, stimmt, ich wollte Janis küssen. Aber ich wollte dich nicht verletzen. Das wollte ich wirklich nicht."

„Das hast du aber!" Meine Stimme klang verwundet. Plötzlich war der Schmerz wieder so frisch wie an dem Abend, als es geschehen war.

„Ich weiß. Ach, Mira, ich kapier doch selbst nicht genau, was da passiert ist! Es ging so schnell und dann ... dann ... Ich hätte nie gedacht, dass ich so was tun kann. In dem Moment gab es nur Janis und mich, wir waren wie verzaubert und ich ..."

„Ich will das nicht hören, Bille. Es erklärt nichts, gar nichts." Ich verschränkte die Arme so fest vor meiner Brust, dass ich mir selbst den Atem abschnürte. „Ich war jedenfalls nicht wie verzaubert. Ich hab mich gefühlt, als würde ich bei lebendigem Leib begraben." Meine Worte klangen melodramatisch, waren aber nicht übertrieben. In diesem Augenblick war ich in einer Not gewesen, die ich mir vorher nicht einmal hätte ausmalen können. „Und ich werde das niemals vergessen können."

„Ja, das glaub ich dir ... und ..." Bille atmete durch und heftete ihre hellbraunen Augen entschlossen auf mich.

„Janis und ich haben danach versucht, uns nicht mehr zu sehen und nicht mehr miteinander zu sprechen, aber – das geht nicht, Mira. Es ist passiert und wir haben uns ineinander verliebt ..."

„Auf mir."

„Nein, nicht da! Schon vorher! Ich hab versucht, meine Gefühle zu unterdrücken, damit es keinen Ärger zwischen uns dreien gibt, aber ... du siehst ja, was dabei herausgekommen ist ..."

Plötzlich begriff ich, welche Macht ich hatte – und wie ohnmächtig ich zugleich war. Egal, was Bille sagte und tat und wie sehr sie ihr Verhalten bereute, ich würde ihr ihren Fehler immerzu vorhalten können. Keine ihrer Entschuldigungen würden ihn je gutmachen können. Auf einmal fühlte ich mich müde und leer. Meine Wut war verpufft. Was sie und Janis füreinander empfanden, lag außerhalb meines Machtbereiches. Ich hatte keinerlei Einfluss darauf und es spielte keine Rolle, wie weh es mir tat. Wenn sie sich liebten, liebten sie sich.

„Hast du es denn gar nicht gemerkt?", fragte Bille, die meinen Stimmungsumschwung anscheinend bemerkt hatte. „Dass ich mich in ihn verliebt habe?"

„Nein!", erwiderte ich lahm. „Wir hatten doch einen
Pakt, dass wir keinen Freund haben wollen, bis wir 16
sind. Du hast ihn mit mir schließen wollen!"

„Und ich hab ihn ernst gemeint! Aber Gefühle sche-
ren sich eben nicht um einen Pakt."

Ja, meine hatten es auch nicht getan. Ach, es war
so ungerecht. Bille hatte ihren ersten Freund und war
verliebt, und ich hatte zwei Freunde auf einmal verloren. Ich schloss für einen Moment die Augen und sah
Janis und Bille knutschend und Hand in Hand. Eine ät-
zende Vorstellung, doch ich würde mich an sie gewöhnen müssen. Wir gingen schließlich in die gleiche
Schule. Am liebsten hätte ich mich einfach in Luft aufgelöst.

„Wir mögen dich doch, Mira. Ehrlich!"

„Ja, das hab ich gemerkt." Mir entfuhr ein sarkasti-
sches Lachen. „Ich hab es echt satt, immer nur zusehen
zu müssen, wie alles den Bach runtergeht, und nichts
daran ändern zu können!" Jetzt dachte ich nicht nur an
Bille, sondern auch an Bonnie. Genauso wie bei Bille
und Janis konnte ich die Situation nur noch hinnehmen – ich musste akzeptieren, dass dieses Pferd todkrank war, trotz teures Rehebeschlags, trotz meiner
stundenlangen Nachtwachen im kalten Schuppen,
trotz der innigen Verbindung, die wir zueinander hatten. Papa war nur ein weiterer Faden in diesem unsägli-

chen Muster. Auch auf sein Weggehen hatte ich lediglich reagieren können. Ich wusste nicht, was ich noch für Bonnie tun konnte, und das wog viel schwerer als die Tatsache, dass Bille und Janis ein Paar waren. „Was meinst du denn damit?", hakte Bille kaum hörbar nach.

„Ist irgendetwas passiert? Jasmin hat gesagt, du würdest dich um ein krankes Pferd kümmern ..."

„Ja. Bonnie. Sie liegt drüben im Schuppen." Eigentlich hatte ich keine Lust, mit Bille darüber zu reden, doch mir fehlte die Kraft, zu schweigen.

„Was hat sie denn?", fragte Bille weiter, als würden wir tot auf den Teppich sinken, sobald wir aufhörten, miteinander zu sprechen.

„Rehe."

„Oh." Ich hörte, wie Bille sich aufrichtete. „Akut oder chronisch?"

„Hm?" Blinzelnd öffnete ich meine Augen. „Wie meinst du das?"

„Hat sie es schon lange oder gerade einen akuten Schub?"

„Beides, schätze ich." Wie eine aufgeschreckte Eule blinkerte ich sie an. Bille kannte sich mit Hufrehe aus?

„Seitdem die Schmerzmittel nachgelassen haben, geht es ihr wieder schlechter und ihre Fesseln sind heiß und geschwollen. Sie pochen."

„Also hat sie einen Schub", stellte Bille fachmännisch

fest und nickte sich selbst zu, dankbar, ein Thema gefunden zu haben, über das wir reden konnten, ohne uns gegenseitig fertigzumachen.

„Woher willst du das wissen?"

„Bei meiner Mutter im Stall gibt es auch ein Rehepferd. Letztes Jahr sollte es eingeschläfert werden, aber Mamas Freundin hat die ganze Nacht im Internet recherchiert und dann ..."

„Das hab ich auch gemacht. Bringt nichts. Tausend unterschiedliche Meinungen und in den Foren gehen die Pferdebesitzer deshalb ständig aufeinander los. Ich werde davon nur wirr im Kopf."

„Jetzt lass mich doch mal ausreden! Sie haben eine Methode gefunden, die jeder selbst durchführen kann, wenn er Zeit und Eis hat. Bei Ishka hat es geholfen."

„Eis?" Skeptisch blickte ich in Billes Richtung. „Meinst du etwa Speiseeis?"

Bille lachte belustigt auf. „Nein, Eiswürfel, am besten Crasheis. Das stopft man in Socken und diese Socken ziehst du dem Pferd an, bis das Eis geschmolzen ist – und dann kriegt es frische Eissocken, so lange, bis die Entzündung abgeklungen ist. Irgendwie überlistet man damit den Huf oder so ... Ich weiß es nicht mehr genau. Der Huf denkt wohl, er steht im Schnee."

Das klang abenteuerlich, zumal Hufe meiner Meinung nach nicht denken konnten. Diese Methode hörte sich nach einem Verzweiflungsakt an, über den jeder Tierarzt spotten würde. War sie dennoch einen Versuch wert?

„Na ja, große Socken kann ich bestimmt auftreiben, aber Eis?"

„Viel Eis", bestätigte Bille nickend. „Bei Ishka war es nach einer Stunde geschmolzen. Wir haben einen Tag und eine Nacht bei ihr gesessen und ihr immer wieder frische Eissocken angezogen. Alle haben mitgeholfen."

„Ja, und genau daran wird es scheitern", winkte ich resigniert ab. „Alleine schaffe ich das nicht." Slawa war seit heute früh mit seinem Vater unterwegs, zu irgendeiner Geflügelschau in Polen, auf dem sie den Rest ihrer einjährigen schwarzen Hühner an den Mann bringen wollten, und würde erst spät in der Nacht zurückkommen. Außerdem würde Mama es niemals dulden, dass ich bei diesen Temperaturen die ganze Nacht im Schuppen blieb – und sie selbst war noch zu schwach, um mir beizustehen.

„Wer redet denn davon, dass du es alleine tun sollst?" Bille wagte ein scheues Lächeln. „Ich bin doch da."

„Wiedergutmachung, was?", kommentierte ich bissig.

„Und wenn schon ... Ich will dir helfen, wirklich."

Ich war mir da nicht so sicher. Vermutlich wollte Bille in erster Linie ihr Gewissen reinwaschen. Für Bonnie machte das jedoch keinen Unterschied – und ich ertappte mich dabei, wie ich begann, neue Hoffnung zu schöpfen.

„Aber wo kriegen wir Eis her?"

„Von der Tanke?" Bille unterdrückte mehr schlecht als recht ein Gähnen. Sie war genauso kaputt wie ich. „Am Ortseingang ist eine, ich bin mit dem Bus vorbeigefahren. Die haben bestimmt Crasheis. Wir kaufen einfach alles, was sie haben."

Das wiederum würde ohne Mamas Hilfe nicht funktionieren, denn wir brauchten dafür ein Auto. So viel Eis konnten wir niemals bis zum Hof tragen und ich war außerdem pleite.

„Ich glaub, wir müssen jetzt zusammen mit Mama Pfannkuchen essen. In Frieden. Sonst hilft sie uns niemals dabei."

„Okay, kein Thema", erwiderte Bille und baute ihr Lächeln zu einem Grinsen aus, das sofort wieder erlosch, als sie merkte, dass ich es nicht erwiderte. Wortlos stand ich auf, streifte meine Jacke ab und ging zur Küche. Bille folgte mir in sicherem Abstand. Noch konnte ich nicht fassen, wozu ich mich hatte breitschlagen lassen. Ich hatte Bille nie wieder sehen wollen und nun würden wir zusammen die Nacht durchmachen.

Doch Bonnie zwang mich, die Karten neu zu mischen. Ich hatte überhaupt keine Wahl. Denn sie war mein Tashunka-Witko.

LUFTIKUS

„Jetzt waren es bereits zwei Stunden ... das ist gut ...“

„Ich spüre auch kein Pochen mehr – oder ist es langsamer geworden?“

„Nein, ich kann es auch nicht mehr spüren. Schnell, los, mach sie drüber!“

Mein Gehirn war zu matt, um dem Sinn zu verleihen, was es hörte; es blieben Worte ohne Bedeutung und Zusammenhang. Auch gelang es mir nicht, meine Augen zu öffnen. Meine Lider waren bleischwer und brannten. Doch mein Herz scherte sich nicht um meine Erschöpfung. Es zwang mich, wach zu werden, denn da war etwas, nach dem ich schauen, um das ich mich kümmern musste ... ein Wesen, das meine Hilfe brauchte, bevor es zu spät war ...

„Was macht ihr da? Oh Gott, was ist passiert?“

Keiner hörte mich, denn meine krächzende Stimme ging in dem plötzlichen Röhren des Motors und dem metallischen Kreischen über mir unter. Grelle Panik schoss durch meinen Bauch und ich schrie verzweifelt auf.

„Nein! Nein ...“ Taumelnd rappelte ich mich hoch und wollte zu Bonnie stürzen, um sie noch einmal zu berühren, bevor sie nach oben gehievt wurde, denn mein Gehirn ordnete das Bild, was sich mir bot, nüchtern ein und präsentierte mir das passende Wort dazu – Abdecker. Der Abdecker war da! Ich hatte bei meinen Recherchen davon gelesen. Abdecker holten die eingeschläferten Pferde ab. Das bedeutete, dass Bonnie es nicht geschafft hatte und gestorben war, während ich neben ihr gelegen und geschlafen hatte – Gott, wie hatte das nur passieren können?

„Warum hast du mich nicht geweckt?“ Blind vor Wut torkelte ich gegen Slawa, der vor Bonnie kniete und sich an den Riemen, die unter ihren Bauch geschoben worden waren, zu schaffen machte, während der Trecker näher heranfuhr, seine Kralle drohend erhoben.

„Wie konntest du mich schlafen lassen, während sie ...“

„Weg hier, Mira, das ist zu gefährlich ... He! Geh gefälligst auf Abstand, wenn das klappen soll!“

Verschwommen erkannte ich auf der anderen Seite Bille und meine Mutter, die ebenfalls mit den Riemen beschäftigt waren und deren Gesichter vor Anstrengung glühten. „Ich wollte sie begleiten! Das wusstest du, ich wollte dabei sein, wenn sie stirbt! Warum vergesst ihr mich alle immer? Bin ich etwa unsichtbar?"

Drei fragende Gesichter wandten sich mir zu, denn der Motor war plötzlich leiser geworden. „Stirbt?", echote Mama mit einem erschöpften Lächeln. „Liebes, Bonnie ist nicht tot."

„Aber ... aber ... oh ..." Aufschluchzend presste ich die Hände gegen meine Brust und der letzte Rest Müdigkeit verflüchtigte sich. Bonnie war gar nicht tot? Ich hatte mich geirrt? „Wieso ist dann der Abdecker da?"

„Ach, Mira ...", knurrte Slawa und nahm den Riemen wieder in seine dreckigen Hände. „Guck doch mal genau hin. Das ist nicht der Abdecker, sondern mein Paps und wir versuchen, Bonnie aufzuhängen."

„Das klingt nicht gut", erwiderte ich verlegen.

„Ist es aber", entgegnete Slawa in harschem Ton. Auch er sah übernächtigt aus und hatte keinen langen Geduldsfaden mehr. „Wir versuchen sie aufzuhängen, damit sie stehen kann, ohne dass ihre Hufe belastet werden. Also mach mir Platz, bitte."

Beschämt tapste ich zur Seite und sah frierend dabei zu, wie Slawa, Mama und Bille Bonnie immer wieder anwuchteten und dazu bewegten, sich zu rühren, damit sie auch den zweiten Riemen unter ihren Leib schieben konnten. Als es endlich geglückt war und sie keuchend losließen, begann Slawa, ein großmaschiges

168

Netz an den Riemen zu befestigen und ihre Enden mit
den daran befestigten Haken an die Kralle des Treckers
zu hängen.

„Fertig?", rief es hinter mir, wo der Trecker stand und
den Schuppen mit seinen Abgasen verpestete. Es ergibt
Sinn, dachte ich gerührt und blinzelte ein paar Tränen
aus meinen brennenden Augen. Es war der beste Weg,
Bonnies Organe zu entlasten, ohne dass ihr Gewicht
auf ihre Hufe drückte. Aber würden die Riemen sie halten? Was, wenn sie rissen und Bonnie zu Boden stürzte?

„Habt ihr die Belastbarkeit geprüft?", sprach Mama
meine Gedanken aus.

„Dazu war keine Zeit", brummte Slawa mürrisch.
„Paps sagt, es wird schon halten."

„Na, dann hoffen wir, dass Paps recht hat ..." Mamas
und meine Augen trafen sich, doch ich nickte grimmig. Bonnie musste jetzt auf die Beine. Anfangs waren
die Eisstücke im Stundentakt geschmolzen. Irgendwann waren daraus anderthalb Stunden geworden ...
und gegen Morgen zwei Stunden ... Doch ihr Atem war
immer schwerer gegangen und auch war sie unruhig
geworden, als fände sie unsere Söckchen-Aktion lästig
und wolle endlich in Frieden gelassen werden. Gleichzeitig hatte sie sich aber geweigert aufzustehen – beinahe, als traue sie ihren eigenen Hufen nicht.

Während ich im Heu geschlafen hatte, musste Slawa mit seinem Vater von der Geflügelschau zurückgekommen sein – im Gepäck seine geniale, aber riskante Idee. Wir mussten sie ausprobieren.

„Ich hebe hoch!", verkündete Slawas Vater und wir traten einen großen Schritt von Bonnie zurück.

„Guten Flug", flüsterte ich ihr zu, als der Motor des Treckers aufheulte, die Kralle nach oben wanderte und die Trageriemen sich zitternd spannten. Bonnie bewegte sich keinen Millimeter, sondern hob nur kurz den Kopf, um auf ihren Bauch zu schauen, weil sie den Druck der Tragebänder spürte.

Sofort ließ Slawas Vater die Kralle wieder ein Stückchen herab, sodass die Riemen sich lockerten, und gab seinem Sohn einen Befehl, von dem ich kein Wort verstand – aber er klang weder verzweifelt noch beunruhigt, was meinen Puls ein wenig besänftigte. Slawa trat zu Bonnie, kniete sich nieder und verschob die Riemen in eine andere Position. Dann gab er mit erhobener Hand das Startzeichen für seinen Vater.

Erneut fuhr die Kralle nach oben – und dieses Mal schien Bonnie zu wissen, was wir von ihr wollten. In dem Augenblick, in dem die Riemen sich strafften, hob sie ihren Kopf und versuchte, die kranken Vorderhufe in den Boden zu stemmen, als wolle sie es uns leichter machen. Blitzschnell schoss Slawa auf sie zu, schlang das Netz unter ihrem Bauch durch und befestigte es auf der anderen Seite an den beiden Riemen. Gleichzeitig fuhr sein Vater die Kralle weiter hoch, bis Bonnie in den Riemen hing wie eine schwebende Kuh und ihre Hufe den Boden zwar noch berührten, aber kein Gewicht tragen mussten. Es war ein skurriler Anblick, weil sie ihre Läufe instinktiv ein Stückchen abspreizte und sie links einen rosafarbenen und rechts einen blauen Socken trug, aus denen Schmelzwasser ins Stroh rann, doch sie schien Gefallen an ihrer Schwerelosigkeit zu finden. Mit glänzendem Blick schaute sie uns an, als warte sie darauf, dass wir ihr Beifall spendeten. Mit einem letzten Knattern erstarb hinter mir der Motor.

„Es hält, oder?", piepste ich in die plötzliche Stille hinein.

„Sieht so aus." Slawa prüfte die Riemen und nickte. „Ja, hält. So kann sie erst einmal bleiben."

Mit einem genüsslichen Seufzen ließ Bonnie ein paar glänzende, tiefbraune Pferdeäpfel auf den Boden fallen und schnaubte kräftig durch. Auf diesen Moment musste sie sehnlichst gewartet haben.

„Oje, ich glaub, jetzt pinkelt sie auch noch ... Alter Schwede." Mit geweiteten Augen starrte Mama auf das Stroh, in dem sich unter lautem Rauschen ein gelber, scharf riechender See zu bilden begann. „Sagt man nicht immer, Pferde seien die edelsten Geschöpfe Gottes?"

„Na ja, pissen und schei..."

„Slawa!", unterbrach ich ihn warnend, weil sowohl Bille und Mama die Köpfe hochschnellen ließen wie Geier auf Beutezug. „Bitte!"

„Äppeln müssen sie auch", verbesserte er sich ohne Leidenschaft. „Sieht doch beides ganz gut aus. Wir geben ihr Heu und dann kann sie sich erst mal ausruhen."

Jetzt wagten sich auch die Ziegen aus ihrem Versteck, in das sie sich während unserer Trecker-Aktion zurückgezogen hatten, und wir konnten nicht verhindern, dass sie auf den Hof marschierten, weil wir das Tor nun nicht mehr schließen konnten. Der Trecker musste so lange stehen bleiben, wie Bonnie entlastet werden musste. Doch nach ihrem kurzen Ausflug durch den kalten Morgennebel sahen Emma und Erika ein, dass der Schuppen der gemütlichere Platz für sie war, und fraßen zusammen mit Bonnie von dem frischen Heu, das Slawa herbeigeschafft hatte.

„Jetzt können wir endlich mal richtig ausmisten", beleuchtete Slawa die praktischen Nebeneffekte unserer Rettungsaktion. Bisher hatte Bonnie nur einmal ihre Liegestelle verlassen und wir hatten währenddessen genug mit dem Schmied zu tun gehabt, als uns um den Schuppen kümmern zu können.

„Sofort?" Billes Stimme hatte einen leidenden Unterton. Ja, es roch streng in dem Schuppen und sah wüst aus, das merkte auch ich. Es würde viel Arbeit werden, hier auszumisten.

„Ganz bestimmt nicht", entschied Mama resolut. „Ihr Mädels kommt mit mir ins Haus. Wir brauchen etwas Warmes zu essen und eine Mütze Schlaf. Danach könnt ihr immer noch die Mistgabel schwingen."

Niemand widersprach. Wir waren alle ausgekühlt, übermüdet und so hungrig, dass unsere Bäuche im Gleichtakt knurrten.

„Danke", raunte ich Slawa zu, als ich mich von Bonnie verabschiedete und er direkt neben mir eine letzte Gabel Heu in die Raufe warf. „Und sorry wegen vorhin, ich hab gedacht, sie ist tot ..."

„Schon gut." Seine Schulter knackte, als er die Gabel zurück an die Wand lehnte, und sofort dehnte er sie, als habe er Schmerzen. „Ich will nur noch ins Bett, ich bin seit gestern Morgen ununterbrochen wach ..."

Auch ich konnte kaum mehr einen Fuß vor den anderen setzen, als Bille, Mama und ich hinüber zum Haus liefen. Bille kam mir stiller vor als gestern Abend und mir fiel auf, dass sie mir immer wieder einen prüfenden Seitenblick zuwarf, als versuche sie, in mir zu lesen.

Auch Mama sagte kaum ein Wort, während wir unseren Kaffee schlürften, Hefebrot mit Butter und Honig in uns hineinstopften und das Radio uns für die nächsten Tage den lange ersehnten Wetterwechsel samt Frühlingsbeginn versprach.

Ja, es musste endlich Frühling werden.

Wir stellten den Wecker, damit er uns in zwei Stunden daran erinnerte, neue Eissocken zu füllen und Bonnie überzuziehen, rollten uns wie Katzen auf den Sesseln und dem Sofa zusammen und waren binnen Sekunden eingedöst.

Noch während der Schlaf mich packte, glaubte ich, von draußen ein tiefes, sanftes Wiehern zu hören.

AUF SIE MIT GEBRÜLL

„Okay, dann ..." Bille stellte ihren Rucksack auf dem Bahnsteig ab, wusste aber nicht, wohin mit ihren Händen, und auch ich stand mit vor der Brust verschränkten Armen vor ihr – meine neue Standardposition. Wir konnten uns beide nicht dazu aufraffen, uns zu umarmen.

„Ich lass euch mal alleine! Tschüss, Bille, komm gut heim und grüß deine Eltern!", flötete Mama dazwischen. Sie hatte gehofft, Bille und ich würden durch unsere gemeinsame Nacht- und Nebelaktion wieder beste Freundinnen werden, und auch ich hatte zwischenzeitlich geglaubt, die gefrorene See zwischen uns könne schmelzen wie das Eis in Bonnies Socken, wenn wir es nur schafften, sie heil über die Nacht zu bringen. Aber als wir nach unserem komaähnlichen Vormittagsschlaf wieder im Schuppen standen und mit zerschundenen Fingern im Crasheis wühlten, war Slawa zu uns gestoßen, und kaum hatten Bille und er ein paar

Worte miteinander gewechselt, war ein tiefes, zähes Misstrauen meine Wirbelsäule hinaufgekrochen. Ich war eifersüchtig auf die kleinste Geste, die sie miteinander tauschten. Bille war niemand mehr, auf den ich mich blind verlassen konnte. Ich schaffte es nicht, sie eine Sekunde mit Slawa alleine zu lassen, obwohl ich so fror, dass ich dringend einen zweiten Pullover gebraucht hätte.

Bille hatte mir geholfen und ohne sie wäre ich niemals auf die Idee mit dem Eis gekommen. Auch hatte sie sich nicht aus der Ruhe bringen lassen, als die Dorfjugendlichen uns an der Tanke provozierende Bemerkungen hinterhergerufen hatten, weil wir bis zum Kinn mit Crasheis bepackt aus dem Minimarkt kamen. Sie waren uns mit ihren Mopeds sogar bis zu jener Allee am Rande des Dorfes gefolgt, die zu Papas Hof führte. Ich hatte das Gefühl gehabt, sie suchten Streit, und nur dankbar wären, wenn wir sie beachteten.

In diesem Moment hatte es gutgetan, nicht nur Mama, sondern auch Bille bei mir zu haben. Sie konnte das perfekt: so tun, als gäbe es die anderen nicht, und sich auf keinen Fall irritieren lassen – genau das, was sie getan hatte, während sie mit Janis auf mir ... Tja, und so war es die ganze Zeit gelaufen. Ich versuchte, positiv über sie zu denken, und landete letztendlich doch bei dieser einen, fatalen Nacht, in der alles anders geworden war. Jetzt war mir klar, dass es anders bleiben würde. Dieser Bruch war irreparabel.

„Das wird nicht mehr, oder?", sprach sie meine Gedanken traurig aus.

„Ich glaub nicht." Sie anzulügen ergab keinen Sinn. „Trotzdem danke, dass du mir geholfen hast."

„Ich hab deiner Mutter noch gesagt, welche Kräuter ihr kaufen müsst. Die haben bei Ishka Wunder gewirkt. Ihr müsst sie anfangs hoch dosiert füttern, zusammen mit den Kräutern, die Slawa ihr schon gegeben hat."

„Okay. Machen wir."

„Du ..." Zögernd suchte Bille nach Worten. „Slawa – der ist ganz süß, oder?"

„Wie meinst du das denn jetzt?", fragte ich misstrauisch. „Reicht dir Janis nicht? Außerdem ist Slawa nicht süß ... er ist ... also ... er ..."

„Natürlich reicht mir Janis!", unterbrach Bille mein aufgebrachtes Gestammel. „Ich denke nur, dass Slawa ... na ja, er ist ..." Nun fing auch sie an zu stottern. Treffende Bezeichnungen für Slawa zu finden, war in der Tat schwierig. „Er ist ehrlich." Sie errötete, als sie merkte, was sie da gesagt hatte. „Der würde so was nicht tun wie ... ich." Das „ich" konnte man kaum mehr hören; der Wind hatte es sofort mit sich genommen. Billes Augen füllten sich mit Tränen. Plötzlich tat sie mir leid, doch ehe ich meine Arme lösen konnte, um sie doch noch zu umarmen, fing mein Handy penetrant zu dudeln an. Seit gestern Nacht trug ich es wieder bei mir; jetzt gab es ja nichts mehr, wovor ich mich fürchten musste, und wie ich Papa einschätzte, würde er sich nach meiner Abfuhr nicht ein zweites Mal melden.

„Moment." Suchend griff ich in meine Tasche und zog es heraus. „Hallo?"

„Mira? Hier ist Slawa."

Slawa!? In alter Gewohnheit schob ich die Hand über das Mikro, wie ich es früher immer getan hatte, wenn Janis sich gemeldet hatte und Bille bei mir war, und blickte sie fragend an. „Das ist Slawa! Woher hat er meine Nummer!?"

„Von mir", grinste sie unter Tränen. „Dachte, das schadet nicht."

„Aha. Oder dachtest du, ich vergesse alles, wenn du mich verkuppelst?", erwiderte ich. „Neue Liebe, neues Glück?" Seufzend nahm ich das Handy wieder ans Ohr. „Was ist denn?"

„Ihr müsst sofort kommen! Die vom Amt sind wieder da. Sie wollen Bonnie mitnehmen."

„Es ist Karfreitag!", japste ich. „Das kann nicht sein, wir haben Feiertag!"

„Sie sind es, Mira. Sie haben einen Hänger dabei und

mein Vater kann sie nicht lange auf Abstand halten,
also beweg deinen Hintern hierher!"

Ich legte auf, ohne mich von ihm zu verabschieden.
Mein Gesicht musste kalkweiß geworden sein, denn
Bille sah mich erschrocken an.

„Alles in Ordnung?"

„Nein. Die wollen Bonnie mitnehmen. Ich muss sofort zurück!" Rasch zog ich Bille an mich, wobei unsere
Köpfe und Schultern unsanft zusammenstießen. Wir
passten wirklich nicht mehr gut zusammen. „Gute
Fahrt, bis bald!"

Ohne ihren Gruß abzuwarten, drehte ich mich um
und spurtete durch die winzige, graue Bahnhofshalle
nach draußen, wo Mama im Auto auf mich wartete, die
Augen auf ihr iPhone gerichtet, an dem sie neuerdings
hing, als könne es Geldscheine ausspucken, wenn man
es nur lange genug anstarrte.

„Wir müssen zum Hof, sofort! Fahr!", herrschte ich sie
an. „Das Amt ist da und sie wollen Bonnie mitnehmen!
Jetzt fahr doch, Mama!"

„Woher ... aber wieso ..."

„Keine Ahnung, ich weiß nur, dass sie da sind, Slawa
hat mich angerufen!" Endlich drehte Mama den Schlüssel und ließ den Motor an. Mit quietschenden Reifen
und aufjaulendem Motor schoss sie aus der Parklücke
und raste in halsbrecherischem Tempo über Kopfstein-

pflaster und durch engste Straßen, bis wir die Landstraße erreicht hatten und sie weiter Gas geben konnte. Währenddessen schimpfte sie leise vor sich hin, einer ihrer typischen Stressmonologe, doch noch nie hatte ich ihr dabei so interessiert zugehört wie heute. Denn sie sprach immer wieder von *ihrem* Hof und dass niemand einfach so auf *ihr* Grundstück spazieren dürfe, wenn es ihm so passe, und er sich noch wundern würde ... oh ja, er würde sich wundern ...

In nur zehn Minuten hatten wir die Allee erreicht, drei Rehe und zwei Hasen aufgeschreckt und, wenn mich nicht alles täuschte, drei Kröten überfahren, die sich trotz des starken Windes auf Wanderung gemacht hatten. Bei der ersten hatte ich Mama noch darauf hingewiesen, dass sie gerade ein Tier getötet habe, dann aber beschlossen, dass ich ihre Wut nutzen musste. Was, wenn die Männer schon weg waren? Oder noch schlimmer – wenn sie Bonnie vor Ort erschossen hatten? Wie nur sollte ich das verkraften?

„Gott sei Dank", stieß ich heiser hervor, als wir den Hof erreichten und ich den leeren Hänger vor dem Schuppen stehen sah – und Bonnie, die nach wie vor in ihrer Tragekonstruktion hing und mit gerecktem Kopf dabei zusah, wie Slawas Vater und Schlosser miteinander diskutierten. Es sah nicht aus wie ein Streit, sondern eher wie ein angeregtes Fachgespräch, in das nicht mehr Emotionen hineinflossen als dringend nötig.

„So, Mira. Jetzt musst du mich mal machen lassen." Mama hatte ihren Monolog beendet und den Kopf zu mir gewandt, um mich eindringlich anzuschauen. „Das ist eine Erwachsenensache. – Wie sehe ich aus?" „Hübsch", log ich, weil ich mich nicht traute, etwas anderes zu behaupten. Mama wirkte kampflustig und müde zugleich. Ihre Wimperntusche war verschmiert und in ihrem Mundwinkel hing ein Krümel. Links und rechts prangten rote, kreisrunde Flecken auf ihren Wangen. Sie sah aus wie ein wütender, dünner Clown, aber immer noch um Längen besser als die meisten Mütter ihres Alters. „Wirklich, hübsch", versicherte ich, nun etwas überzeugender. „Was hast du denn vor?"

„Ich muss jetzt mit den Waffen einer Frau kämpfen", verkündete sie pathetisch und kicherte in sich hinein, weil sie merkte, wie bescheuert das klang. „Misch dich nicht ein, Mira. Keine Szene, okay?"

„Okay", versprach ich, obwohl ich überzeugt davon war, dass sie keine Chancen hatte. Schlosser war bestimmt kein Mann, der sich von den Reizen einer Großstädterin beeinflussen ließ, und er würde schnell merken, dass Mama keine Ahnung von Pferden hatte. Es glich einem Wunder, dass sie es schaffte, die Hühner nachts ins Bett zu bringen und morgens ins Freie zu lassen. Zweifelnd sah ich ihr nach, wie sie forschen Schrittes, aber mit leichtem Hüftschwung auf Schlosser zueilte und ihre Arme dabei gestikulierend durch die Luft wanderten. Das konnte nicht gut gehen ...

„Mira." Neben dem Autofenster war Slawa aufgetaucht. Erst wollte ich die Scheibe herunterkurbeln, bis ich begriff, dass ich nur aussteigen musste, um mit ihm zu sprechen. „Ich muss dir was zeigen, komm mit."

„Bitte nicht wieder ein halbtotes Tier ... Wir haben das eine noch nicht gerettet."

„Was anderes. Ihr wurdet angeschwärzt." Slawa griff nach meinem Handgelenk, um mich aus meiner Starre zu lösen, denn ich konnte meine Augen nicht von Mama abwenden. Was tat sie da nur? Jetzt lachte sie plötzlich und berührte Schlosser am Arm, worauf sein Schnurrbart zitterte – ein Zeichen des Friedens oder eines nahenden Zornesblitzes?

Obwohl ich mich immer wieder wie hypnotisiert nach Mama und Schlosser umdrehte, gelang es Slawa, mich unfallfrei zu sich nach Hause zu zerren und die Treppe hinaufzutreiben. Ich war zu durcheinander, um mich genauer umzusehen, doch ich nahm verschwommen ein gut strukturiertes, übersichtliches Zuhause wahr, das Mama mit Handkuss gegen Papas Hof eingetauscht hätte. Slawas Zimmer unter dem Dach war klein und behaglich. Auf dem Bett unter der Schräge

döste eine getigerte Katze, die sich umständlich umdrehte, als wir reinkamen, und zu einer noch kleineren
Kugel zusammenrollte.

„Hier." Slawa deutete auf sein laufendes Notebook,
von dessen Bildschirm mir Facebook entgegenleuchte-
te. „Gegen euch läuft eine Hetzkampagne. Irgendjemand aus dem Dorf hat ein Posting verfasst und das
wird überall geteilt. Es hat schon zig Kommentare und
fast alle glauben den Mist, der drinsteht …"

Slawa schob mir seinen Schreibtischstuhl unter den
Hintern, als habe er gespürt, wie weich meine Knie geworden waren. Meine Augen scannten den Text, ohne
dass ich ihn verstand. Ich las nur „Tierquälerei" und
„Egoisten" und „Setzt dem Schrecken ein Ende" und
„Raus mit den Sadisten aus unserem Strassnitz" und
viele andere Dinge, die ich gleich wieder vergessen
wollte. Sofort musste ich an die Jugendlichen an der
Tanke denken. War der Shitstorm zu diesem Zeitpunkt
schon gestartet worden? Hatten die Typen gewusst,
wer wir waren?

„Warum machen die so was?"

„Langeweile?" Slawa ging neben mir in die Knie und
scrollte mit der Mouse nach unten. Der Beitrag war
schon 64-mal geteilt worden. „Irgendjemand muss gewusst haben, dass Bonnie noch bei euch ist. Vielleicht
hat der Schmied geplaudert. Oder der Danicek. Ihr seid

Fremde aus der Großstadt. Für manche Strassnitzer schon Grund genug, gegen euch zu hetzen."

„Aber wir wollen doch nur etwas Gutes tun!", verteidigte ich mich.

„Sehen die wohl anders."

„Das muss Mama wissen." Ich schluckte trocken und konnte nicht verhindern, dass ich vor Angst erschauerte. Trotzdem war ich nun klar genug, die Kommentare zu lesen. Ein User forderte, uns vom Hof zu jagen, ein anderer sprach sogar von „Abfackeln" – ich wusste nicht, ob er Mama und mich oder das Haus meinte, aber es lief mir erneut eiskalt den Rücken herunter. Andere benutzten Schimpfworte, die ich gar nicht erst laut aussprechen wollte.

„He, keine Panik." Slawa klopfte mir sacht auf die Schulter, als sei ich ein scheuendes Pferd. „Das ist nur hohles Geschwätz."

„Und wenn nicht? Was, wenn sie es ernst meinen?"

„Abwarten", meinte Slawa mit stoischer Ruhe. „Über uns wird auch viel geredet, aber noch nie ist was passiert. Seh' nicht ein, mir in die Hosen zu machen."

„Aber ihr habt einen Mann im Haus. Mit deinem Vater würde ich mich auch nicht anlegen."

„Ach, der ist harmlos." Slawa feixte. „Aber wenn Babka das Nudelholz schwingt, sucht man am besten das Weite. Die ist ein ukrainischer Power-Ninja."

184

Sein Grinsen wirkte ansteckend auf mich. Trotzdem konnte es nicht darüber hinwegtäuschen, dass Mama und ich im Ernstfall alleine dastanden.

„Mira!", schallte ihre Stimme über den Hof, als habe sie gewittert, dass ich gerade an sie dachte, und Slawas Grinsen verstärkte sich.

„Sie schreit wieder nach dir. – Hier, nimm es mit und zeig ihr das Posting." Er löste das Notebook vom Netzkabel und drückte es mir in die Hand.

„Warum bist du dir so sicher, dass sie Bonnie nicht mitgenommen haben?"

Slawa erhob sich aus der Hocke und setzte sich auf das Bett, wo die Katze immer noch eingekugelt döste.

„Weil ich zu k. o. bin, um mir Sorgen zu machen. Außerdem dürfen die das gar nicht ohne Weiteres und die Tragekonstruktion wird bei kranken Kühen und Pferden immer wieder eingesetzt. Papa hat in der Ukraine mal einer Kuh das Leben damit gerettet. Der Schlosser muss so was kennen. Sonst hat er seinen Job verfehlt."

Slawa atmete hörbar aus, als habe ihn das viele Reden angestrengt.

„Du hast dir deine Osterferien anders vorgestellt, oder?"

„Hab mir gar nichts vorgestellt." Langsam ließ er sich hintenüberkippen, bis sein dunkler Schopf direkt neben der Katze auf die Matratze sank. Für einen Sekundenbruchteil wollte ich mich zu ihm kuscheln. Es sah so gemütlich aus, wie er da lag. „Ich bin nur müde."

„Ich auch."

„Mira!", rief Mama erneut nach mir. „Du kannst rauskommen, Bonnie ist noch hier!"

„Siehst du?" Slawa schloss zufrieden seine grünen Wolfsaugen und strich blind über den Rücken der Katze. „Sie ist noch da."

Ja, und das bedeutete unweigerlich, dass der Shitstorm gegen uns weiterlaufen würde. Obwohl außer dem Tierarzt, dem Schmied, dem Postboten und den Leuten vom Amt niemand den Hof betreten hatte, redete die gesamte Gemeinde über uns und dank Facebook etliche andere Menschen, die mit Strassnitz gar nichts zu tun hatten. Mama und ich gegen den Rest der Welt – wir hatten eine ganze Armee gegen uns aufgebracht.

„Wenn die wirklich herkommen, dann ..." Ich sprach nicht weiter, denn Slawa war fest eingeschlummert, die eine Hand auf dem Bauch ruhend, die andere im Nacken der Katze. Lautlos wanderte sein Atem durch seine Brust, während seine Finger wie im Reflex zuckten. Er war bereits in seinen Träumen angekommen. Auf Zehenspitzen zog ich mich aus seinem Zimmer zurück und kämpfte mich gegen meine eigene Armee hinaus zu Mama.

Denn meine Seelensoldaten wollten nichts als Frieden und hatten diese fixe Idee, ihn direkt neben Slawa und der Katze zu finden, geborgen in der Wärme eines Menschen, den nichts so schnell erschütterte und der stets an das Gute glaubte.

Doch meine Schlacht war noch lange nicht zu Ende.

GEGENANGRIFF

„Einverstanden? Schicken wir es ab?"

„Ich weiß nicht ..." Ich hatte immer noch Angst, mit Mamas Idee erst recht Ärger zu bekommen, während Slawa zustimmend nickte und seiner zarten, blonden Mutter eine Entschlossenheit ins Gesicht geschrieben stand, die er von ihr geerbt haben musste. Sein Vater schien sich nicht weiter für unseren Plan zu interessieren, hatte aber nichts dagegen, dass wir seine WLAN-Verbindung dazu nutzten, um uns gegen die Angriffe aus dem Netz zur Wehr zu setzen. Am wenigsten scherte sich Slawas Urgroßmutter um unser Vorhaben. Sie kicherte ab und zu nur heiser in sich hinein, als fände sie es auf amüsante Weise absurd, wie wir stundenlang vor einem Notebook brüten konnten. Mit ihren vielen Röcken und dem bunten Kopftuch wirkte Babka wie aus einer guten, alten Zeit und nährte meine alte Sehnsucht nach einer intakten Großfamilie.

„Wir können das nicht auf uns sitzen lassen, Mira."

„Können wir schon", widersprach ich Mama. „Vielleicht beruhigen sie sich schneller, wenn wir so tun, als interessiere uns das alles nicht."

„Das ist nicht mein Stil und ich werde immerhin persönlich angegriffen", stellte Mama klar. „Ich würde es auf meiner Seite posten und du, Slawa, teilst es – dann sehen es deine Kontakte, die das Ausgangsposting kennen. So funktioniert das doch, oder?"

Slawa nickte nur. Ja, auf Facebook war die Welt verdammt klein.

„Ich greife niemanden an", fuhr Mama entschieden fort. „Ich lade die Bürger von Strassnitz lediglich ein, sich ein Bild von uns, dem Hof und Bonnie zu machen. Mal sehen, ob jemand kommt."

Mama hatte ihre Worte noch nicht zu Ende gesprochen, als von draußen ein markantes Scheppern ertönte, als wäre jemand gegen einen Eimer gelaufen und habe ihn dabei umgeworfen. Aufgepeitscht fuhr ich herum und blickte zu den Fenstern. Auch Babka hob ihren Kopf und ich spürte, wie Mama sich anspannte.

„Das war der Wind", durchbrach Slawa die Stille. „Soll Sturm geben heute Nacht. Da ist niemand." Erneut lauschten wir nach draußen. Wir hörten nur das Rauschen der kahlen Bäume und das typische Heulen der Böen, wenn sie über das Dach fuhren und jeden Hohlraum, den sie fanden, mit ihrem Klang füllten.

Slawas Mutter wandte sich zu Andrej, der im Jogging-
anzug auf dem Sofa hing und eine stumm gestellte
Autosendung sah, und warf ihm auf Russisch einen
Satz entgegen, der vor Anklage und Vorwurf nur so
strotzte.

„Sie hätte gerne wieder einen Hund", übersetzte Slawa gedämpft. „Sie meint, in Situationen wie diesen
wäre er sinnvoll."

„Und warum schafft ihr euch dann keinen an?", gab
ich halblaut zurück, während Andrej missmutig brum-
melnd aufstand, zur Küche schlurfte und den Kühlschrank öffnete.

„Paps trauert immer noch unserer Hündin hinterher", raunte Slawa in mein Ohr, verstummte aber sofort, als sein Vater mit einer Flasche Wodka und mehreren Gläsern zurückkam, von denen er uns jeweils
eins vor die Nase setzte – sogar Slawa und mir.

„Hier. Hilft gegen Angst wie Hund. Und stirbt nicht."

„Dafür sterben Sie, wenn Sie meiner Tochter einen
einschenken", antwortete Mama trocken und drehte
mein Glas auf den Kopf, worauf sich die Anspannung
löste und Slawas Mutter anerkennend schmunzelte.
„Aber ich nehme ein Gläschen, danke." Knurrend goss
Andrej Cola in mein Glas, während Slawa reinen Wodka bekam – allerdings nur einen Fingerhut voll.

„Gegen Angst!", wiederholte Andrej mit grollendem

Timbre. Klirrend stießen unsere Gläser aneinander und wieder wurde ich den Eindruck nicht los, dass Mama etwas vor mir verbarg und diese ganze Facebook-Chose dazu nutzte, davon abzulenken. Seit dem unangemeldeten Aufkreuzen des Amtstierarztes benahm sie sich, als sei der Hof ihr eigenes Reich, das sie zu verteidigen habe. Dieser Stimmungsumschwung kam mir zu krass, zu radikal vor.

„Huiii", machte sie kieksend, nachdem sie ihren Wodka heruntergekippt hatte, und wedelte sich einhändig Luft zu. „Der ist aber ..."

„Selbst gebrannt", bestätigte Slawas Vater stolz. „Aus Ukraine. Alt."

„Schön." Hüstelnd wischte Mama sich ein paar Tränen aus den Augen. „Meine Leber wird es freuen. – Mira, eines muss dir klar sein", wandte sie sich wieder mir zu. „Wir haben eine Galgenfrist vom Schlosser bekommen, mehr nicht. Er hat kapiert, dass wir uns um Bonnie bemühen, aber zwei Punkte bleiben kritisch. Ziegen sind keine adäquate Gesellschaft für ein Pferd und vor allem darf ihr Fell nicht in diesem Zustand bleiben. Es ist nicht nur schmutzig, sondern verklumpt. Der Dreck ist steinhart geworden. Sie kann so keinen Fellwechsel vollziehen und der steht jetzt an. Ihr müsst sie irgendwie sauber kriegen."

Auch mir machte Bonnies Fell Sorgen. Ich hatte in Papas Garage Putzzeug gefunden, aber selbst der härteste Striegel schaffte es nicht, die Dreckklumpen aus Bonnies Fell zu lösen.

„Ich helf dir", sprang mir Slawa zur Seite, bevor ich ihn fragen konnte. „Kriegen wir schon hin. Sie steht ja jetzt."

„Ja, sie steht." Seufzend lehnte ich mich zurück und schloss für einen Moment die Augen. Glauben konnten wir beide es noch nicht ganz – aber nachdem die Fesseln abgeschwollen waren und das Pochen sich reduziert hatte, hatten wir immer wieder die Riemen gelockert und Bonnies Hufe mehr und mehr mit ihrem eigenen Gewicht belastet, bis wir sie schließlich aus der Tragekonstruktion befreit hatten. Seit einigen Stunden stand sie aus eigener Kraft auf und legte sich immer wieder hin – doch sie stand öfter und länger als all die Tage zuvor. Die Kräuter, die Mama bestellt hatte, fraß sie ebenso gerne wie das Ingwerpulver, das wir ihr zur Schmerzlinderung ins Futter mischten. Sie war kooperativ wie immer und hatte vorhin die Mutterziege frech mit den Nüstern angestupst, als beide sich auf das frische Heu gestürzt hatten. Kurz danach versuchte sie, meinen Rücken zu beknabbern, als wolle sie bei mir Fellpflege betreiben.

Wir hatten berechtigten Grund zur Hoffnung. Allerdings würde den niemand erkennen, der sich von

Bonnies Fell ablenken ließ. Fremde würden nur ein schmutziges, lahmes Pferd mit verformten Hufen sehen – ein gefundenes Fressen für jene Menschen, die uns für Tierquäler hielten.

„Schick das Posting erst morgen früh ab, wenn wir sie geputzt haben!", bat ich Mama, als ich begriff, was meine eigenen Gedanken mir sagten. Doch ihr ertappter Gesichtsausdruck verhieß nichts Gutes.

„Sorry", entschuldigte sie sich halbherzig. „Schon abgeschickt."

„Dann teil ich es eben erst morgen. Okay?", schlug Slawa vor.

„Ja, von mir aus." Gleichmütig nickte Mama. „Gute Idee."

Jetzt war ich mir sicher. Mama verbarg etwas, sonst wäre sie nicht so wild darauf gewesen, das Posting auf ihre Fotografie-Seite zu stellen, auf der sie mehrere hundert Fans hatte. Aber was war es nur?

„Komm, Mira, es ist spät und du weißt ja, dass Ausschlafen nicht funktioniert, wenn man Hühner hat." Aha. Jetzt waren es also auch schon ihre Hühner. Doch ehe Slawas Blicke mich suchen konnten, hatte sie mich in ihrer üblichen Manier an der Hand genommen und zog mich vom Stuhl, als sei ich ein Kind. Errötend senkte ich den Kopf. Von außen gaben Mama und ich wahrlich ein unterhaltsames Paar ab.

„Danke für eure Hilfe! Und für den Wodka."

„Hmpf", machte Andrej nur, doch seine Frau lächelte uns zum Abschied zu und auch Babka hob kichernd ihre Hand. Slawa hatte keine Chance mehr, etwas zu tun oder zu sagen. Ich konnte ihn nicht einmal mehr anschauen, so schnell hatte Mama mich nach draußen in den kalten, feuchten Wind bugsiert.

„Irgendwas stimmt mit dir nicht!", rief ich, während wir durch den einsetzenden Regen zum Hof trabten, die Hände in den Taschen und die Kragen unserer Jacken hochgestellt.

„Ja, ich bin müde und hab einen Schwips und will ins Bett! Schläfst du wieder auf dem Sofa?"

Soso – sie wollte mich nicht bei sich haben. Und mit Sicherheit würde sie mit Tablet und Handy ins Bett gehen. Ging es um Rafael oder um Papa?

„Von mir aus."

Auch ich kam aus dem Gähnen nicht mehr heraus – eine Bettschwere, wie ich sie von Frankfurt nicht kannte. Deshalb machte ich den alten Röhrenfernseher gar nicht mehr an, sondern löschte sofort das Licht und kuschelte mich in meine zwei Decken.

Doch in dieser Nacht fand ich keine Ruhe. Über mir knarrten die Dielen, weil Mama schlaflos hin und her lief, als warte sie auf etwas, von dem ihr Leben abhing. Auch ich ließ mein Handy online und legte es direkt neben meinen Kopf. Obwohl meine Wut auf Papa sich kaum gemindert hatte, wollte ich es auf keinen Fall verpassen, wenn er versuchte, mich zu erreichen.

Doch wie es aussah, hatte ich ihn vertrieben.

Irgendwann gegen Morgen fand auch Mama ihren Frieden. Das Knarren der Dielen verstummte und ich hörte nur noch den Wind, der um unser Haus jagte und an den alten Schindeln riss, als sehne er sich danach, zu uns zu gelangen und uns zusammen mit den letzten Resten des Winterlaubs durch die Luft zu wirbeln, damit wir uns endlich von allem Alten befreien konnten.

FRÜHJAHRSPUTZ

„Ich kann nicht mehr, ehrlich …"

„Doch, wir können", trieb Slawa mich energisch an, nicht aufzugeben.

Mit beiden Händen bugsierte ich mich auf den umgekippten Heukorb, doch meine Beine krampften. „Autsch …" Stöhnend knetete ich meinen linken Oberschenkel, ohne dass ich meine Finger dabei spüren konnte. Sie waren in der Dauerkälte starr und taub geworden.

„Guck mich an und hör mir zu." Slawa sprach erst weiter, als ich ihm ins Gesicht schaute. Es war schmutzig wie meines. Überall an uns haftete Bonnies Dreck; wir sahen aus, als hätten wir uns darin gewälzt, doch vor allem waren wir von Kopf bis Fuß nass. „Ich hole noch zwei Eimer warmes Wasser. So lange machst du eine Pause. Dann geht's weiter. Ihr Hals und ihre Vorderläufe sind schon sauber. Der Rücken zur Hälfte. Wir kriegen auch den Rest hin!"

„In Ordnung", erwiderte ich schlotternd. Er hatte ja recht – endlich kam Bonnies wunderschön gezeichnetes Fell zum Vorschein; ein auffälliger Kontrast aus Ebenholz und Elfenbeinweiß. Es war dicht und unfassbar weich. Ich hatte gar nicht gewusst, dass Pferde ein so weiches Fell haben konnten.

Seit heute Morgen ackerten wir ohne Pause. Keiner von uns hatte geahnt, wie schwierig es sein würde, Bonnie zu putzen. Wir konnten sie nicht mit dem Schlauch abspritzen, denn das kalte Wasser alleine löste den Dreck nicht. Wir mussten warmes Wasser aus dem Haus heranschleppen, es mit Shampoo vermischen und mit einem Schwamm auf ihr Fell bringen – eine Tätigkeit, bei der wir die Hälfte des Wassers selbst abbekamen.

Als wäre dies nicht genug, zogen in regelmäßigen Abständen Graupelschauer heran, die das lädierte Dach des Schuppens kaum abhalten konnte, unter das wir uns mit Bonnie zurückzogen, wenn der Himmel sich verdunkelte und es wie aus Eimern schüttete.

Waschen jedoch mussten wir sie im Freien auf dem Hof, da das Wasser im Schuppen nicht ablaufen konnte. Selbst die warme Shampoolauge konnte die Klumpen in Bonnies Fell nur anlösen – herausziehen mussten wir sie mit unseren Fingern. Meine Nägel waren bereits aufgedunsen und meine Hände übersät mit Rissen und offenen Stellen. Slawa ging es nicht anders. Wir hatten anfangs versucht, mit Handschuhen zu arbeiten, doch mit ihnen rutschten unsere Finger ab, wenn wir an den Klumpen zogen.

Bonnies Bauch war der am dramatischsten verschmutzte Bereich. Um ihn zu waschen, mussten wir in die Hocke gehen – und in der Hocke bleiben. Es war echte, aufreibende Handarbeit unter miesesten Bedingungen. Noch nie in meinem Leben hatte ich so hart geschuftet. Mir taten bereits jetzt jeder Muskel, jeder Knochen und jede Sehne im Rücken, in den Armen und in den Beinen weh. Seit einer Stunde bekam Bonnie außerdem minutenlange Zitteranfälle, weil sie seit heute Mittag fast ununterbrochen nass war. Slawa meinte, das sei nicht schlimm; ihr werde dadurch warm und Zittern sei bei Tieren etwas ganz Normales. Trotzdem tat sie mir leid.

Ich selbst tat mir ebenfalls ein bisschen leid.

Doch bevor die Nacht hereinbrach, musste Bonnie sauber und trocken sein. Denn sie würde ab heute nicht mehr im Schuppen schlafen, sondern bei den Hühnern, zusammen mit den Ziegen. Gras wuchs dort nach dem langen Winter und den vielen Regenfällen sowieso nicht mehr. Dennoch hatten wir sicherheitshalber einen Bereich der Wiese abgetrennt und mit Stroh ausgelegt. Derweil hatte Slawas Vater in Rekordgeschwindigkeit einen fahrbaren Unterstand zusammengezimmert, der Bonnie und den Ziegen Schutz vor Regen und Wind bot, und Emma und Erika einen alten, knorrigen Baumstamm organisiert, auf dem sie klettern konnten. Beim gründlichen Ausmisten des Schuppens hatten wir nämlich festgestellt, dass sein Holzboden sich mit Urin vollgesogen hatte und bestialisch nach Ammoniak stank. Bonnie konnte hier nicht länger bleiben. Sie brauchte dringend einen Umgebungswechsel – genau wie ich. Meine Wunschumgebung war eine Badewanne, bis zum Rand gefüllt mit heißem, duftendem Wasser. Doch die musste warten.

Während Slawa zu unserem Haus lief, öffnete die Wolkendecke sich unverhofft. Das tat sie seit heute früh immer wieder, und ich hielt mein Gesicht dankbar in die Sonne, deren Kraft meine nassen Klamotten zumindest antrocknen konnte. Ich wusste jetzt schon, dass die plötzliche Wärme in der Luft nur neue Schauer nach sich ziehen würde, genoss jedoch den Augenblick – ausruhen, durchatmen, nicht bewegen –, bis ich spürte, dass ich beobachtet wurde.

Argwöhnisch sah ich mich um. Die Blicke stammten weder von Slawa noch von meiner Mutter, die sich schon den ganzen Tag rarmachte und nur ab und zu mit vollen Mülltüten aus dem Haus kam und sofort wieder hineinging, um weiterzuwerkeln. Nein, die Augenpaare, die mich und Bonnie taxierten, gehörten zu zwei Jungen in Slawas Alter, die an der Einfahrt zu unserem Hof herumgammelten und zu mir herüberlugten. Sie machten keine Anstalten, näher zu kommen, schauten mich aber unverwandt an. Langsam erhob ich mich. Einer der beiden kam mir bekannt vor – hatte ich ihn schon an der Tanke gesehen? Was hatten sie vor – wollten sie Ärger mit mir anfangen?

„Oh, haben wir Besuch?" Slawa kam mit den Eimern zurück und hatte die beiden Gaffer längst bemerkt. Die Sonne strahlte sie an, als seien Scheinwerfer auf sie gerichtet, und mangels Bäumen konnten sie sich nicht verbergen. Dazu hätten sie auf der Allee bleiben müssen.

„Sieht so aus …", antwortete ich schlecht gelaunt. Um Angst zu bekommen, war ich zu zerschunden. „Ob sie Mamas Aufruf gefolgt sind?"

„Die sollen lieber helfen statt glotzen." Ächzend schob Slawa einen der Eimer unter Bonnies Bauch hindurch zu mir, sodass wir sie von beiden Seiten bearbeiten konnten. „Was ist eigentlich mit deiner Mutter, warum schreit sie heute gar nicht nach dir?"

„Das frage ich mich auch schon die ganze Zeit." Ich konnte meinen Rücken kaum mehr aufrichten und musste mich gebückt zu Bonnie bewegen, um meine Arbeit wieder aufzunehmen. „Sie ist anscheinend mit Wichtigerem beschäftigt. Ich glaube, sie hat angefangen, das Haus auszumisten." Das wiederum wunderte mich sehr, denn sie hatte erst vorgestern noch gesagt, sie würde hier keinen Finger krumm machen, wenn es nicht unbedingt sein müsse. Allerdings war sie dazu auch gar nicht in der Lage gewesen.

Schweigend tauchten wir unsere Schwämme in die Eimer, schrubbten damit kräftig über Bonnies Fell, bis es gut durchfeuchtet war, und krallten dann unsere Hände hinein, um die angelösten Klumpen herauszuziehen und zu Boden fallen zu lassen. Wir wühlten sprichwörtlich in der Scheiße, wie Slawa es vorhin treffend formuliert hatte, und ausnahmsweise hatte ich ihm seine drastische Ausdrucksweise nicht vorgeworfen.

Hin und wieder linste ich über Bonnies Bauch hinweg zum Ende der Allee, wo immer mehr Menschen auftauchten und zu uns herüberschauten, ohne den Hof zu betreten. Es waren nicht nur weitere Jugendliche gekommen, sondern auch ein paar Erwachsene, die teilweise ihre Kinder an den Händen hielten. Doch wir hatten keine Zeit, sie zu fragen, was sie von uns wollten. Dazu drängte die Zeit zu sehr. Es klarte zunehmend auf und wurde kälter und Bonnie war immer noch nass und schmutzig. Deshalb kümmerten weder Slawa noch ich uns um die gaffenden Dorfbewohner und versuchten, die sauberen, feuchten Stellen mit

201

Handtüchern trocken zu bekommen, bis ein Schatten über uns fiel und wir uns synchron aufrichteten, beide mit einem geplagten Stöhnen. Es gelang mir nicht, meine Wirbelsäule zu strecken, so sehr schmerzte sie.

„Was willst du, Jessy?"

Slawa schien das Mädchen zu kennen, das mich etwas unsicher anschaute und ihm schließlich einen riesigen Föhn samt Verlängerungsschnur entgegenstreckte. „Hier. Zum Trocknen."

„Ein Föhn!?" Slawa lachte höhnisch auf, doch Jessy zuckte nur erneut mit den Schultern, während die anderen Gaffer es wagten, unseren Hof zu betreten.

„Danke, das ist super", ergriff ich das Wort, bevor Slawas Sturschädel uns Ärger einbrockte. „Kannst du noch ein paar mehr organisieren?"

„Klar", antwortete sie einsilbig, drehte sich um und schritt den anderen entgegen. Slawa schüttelte nur abschätzig den Kopf.

„Du willst allen Ernstes ein Pferd föhnen?"

„Ja, warum denn nicht? Oder hast du eine bessere Idee?", entgegnete ich und begann nach einer Steckdose zu suchen, die ich jedoch erst an der Hauswand fand. Slawa brummelte in sich hinein, während ich den Föhn anschaltete und ihn abwechselnd auf Bonnie und mich richtete. Es musste skurril aussehen, wie Slawa Bonnie von der einen Seite wusch, und ich sie von der einen Seite föhnte, konzentriert darauf bedacht, mich nicht versehentlich in den Wassereimer zu stellen und vor seinen Augen zischend an einem Elektroschock zu verglühen. Doch das Föhnen zeigte die erhoffte Wirkung. Bonnie hörte auf zu zittern und ihr Fell wurde zumindest oberflächlich trockener.

Als ich den Föhn kurz ausschaltete, um ein paar übersehene Dreckklumpen zu lösen, hörte ich, dass unter den Gaffern Getuschel laut geworden war. Einige machten Fotos, andere lachten, doch ich glaubte, weniger Feindseligkeit und mehr Neugierde zu spüren als vorhin noch.

Nach einer halben Stunde kam endlich Jessy zurück, bewaffnet mit drei weiteren Föhnen, Verlängerungskabeln und zwei Jungs, die sie offenbar dazu verdonnert hatte, uns zu helfen. Nun konnten wir Bonnie von mehreren Seiten mit Warmluft versorgen. Zu guter Letzt stieß Mama dazu, um mit ihrem sündhaft teuren Ionen-Diffusor Bonnies Hinterteil in Angriff zu nehmen, und Slawa sah ein, dass er gegen unseren weiblichen Erfindungsgeist keine Chance hatte.

Noch waren nicht alle Dreckklumpen aus Bonnies Fell gelöst, doch vor uns stand ein vollkommen neues Pferd, das die Aufmerksamkeit, in der es sich sonnen durfte, sichtlich genoss. Aufgeweckt blickte sie von einem zum anderen und näherte ihre Nüstern neugierig den Warmluftdüsen, wenn wir ihren Hals zu trocknen versuchten. Auch mir tat die Zeremonie gut, denn meine durchweichte Kleidung begann ebenfalls zu trocknen. Erst als ein verbrannter Geruch aus den Föhnen und Bonnies Fell zu strömen begann, schalteten wir die Geräte aus. Testweise strich ich über ihr dickes Fell. An einigen Stellen fühlte es sich noch klamm an, doch selbst wenn es gegen Morgen wie angekündigt Frost gab, war sie trocken genug, um die Nacht im Freien zu verbringen. Auch würde ihrem Fellwechsel nun nichts mehr im Weg stehen.

„Danke euch." Aufatmend ließ ich meinen Föhn sinken und drehte mich zu unseren Zuschauern um. Die meisten waren inzwischen nach Hause gegangen, doch diejenigen, die geblieben waren, verhielten sich ruhig und zurückhaltend. „Glaubt ihr jetzt immer noch, wir würden hier ein Pferd quälen?"

Niemand antwortete – und keiner schaute mir in die Augen. Sie alle guckten wie elektrisiert auf Bonnie, die plötzlich ihren Kopf reckte und lauthals wieherte; ein Klang, der mein Herz zum Lachen brachte und gleichzeitig wehmütige Sehnsucht in mir auslöste. Ihr Wiehern hörte sich an, als würde sie jemanden rufen – oder ihm gar antworten? Noch einmal wieherte sie, dann schnaubte sie kräftig durch und bewegte ihre Hinterhand tänzelnd zur Seite. Sie bewegte sich – und das in einer Anmut, die ich noch nie bei ihr gesehen hatte, ganz als hätten wir sie von einer schweren, erdrückenden Last befreit.

„Tja", bemerkte Mama. „Ein heißes Bad hat eben noch niemandem geschadet."

Zustimmendes Raunen und Murmeln machten sich unter unseren Zuschauern breit, die verlegen nickten und es plötzlich ungeheuer eilig hatten, von unserem Hof zu kommen. Ehe ich mich versah, hatten Jessy und unsere beiden Helfer die Föhne eingesammelt und unter ihre Arme geklemmt, und noch bevor Slawa die letzten Eimer ausgeleert hatte und zu mir zurückgelaufen war, waren sie in sämtliche Himmelsrichtungen verschwunden. Ich kam mir vor, als hätten wir mit Bonnies Waschaktion einen bedrohlichen Spuk aufgelöst.

„Schau mal, wie schön sie ist", flüsterte ich gerührt. Slawa löste ihren Strick und stellte sich neben mich, um sie zu begutachten.

„Ja, ist ein hübsches Tier." Endlich konnte jeder sehen, was ich längst gewusst hatte. Noch immer wirkten ihre Hufe krank und verformt, aber die weißen Stellen ihres Fells leuchteten selbst in der zunehmenden Dunkelheit hell auf und ihr großer, charakteristisch geformter Kopf mit den weit auseinanderstehenden, tiefdunklen Augen strahlte eine Sanftheit und Würde aus, wie ich sie bei einem Menschen nie erlebt hatte. Alt konnte sie noch nicht sein; das wusste ich von Papas Fotos. Doch ihr Blick wirkte weise und erfahren, als habe ihr Leid sie ungewöhnlich schnell reifen lassen.

„Weißt du was?" Slawa musterte sie prüfend. „Wir sollten sie morgen mal spazieren führen."

„Aber sie kann nicht laufen!", protestierte ich, obwohl ich bei meiner nächtlichen Recherche immer wieder gelesen hatte, dass sanfte Bewegung bei Rehe das A und O sei. „Wir tun ihr damit doch nur weh!"

„Denk drüber nach, Mira. Nur ein paar Schritte auf weichem Boden."

„Darüber brauche ich nicht nachzudenken. Sie muss sich ausruhen."

Doch als wir sie zu den Hühnern und den beiden Ziegen brachten, fiel mir auf, dass sie minimal schneller lief und nur noch zweimal den Kopf nach unten nahm, um mit den Nüstern über ihre Vorderläufe zu tasten. Trotz des stundenlangen Stehens in Nässe und Kälte machte sie einen erfrischten Eindruck. Dennoch hatte ich Angst, einen Fehler zu begehen, den ich anschließend bitterlich bereuen würde, weil ich dadurch einen neuen Schub ausgelöst hatte. Schon der Beschlag war ein reines Glücksspiel gewesen. Jetzt tat er ihr gut, aber die ersten Tage waren eine Quälerei für sie gewesen. Wir sollten unseren Erfolg nicht überstrapazieren.

„Ich glaube, wir haben endlich etwas Richtiges getan", sprach ich aus, was mir durch den Kopf ging, nachdem wir das Gatter geschlossen und die Hühner in ihren Stall gebracht hatten. Zufrieden machte Bonnie sich über das Heu her, die beiden Ziegen eng an ihrer Seite. Ihr neues Zuhause schien ihr zu gefallen.

„Ja, was richtig Gutes", bestätigte Slawa gähnend.

Unsere Jackenärmel streiften einander, und einen Augenblick lang war mir, als wolle Slawa mich an sich ziehen und in den Arm nehmen, um mir für meine Hilfe zu danken. Dabei war das ausgemachter Blödsinn. Er hatte mir geholfen und nicht umgekehrt – mal wieder. Wenn sich einer von uns bedanken musste, dann war ich das.

Doch ich blieb steif stehen, unfähig, etwas zu sagen oder zu tun, was ihm meine Freude über seine Hilfsbereitschaft zeigen konnte, bis Slawa einen seiner üblichen wortkargen Abschiede zelebrierte und mich ohne eine Geste oder einen tieferen Blick zurückließ, um im müden Schlurfgang nach Hause aufzubrechen.

Trotzdem war ich glücklich.

Ja, zum ersten Mal seit Beginn der Osterferien wusste ich wieder, wie es sich anfühlte, glücklich zu sein.

EX UND HOPP

„Papa …"

Obwohl ich wie ein Stein geschlafen hatte, war das Klingeln meines Handys sofort zu mir durchgedrungen – und als ich Papas Name auf dem Display sah, wusste ich, dass ich selbst in meinen fernsten Träumen nur auf diesen Moment gewartet hatte. Dass er mich noch einmal anrief, dass er sich nicht von mir hatte vertreiben lassen. Jetzt wollte ich ihn nicht zappeln lassen; ich hatte sogar Angst, er würde wieder auflegen. Hastig knipste ich die Nachttischlampe an und nahm seine Videochatanfrage an.

„Hey, Baby. Danke für die zweite Chance." Er wirkte noch müder als bei unserem letzten Gespräch und nun lenkte kein Bildschirmflimmern oder Knacken in der Leitung davon ab. Sein Bart war länger geworden, seine Haut gebräunter. Er sah gut aus – und traurig. „Lebt sie noch?"

„Ja", erwiderte ich kurz angebunden. „Sie ist noch

da." Selbst diese wenigen Worte brachte ich nur unter
großer Anstrengung hervor, als würde jemand mit seinen Daumen fest auf meine Kehle drücken.

„Ich ... oh Gott." Papa schüttelte den Kopf und schob
seinen Hut in den Nacken. Seine raspelkurzen Haare
waren immer noch ein ungewohnter Anblick für mich.
„Mira, weißt du eigentlich, warum ich weggegangen
bin?"

„Keine Ahnung", entgegnete ich bockig. „Ich versteh
es jedenfalls nicht."

„Okay, dann erkläre ich es dir. Hörst du mir zu, ohne
mich anzuschreien und das Gespräch zu beenden? Bitte, Miracle." Dass er meinen vollen Namen aussprach,
überraschte und berührte mich, denn er war der Einzige, der das konnte, ohne dass es lächerlich klang. Sein
Englisch war perfekt; wenn Papa „Miracle" sagte, hörte
es sich wirklich wie ein Wunder an. Trotzdem nickte
ich nur. „Hör zu ... Ich brachte es nicht übers Herz. Also,
das zu tun, was jeder mir sagte. Dass ich dieses Pferd ...
gehen lassen muss." Einen Moment lang kämpfte er
um seine Fassung und drückte seine Knöchel gegen
seine Augen. „Ich konnte so konsequent nicht sein.
Aber weißt du, wer das gut kann? Die Dinge sehen, wie
sie sind, und entsprechend darauf reagieren? Deine
Mutter. Jasmin, die kann das. Und ich wusste – wenn
sie auf den Hof kommt und sie Bonnie sieht und ..."

„Ist das dein Ernst, Papa? Du wanderst in die USA aus, damit Mama dein Pferd einschläfern lässt!?", fasste ich seine Andeutungen vorwurfsvoll zusammen.

„Nein. Doch ... Nein." Stöhnend fuhr er sich über die Stirn. „Mira, ich hatte schon immer diesen Traum, im Westen der USA auf einer Ranch zu arbeiten, in den Rockys. Seit meiner Kindheit war ich davon besessen, dies eines Tages zu tun. Als ich die Greencard gewonnen habe, war das wie ein Geschenk des Himmels. Ich wollte unbedingt dorthin. Aber ich konnte Bonnie nicht mitnehmen, das wäre zu teuer geworden, und sie war schon so krank, dass ich wusste, ich würde sie ... sie ..." Himmel, er konnte es nicht mal aussprechen.

„Einschläfern lassen müssen", brachte ich seinen Satz für ihn zu Ende.

„Ja", stieß er heiser hervor. „Genau. Ich hab es nicht geschafft, Mira. Ich hab den Tierarzt bestellt und wieder abbestellt, ihn drei Tage später erneut angerufen und kurz vorher den Termin wieder verschoben, und mein Flug rückte näher und näher ... und irgendwann hab ich die Sache mit Bonnie verdrängt und gehofft, sie würde über Nacht gesund werden und ich könne sie verkaufen, in gute Hände, aber niemand nimmt so ein Pferd und dann ... Dann blieb mir nur noch, darauf zu vertrauen, dass Jasmin kommt und Entscheidungen fällt, die ich nicht fällen kann. Denn so war es immer. Sie ist die Erwachsene von uns. Sie kann das."

„Von wegen, sie kann das", widersprach ich eisig. „Sie konnte es eben nicht. Sie war nach unserer Ankunft drei Tage lang richtig krank und lag leichenblass im Bett, weil alles zu viel für sie war. Sie arbeitet wie eine Verrückte!"

„Shit ..." Wieder drückte Papa seine Fäuste gegen seine Augen, in denen schon seit Minuten Tränen standen. „Das wollte ich doch nicht ... Kommt der Tierarzt denn jetzt, um Bonnie zu erlösen? Habt ihr einen Termin gemacht?"

„Nein."

„Nein? Und warum nicht?"

„Weil ich das nicht will."

Wir waren gleich, begriff ich mit einem warmen Schauer im Bauch. Was Bonnie betraf, schienen wir aus dem gleichen Stück Holz gemacht zu sein. Ihr Zauber bannte uns, wir brachten es nicht fertig, sie gehen zu lassen. Doch ich wusste weniger denn je, ob das gut oder schlecht für sie war. Eines allerdings stand fest: Im Gegensatz zu Papa würde ich ihren Zustand weder verdrängen noch abhauen.

„Aber Miracle ..."

„Nein. Kein Aber. Ich hab mir die Hände blutig geschuftet, damit es ihr besser geht. Und es geht ihr besser. Ich weiß nicht, wie lange, aber im Moment steht sie und läuft sogar ein paar Schritte."

„Das ist schön." Papa lachte bewegt auf. Sofort wischte er sich die dünne Träne, die dabei aus seinen Augenwinkeln getropft war, aus seinem Siebentagebart. „Mira, tust du mir einen Gefallen? Geh mit ihr spazieren. Sie liebt den Frühling. Und der Frühling ist doch im Anmarsch, oder?"

„Ja."

„Dann bitte, geh mit ihr spazieren. Sie ist lieb und erschreckt sich vor nichts. Ich will, dass sie noch einmal die Frühlingsluft schnuppern kann, bevor sie ..." Schwer seufzend brach Papa ab und kurz liefen graue Störungswellen über das Display, als zeichneten sie seine Hoffnungslosigkeit auf. Er zweifelte wie die anderen daran, dass Bonnie den Frühling überstehen werde – denn der Frühling brachte frisches Gras und frisches Gras war ihr sicherer Tod. Vor dem Fenster des Arbeitszimmers, das Mama gestern für mich aufgeräumt und mit einem Gästebett versehen hatte, damit ich nicht mehr auf der Couch schlafen musste, ging gerade die Sonne auf, doch seine Scheiben waren beschlagen. Heute Nacht musste Frost geherrscht haben – die beste Voraussetzung für Fructankonzentrationen im Gras, die kein Rehepferd gesund überstehen würde. Wieder flimmerte der Bildschirm.

„Tust du das, Mira? Gehst du mit ihr spazieren?",
drang Papas Stimme abgehackt und schnarrend zu mir
durch. „Und noch was, Baby … bitte wirf einen Blick in
den Keller. In den Keller, hörst du? Damit du nicht
auch noch denkst, dein Vater sei …" Der Rest ging in
wildem Dröhnen unter, dann zeigte Facebook mir an,
dass die Verbindung abgebrochen war. Papa schien in
den Rocky Mountains ebenso am Ende der Welt gestrandet zu sein wie Mama und ich in Strassnitz.

„In den Keller?", wiederholte ich rätselnd. Hatte ich
das richtig verstanden? Den Keller hatten Mama und
ich bisher gemieden; Mama war nur einmal auf halber
Treppe gewesen, um sich um eine herausgeschossene
Sicherung zu kümmern. Wir hatten keinen Grund gehabt, ganz nach unten zu gehen, zumal die Stiege einen wenig einladenden Eindruck machte. Doch jetzt
war ich neugierig geworden und geschlafen hatte ich
ebenfalls genug. Außerdem brauchte ich Ablenkung
von Papas Tränen.

Flink zog ich mich an und huschte durch das stille
Haus hinunter zur Kellerstiege. Offenbar schlief Mama
noch ebenso fest, wie ich es eben getan hatte. Nicht das
leiseste Geräusch ertönte aus dem Schlafzimmer und
ich bemühte mich, keinen Lärm zu machen, als ich zü-
gig nach unten schritt, die schwere Kellertür öffnete
und nach dem Lichtschalter suchte.

„Hm", machte ich fragend, nachdem ich mich umgesehen hatte. Ich befand mich in einem ganz normalen, alten Gewölbekeller, auf dessen Steinboden Gerümpel und ein paar Wasserkästen standen, die dick mit Spinnweben und Staub überzogen waren. Das konnte Papa kaum gemeint haben. Aber vielleicht sollte ich in den Raum gegenüber schauen? Mit dem Fuß kickte ich die Tür an, damit sie sich öffnete.

„Woah!", entfuhr es mir so laut, dass über mir ein Weberknecht die Flucht ergriff und staksig über den groben Putz davoneilte. Papa hatte sich hier unten eine blitzsauber aufgeräumte, gemütliche Werkstatt eingerichtet, in der es angenehm nach Leder roch und in der er – Sättel hergestellt hatte? Ja – und was für Sättel ...
Ich konnte kaum glauben, was ich sah. Papa hatte in den unterschiedlichsten Berufen gearbeitet und dabei immer als Handwerker sein Brot verdient. Aber dass er Westernsättel herstellen konnte, hätte ich ihm nicht zugetraut. Sie waren aufwendig mit Metallbeschlägen verziert und hatten ihren ganz eigenen Stil; jeder einzelne ein Unikat. Ich musste mich mit Sätteln nicht auskennen, um zu sehen, dass es echte Kunstwerke waren, die vermutlich zu Showzwecken benutzt werden konnten. Das musste ich unbedingt Mama erzählen!
Ich hatte hier unten einen echten Schatz entdeckt und wahrscheinlich ahnte sie nichts davon. Vielleicht

konnten wir die Sättel verkaufen und damit eine Rehe-Therapie für Bonnie bezahlen! Ohne das Licht zu löschen, rannte ich die beiden Treppen nach oben, klopfte an die Schlafzimmertür und trat noch im selben Moment ein.

„Mama, komm mal mit, das musst du – oh. Sorry."

So schnell, wie ich in ihr Zimmer gerauscht war, war ich auch wieder draußen, und meine Euphorie verflog, als hätte es sie nie gegeben. Der Keller und die Sättel waren mir gleichgültig, ich wollte nur noch weg von dem, was ich eben gesehen hatte – nein, wen ich gesehen hatte.

Rafael.

Deshalb also hatte Mama Papas Büro für mich zu einem Schlafzimmer umfunktioniert und benahm sich seit zwei Tagen, als sei sie mit ihrem Handy verheiratet! Deshalb hatte sie den Post auf Facebook geschaltet. Sie hatte Rafael beeindrucken wollen. Ihr seltsames Benehmen sollte nur davon ablenken, dass sie dabei war, ihren Lover zu uns nach Strassnitz zu locken, auf Papas Hof. Nur für ihn hatte sie gestern den ganzen Tag lang entrümpelt und geputzt, nicht für uns, und mein neues Zimmer sollte mich schön abseits halten, damit ich ihnen ja nicht in die Quere kam. Verdammt, warum musste sie alles Gute immer in letzter Sekunde ruinieren? Wieso redete sie nicht mit mir?

„Okay, ich bin einverstanden, gehen wir mit Bonnie spazieren!", rief ich Slawa entgegen, der mit den Armen voll Heu auf unserer Ziegen- und Hühnerwiese stand und mir verdutzt entgegenblickte. Wahrscheinlich machte ich ein Gesicht, als würde ich gleich Amok laufen. „Ich will raus hier, am besten stundenlang! Nein, tagelang!"

„Was hat dich denn heute Morgen gebissen?" Er ließ das Heu fallen und kam mir mit erhobenen Händen entgegen, als wolle er mich stoppen. „Ein tollwütiger Osterhase?"

„Rafael!", fauchte ich und blieb notgedrungen stehen, weil ich ihm sonst in die Arme gerannt wäre. „Kein Osterhase, aber wahrscheinlich mit dicken Eiern!" Slawa lachte überrascht auf, weil ich so deutliche Worte verwendete, hielt mich aber weiter auf Abstand. „Was ist los, darf ich nicht zu Bonnie?"

„Doch, darfst du, aber guck, wo du hintrittst. Neugeborene Zwergziegen sind winzig und du bist – ziemlich zornig."

„Neugeborene Ziegen?" Nickend trat Slawa ein Stückchen zur Seite. „Oh mein Gott, sind die süß." Für einen Augenblick vergaß ich Mama und Rafael und blickte wie verzaubert auf die zwei kleinen, braun-weißen Zicklein, die sich leise meckernd an ihre Mutter schmiegten und versuchten, an ihren geschwollenen

Zitzen zu trinken. Sie waren so perfekt! Die Nabelschnur hing noch an ihren Bäuchen, doch aus ihren Augen quoll frecher Lebensmut und ihre Beinchen konnten keine Sekunde stillstehen.

„Hast du Erika heute Nacht nicht schreien hören?"

„Nein, ich hab im Koma gelegen", antwortete ich geistesabwesend, weil der Anblick der Zwillinge mich so sehr bannte. „Ich hatte ehrlich gesagt total vergessen, dass Erika trächtig ist." Das war beschämend, doch Bonnie kostete nun mal meine volle Aufmerksamkeit.

„Wenn Zicklein geboren werden, kommt der Frühling", bemerkte Slawa zufrieden, als habe er persönlich dafür gesorgt, dass es heute Nacht geschehen war. „Jetzt hat Bonnie noch mehr Gesellschaft. – Wer ist eigentlich Rafael?"

„Mamas Lover", antwortete ich mit ätzendem Unterton. Vor den Babyziegen über ihn zu sprechen, erschien mir beinahe unanständig. „Er gerade liegt in ihrem Bett."

„Ooooh ... ich verstehe ... du hast sie erwischt, als sie ..."

„Sie haben gar nichts, mach dir keine Hoffnungen", unterbrach ich ihn harsch, bevor er aussprechen konnte, woran ich nicht einmal denken wollte. „Sie haben nur geschlafen." Aber der Mann neben Mama war Rafael gewesen, ich hatte ihn auf den ersten Blick erkannt.

Warum sagte sie mir so etwas nicht? Sie hatte mich einfach für dumm verkauft!

„Na und? Darf sie das nicht? 'nen Mann in ihrem Bett haben?"

„Nein, darf sie nicht", gab ich trotzig zurück. „Nicht, ohne ihn vorher bei mir anzumelden."

„Ihr habt echt einen Sockenschuss, deine Mama und du." Slawa grinste mit hochgezogenen Brauen in sich hinein. „Vielleicht ist sie ja besser drauf, wenn sie Besuch von ihm hat und ..."

„Das will ich alles gar nicht wissen!", fiel ich ihm abwehrend ins Wort. „Ich geh jedenfalls erst wieder ins Haus, wenn er weg ist."

„Hat er dich schlecht behandelt?" Slawas Grinsen verschwand schlagartig und er schien um fünf Zentimeter gewachsen zu sein. „Wenn er das getan hat, dann ..."

„Nein." Kleinlaut blickte ich zu Boden, als mir klar wurde, dass er bereit war, mich vor Rafael zu beschützen und sogar gegen ihn zu verteidigen, wenn es nötig sein würde. So emotional hatte ich Slawa noch nie erlebt. „Er hat mich kürzlich angechattet, weil er dachte, ich sei Mama, und was er schrieb war ... na ja, nicht für meine Augen bestimmt und ... oh, vergiss es." Es war mir zu peinlich, darüber zu sprechen. „Können wir jetzt endlich mit Bonnie spazieren gehen?" Ich wollte vom Hof sein, bevor Mama sich angezogen hatte und mich zu suchen begann – so niedlich die Zicklein auch waren und so gerne ich eines von ihnen in den Arm genommen hätte.

„Gestern Abend warst du dagegen."

„Ja, und jetzt ist alles anders." Weil Slawa wie ein Denkmal vor mir stand, schob ich mich seufzend an ihm vorbei, streifte der fressenden Bonnie das Halfter über und zog prüfend am Strick, obwohl ich fürchtete, dass sie sich keinen Zentimeter von der Stelle rühren würde. Denn sie befand sich an der exakt gleichen Stelle wie gestern Abend und ihr Fell zeigte neue, schlammige Abdrücke. Sie hatte heute Nacht wieder gelegen, wahrscheinlich stundenlang.

Doch zu meiner Verwunderung gab der Strick sofort nach. Sie wandte sich vom Heu ab, um mir anstandslos zum Törchen zu folgen, und ließ dabei ein paar dampfende Äpfel ins Stroh fallen. Sie läuft, dachte ich glückselig, und fühlte neue Lebensfreude in mir aufwallen. Sie läuft, und das noch besser und schneller als gestern!

Nachdem wir den Hof hinter uns gelassen hatten und Slawa immer noch treu an unserer Seite war, beschloss ich, auch Mama, Rafael und Papa weit zurückzulassen.

Es gab nur noch uns drei, Slawa, Bonnie und mich; ohne die kraftraubenden Sorgen, Verwicklungen und Nöte der Erwachsenen.

„Hast du eine Idee, wohin wir mit ihr gehen können?"

Slawa nickte. „Ja." Die Sonne ließ seine Augen auf-
leuchten, als er mich kurz ansah. „Ich bring euch an einen Ort, an dem alles anders wird."

BESSER WEG ALS NUR HALB

„Weißt du, was das Schönste an diesem Platz ist?", fragte ich schläfrig und registrierte mit einem leichten Flirren im Bauch, dass Slawas und meine Schultern so dicht nebeneinanderlagen, dass sie sich berührten.

„Keine Ahnung", murmelte er und lehnte wie ich seinen Hinterkopf gegen den Stamm, der so dick war, dass man sich locker zu dritt hinter ihm verstecken konnte. „Hier ist so manches schön." Ja, da hatte er recht. Slawa hatte nicht zu viel versprochen – er hatte Bonnie und mich in eine andere Welt entführt; eine alte, märchenhafte Welt, die mir das Gefühl vermittelte, nicht gefunden werden zu können. Das war das Schönste für mich. Nicht das sprießende Laub über uns, nicht das Spiel der Sonnenstrahlen, nicht der berauschende Duft nach Frühling und auch nicht die Tatsache, dass diese Eiche schon über 600 Jahre lang an diesem Ort stand und mehr erlebt hatte, als Slawa und ich uns vorstellen konnten.

„Hier kann sie mich nicht finden – und auch nicht nach mir brüllen."

Verträumt tastete ich mit meiner linken Hand über Bonnies Hals. Sie hatte sich vertrauensvoll vor uns auf die sonnendurchwärmte Erde gebettet und dämmerte in der überraschenden Wärme dieses Ostersonntags gleichmäßig atmend vor sich hin, ohne dabei krank oder gar schmerzerfüllt zu wirken. Dass sie so nah bei uns lag, gab mir ebenfalls das Gefühl, in eine Märchenwelt gerutscht zu sein.

„Ja, das mit deiner Mutter und dir ist schon spannend. Seitdem ihr auf dem Hof seid, brauche ich keinen Fernseher mehr."

„Haha", machte ich gespielt beleidigt. „Für mich ist das kein Film. Ich bin mittendrin und ich habe dieses ständige Hin und Her wirklich satt. Sie kommt nie zur Ruhe ..."

„Die kriegt ihr aber nur, wenn ihr mal richtig miteinander redet und nicht dauernd voneinander fortrennt", erwiderte Slawa altklug und schickte ein herzhaftes Gähnen hinterher.

„Das will ich aber nicht." Mein Ton strafte meine Worte Lügen, denn er klang viel zu gleichgültig. Hier, unter dem uralten Baum, war mir Rafael beinahe egal geworden. Stattdessen drängte sich mir immer mehr die Frage auf, was Slawa eigentlich über meinen Vater

wusste – möglicherweise nämlich mehr als ich selbst.
Immerhin hatten die beiden in direkter Nachbarschaft
gewohnt, und wenn ich Mama richtig verstanden hatte, war Papa der Liebe wegen in Strassnitz gestrandet
und in den Jahren vor seinem Umzug schon oft in dieser Gegend gewesen. Doch ich wusste nicht, wo ich an-
setzen sollte, und ehe ich meine Frage aussprechen
konnte, kam Slawa mir zuvor.

„Wie geht es jetzt eigentlich weiter? Mit euch und
dem Hof und Bonnie?"

Als habe Slawa nicht mich, sondern Bonnie gefragt,
reckte sie im Liegen ihren Hals und wieherte so laut,
dass meine Ohren klingelten.

„Was hat sie denn?", rief ich erschrocken und sprang
auf, weil Bonnie ebenfalls versuchte, aufzustehen und
ich befürchtete, sie könne dabei entweder zusammenbrechen oder uns davonlaufen. Doch Slawa hielt ihren
Strick sicher in seiner Hand und zog mich wieder zu
sich nach unten, obwohl Bonnie stand.

„Keine Bange, ihr geht's gut. Zu gut, würde ich sagen ...", grinste er, als Bonnie erneut lauthals wieherte
und dabei den Kopf lang machte. „Psssst." Er bedeutete
mir, still zu sein und zu lauschen. Ein Schauer kroch
über meinen Nacken, als ich von weiter Ferne die Antwort eines anderen Pferdes hörte, tief und heiser – und
sein Wiehern klang, als wisse es, wer sie sei.

„Das muss Aramis sein …", raunte Slawa und zog kurz am Strick, um Bonnies Aufmerksamkeit zu wecken, doch sie schaute gebannt in die Ferne, wo ich nur Wald und Felder erkennen konnte, aber weit und breit kein Pferd.

„Aramis? Eines von Papas anderen Pferden, die abgeholt wurden?"

Slawa schüttelte bedächtig den Kopf. „Nein. Ich glaub', die Pferdefrau kommt gerade zurück. Aramis ist der Leitwallach ihrer Herde."

„Die Pferdefrau …" Sofort hatte ich das Bild einer wilden, verwahrlosten Alten im Kopf, die zusammen mit ihren Pferden durch die Wälder zog, nicht redete und sich von Menschen fernhielt. „Hat sie keinen Namen?"

„Doch." Slawa lächelte versonnen. „Imke. Aber jeder hier nennt sie die Pferdefrau. Sie ist in Strassnitz ähnlich beliebt, wie dein Papa es war." Also nicht sonderlich, schloss ich aus Slawas ironischem Unterton. „Vor einigen Jahren hat sie einen Aussiedlerhof gekauft und riesige Weiden am anderen Ende von Strassnitz gepachtet. Dort verbringt ihre Herde Frühling, Sommer und Herbst. Nur im Winter ist sie mit ihnen in einer anderen Gegend. Die Pferde leben halbwild, verstehst du? Fast wie früher. Kaum eines der Tiere wird geritten; viele davon hat sie aus schlechter Haltung befreit oder vom Schlachter gerettet. In dieser Herde ist Bonnie geboren."

Ich wusste nicht, was ich antworten sollte. Slawas Worte lösten etwas in mir aus, das mich dumpf schmerzte, wie ein Erinnern aus alter, besserer Zeit. Bonnie war in einer Herde geboren worden, mitten in der Natur. Jetzt fristete sie ihr Dasein zusammen mit Ziegen auf einer kleinen Koppel ohne Gras. Die Rückkehr zu ihrer Pferdefamilie war ausgeschlossen. Nie wieder würde sie den Sommer in der Herde verbringen können – denn sie durfte keinen einzigen Grashalm mehr fressen. Diese Vorstellung tat weh, so wie es mir wehtat, wenn ich heile Familien erlebte, in denen Vater und Mutter sich noch liebten und die Geschwister sich aufmerksam umeinander kümmerten. Kinder einer solchen Familie waren niemals alleine.

„Lass uns verschwinden. Ich muss zurück zum Hof."

Abrupt stand ich auf, zog Slawa den Srick aus der Hand und nahm den schmalen, laubbedeckten Pfad, der in den Wald hineinführte. Doch Bonnie wurde widerborstiger, je weiter ich mich von der alten Eiche entfernte. Noch immer witterte sie ihre einstige Herde, mit wachen Augen und geblähten Nüstern und einem Wiehern, das durch jede meiner Zellen wanderte, und sie versuchte ständig, sich umzudrehen und dabei gegen den Strick zu stellen.

Schon nach wenigen Metern musste Slawa sie übernehmen, weil der Strick in meine Hand zu schneiden begann und ich nicht wusste, wie ich sie dazu bewegen sollte, mir zu folgen. Noch einmal wieherte Bonnie schallend und schob dabei ihr Hinterteil zur Seite, sodass ich ihm ausweichen musste, dann fügte sie sich Slawa und trottete mit hängendem Kopf hinter uns her. Zum ersten Mal, seit ich sie kennengelernt hatte, wirkte sie verdrossen und missmutig, als hätten wir ihr einen großen Spaß verdorben. Wie bereits auf dem Hinweg musste Slawa den Strick außerdem bei jedem Grasbüschel, an dem wir vorbeikamen, kürzer fassen, damit Bonnie nichts zwischen die Zähne kriegen konnte – und sie probierte es immer wieder aufs Neue, was ich ihr nicht vorwerfen konnte. Sie hörte schlichtweg auf ihren Instinkt. Nach einem langen Winter spross endlich wieder frisches Gras.

„Deshalb hab ich dich das gefragt, Mira", erinnerte mich Slawa, als wir nach einer halben Stunde im Schneckentempo und unter ständigen Ausweichmanövern auf dem Hof angelangt waren. „Wie soll es mit ihr weitergehen? Bald wächst auch auf der Hühnerwiese wieder Gras."

„Ich weiß es nicht", erwiderte ich kühl, um mir nicht anmerken zu lassen, wie sehr mich mein schlechtes Gewissen plagte. Mit meinem Kampf gegen die Rehe hatte ich Bonnies Leben verlängert – aber hatte ich es auch verbessert?

„Verstehe." Slawa löste das Halfter und schickte Bonnie in ihr neues Zuhause. Die Babyziegen sprangen bereits putzmunter zwischen den Hühnern herum, doch Bonnie brauchte zwei kräftige Stupser in den Hintern, um sich dazuzugesellen. „Ist ja auch nicht einfach."

Sei bitte nicht so nachsichtig, bat ich ihn in Gedanken unglücklich. Scheiß mich lieber an, weil ich keine Ahnung habe, was ich mit diesem Pferd mache, oder beschimpfe mich als unwissendes Stadtpflänzchen, aber lass mir nicht alles durchgehen, sonst schmeiße ich mich heulend in deine Arme.

„Stimmt, ist es nicht", hörte ich mich erstickt sagen und wandte mich ab, bevor er meine Unsicherheit bemerken konnte. „Ich rede jetzt mit Mama."

„Viel Glück!"

Ich war noch nicht an der Haustür, als ich Bonnie erneut wiehern hörte. Dieses Mal vernahm ich keine Antwort aus der Ferne – aber Pferde hatten ein feineres Gehör als Menschen, und selbst wenn Bonnie nichts hören würde: Sie hatte Witterung aufgenommen und würde von nun an immer wieder nach Aramis rufen. Dieses Pferd hatte einen langen Atem, sonst würde es gar nicht mehr leben und den würde Bonnie auch in diesem Punkt unter Beweis stellen.

Ich allerdings musste mich erst einmal Mama und Rafael widmen – und nun wollte ich es sogar, denn mir war jede Ablenkung willkommen. Aufrecht und mit den Händen in der Jacke marschierte ich durch die Tür und schnurstracks ins Wohnzimmer, weil ich fest damit rechnete, sie beide dort vorzufinden.

„Okay, Mama, ich bin zurück und du kannst ihn mir jetzt vorstellen, ich werde auch nichts weiter dazu sagen, es ist dein Leben und ...“

Betroffen verstummte ich. Mama saß umgeben von zerknüllten Taschentüchern in ihrem Sessel und blinzelte mich aus rot geweinten Augen an.

„Er ist weg, Mira. Du musst dich nicht an ihn gewöhnen. Er ist vorhin gefahren und ich verspreche dir: Er kommt nicht wieder zurück.“

„Oh.“ Bevor auch sie Bonnies Wiehern hören konnte, schloss ich die Tür hinter mir und setzte mich befangen ihr gegenüber auf das Sofa. „Aber ihr habt ... vorhin nebeneinander im Bett gelegen.“

„Ja. Nebeneinander. Nur nebeneinander.“ Mama wischte sich mit einem der feuchten Taschentücher über ihre verheulten Wangen. „Und ich habe jede Sekunde dieser unendlich langen Nacht gespürt, dass er nicht hier sein will und auch nicht bei mir ... jedenfalls nicht länger als nötig ...“

„Das verstehe ich nicht“, erwiderte ich vorsichtig. „Er

ist aus Frankfurt die lange Strecke hierhergefahren, um dann nicht neben dir liegen zu wollen?"

„Nicht, nachdem er gesehen hat, was hier los ist und was es mit mir macht. Ich hab es nicht geschafft, ihm die toughe sexy Verführerin vorzuspielen, die selbst im größten Chaos noch ein erotisches Feuerwerk abfackeln kann und ..."

„Mama, bitte", unterbrach ich sie genervt und hielt mir die Ohren zu. „So was will ich nicht hören. Echt nicht."

„Entschuldige." Sie versuchte, sich zu schnäuzen, doch ihre Nase war dicht. Während ich mit Slawa unter der alten Eiche gesessen hatte, musste sie ununterbrochen geweint haben. Prompt packte mich das schlechte Gewissen, weil ich so glücklich gewesen war, dass sie mich dort nicht finden konnte. „Manchmal brauche ich eben eine Schulter zum Anlehnen und kein Abenteuer. Klingt kitschig, ich weiß, aber das wäre das Richtige gewesen, und er ... er will keine Verbindlichkeiten und auch keine Schwierigkeiten und erst recht keine Verantwortung ..."

„... und mich wahrscheinlich auch nicht", vollendete ich ihre trostlose Aufzählung bitter. „Stimmt's? Hat er überhaupt von mir gewusst?"

„Natürlich hat er das", antwortete Mama näselnd und drückte die Handflächen gegen ihre Stirn. „Ich verleugne dich doch nicht. Aber ich hab immer so getan, als hätte ich mein Leben im Griff und würde das alles so locker wuppen und das ... Es stimmt nicht, Mira. Es brauchte nur einen Tropfen wie diesen, wie dieses Haus und die Flucht von Marius, und das Fass ist übergelaufen. Das Seltsame ist: Irgendwie wusste ich die ganze Zeit, dass Rafael flüchtet, sobald ich ihn brauche. Ich kann es ihm nicht mal verdenken." Schluchzend lachte sie auf. „Ich würde auch vor dem ganzen Mist hier abhauen, wenn ich könnte. Aber das ist nicht mein Stil."

„Papa hat mal gesagt, du hättest es getan", sagte ich kaum hörbar und mit einem schalen Gefühl im Bauch. „Dass du damals einfach gegangen wärst und mich mitgenommen hättest. Stimmt das?" Schon immer hatte ich sie danach fragen wollen und mich nie getraut – und auch jetzt rechnete ich fest damit, dass sie aufspringen und anfangen würde, über ihn zu schimpfen. Doch sie blieb reglos sitzen.

„Nein, das stimmt nicht, Mira. Ich habe uns beiden ein Jahr gegeben, ein ganzes langes Jahr, in dem ich alles versucht habe, um unsere Ehe zu retten – alles, was von meiner Warte aus möglich war. Während dieses Jahrs habe ich regelmäßig Warnschüsse abgegeben. Er wollte sie nicht hören, nicht wahrhaben." Ja, wie bei Bonnie. Bei ihr hatte er den Ernst der Lage auch nicht sehen wollen, dachte ich bekümmert. „Erst als es gar nicht mehr ging, bin ich gegangen und es war die schwerste Entscheidung meines Lebens. Ich will so etwas nie wieder durchmachen."

„Aber warum genau bist du eigentlich gegangen? Was war denn so schlimm an ihm?" Plötzlich wagte ich es, all die Fragen zu stellen, die ich in mich hineingefressen und deren Antworten ich mir immer nur aus Mamas Monologen zusammengereimt hatte. Es war etwas vollkommen anderes, sie auszusprechen.

„Gar nichts, Mira. Marius ist nicht schlimm. Er ist kein Scheusal und erst recht nicht ein schlechter Mensch. Aber ich hatte nicht ein Kind, sondern zwei, um die ich mich kümmern musste – und eines davon war Mitte dreißig und weigerte sich permanent, erwachsen zu werden. Das war in Ordnung, solange ich noch nicht Mutter war, aber nachdem du auf der Welt warst, da ... Es ging nicht mehr." Zögernd hob sie ihre geschwollenen Lider, um mich direkt anzublicken. „Da war dieser Sonntag, an dem ich einen wichtigen Fototermin hatte und er auf dich aufpassen sollte. Er hat immer gerne lange geschlafen und das wollte er an diesem Morgen auch. Du hast ja brav im Bettchen gelegen. Aber irgendwann bist du wach geworden, still und leise aus deinem Bett geklettert und hast auf eigene Faust die Küche inspiziert ... und alle Schränke aufgemacht, die in deiner Reichweite lagen ..." Mamas Stimme bebte so sehr, dass sie eine Pause machen musste. „Du hast am Bodenreiniger gelutscht, und als Papa endlich wach wurde und in die Küche kam, stiegen schon Seifenblasen aus deinem Mund. Es war nicht lebensgefährlich, aber bis wir diese Nachricht von den Ärzten bekamen, vergingen Stunden, und in diesen Stunden schwor ich mir, dass so etwas nie wieder passieren darf. Nie wieder, Mira. Deshalb bin ich gegangen. Deshalb und aus vielen anderen Gründen. Doch das war der wichtigste. Und deshalb hab ich dich auch so wenig mit ihm alleine gelassen."

„Aber jetzt bin ich fünfzehn und kann Apfelsaft von Spülmittel unterscheiden. Außerdem hättet ihr die Reiniger auch einfach in ein anderes Regal stellen können, an das kein Kind rankommt."

„Ja, das ... das weiß ich." Mama schluckte krampfhaft gegen ihre Tränen an, doch anscheinend hatte sie sich warm geweint. „Ich trage auch eine Verantwortung dafür und ich muss diese Geschichte langsam loslassen. Ach, ich will diesen ganzen sinnlosen Stress des Perfektseins loslassen." Sie zog lautstark ihre lädierte Nase hoch und straffte ihre Schultern, um mich erneut anzuschauen. „Ich möchte an den Stadtrand ziehen, Mira. Raus aus diesem Irrsinn von Frankfurt-Mitte. Ich will saubere Luft riechen, so wie hier, und nicht ständig

Angst vor irgendwelchen Verrückten haben müssen, wenn du draußen unterwegs bist. Ich will endlich mal eine Nacht schlafen können, ohne von einer Sirene geweckt zu werden oder das Gejohle von Betrunkenen zu hören. Ich möchte mehr Ruhe und Zeit haben und weniger Pressetermine machen. Vielleicht fotografiere ich stattdessen wieder Hochzeiten ... das konnte ich gut ... oder?" Obwohl Mama viel und schnell redete, wie sie es sonst immer in ihren Stress-Monologen tat, fühlte ich mich zum ersten Mal dabei von ihr angesprochen. Mir war, als bäte sie mich um Erlaubnis, ihr Leben zu ändern, und dass es ohne mein Einverständnis nie möglich sei. Dabei war sie es immer gewesen, die behauptet hatte, sie müsse im Zentrum wohnen, um ihren Job für die Zeitung gut machen zu können.

„Ja, deine Hochzeitsfotos waren toll. Und witzig. Aber du ..."

„Ich weiß, Mira." Mama hob entschuldigend ihre Hände. „Ich hab gesagt, dass ich über dieses Stadium hinaus sei und anspruchsvollere Jobs bekommen müsse. Aber was ist eigentlich so schlimm an diesen Hochzeiten? Man ist von fröhlichen Menschen umgeben, bekommt etwas Gutes zu essen und erlebt die schönsten Momente des Brautpaares live und in Farbe. Wenn ich ehrlich bin, war das tausendmal angenehmer als hektische Pressetermine im Dreißig-Minuten-Takt, bei denen ich mir die Hacken wund laufe, um ein gutes Motiv zu bekommen, und am nächsten Morgen feststellen muss, dass es im Briefmarkenformat abgedruckt wurde – oder sogar gar nicht." Seufzend verknotete Mama zwei Taschentücher miteinander und blickte müde an mir vorbei aus dem Fenster. „Ich meine das ernst, Mira. Ich möchte niemandem mehr beweisen müssen, dass ich als Alleinerziehende mit Kind alles genauso toll oder sogar noch besser hinkriege als andere Mütter. Ich will wieder leben ... Eigentlich weiß ich gar nicht mehr richtig, wie das ist. – Wärst du denn dazu bereit? Zu einem Umzug an den Stadtrand? Oder möchtest du das nicht, weil Bille und ... und du ..."

„Nein, das spielt keine Rolle", beantwortete ich ihre Andeutungen. „Das mit Bille und mir wird sowieso nicht mehr so wie früher."

„Es könnte sein, dass du die Schule wechseln musst. Überleg dir das gut."

Gleichgültig zuckte ich mit den Achseln. „Dann wechsel ich eben die Schule. Hauptsache, unser Leben wird ein bisschen mehr wie hier."

„Wie hier?" Mama lachte kieksend auf, als verstünde sie nicht, was ich meinte. „Echt jetzt?"

„Ja. Mag sein, dass das Haus veraltet ist und das Dorf zu klein und die Menschen nicht gut auf uns zu sprechen sind. Aber – das Leben in Strassnitz kommt mir ehrlich vor. Man kann sich nichts vormachen. Dafür ist es zu klar und zu übersichtlich."

„Na, du bist mir ja eine kleine Philosophin." Mama musterte mich schmunzelnd. „Bist du dir denn sicher, dass du Bille nicht vermissen würdest in der neuen Umgebung? Du warst so gerne bei ihr."

„Ja, stimmt, das war ich", erwiderte ich traurig. Es hatte gar nicht so sehr an Bille selbst gelegen, dass ich oft bei ihr übernachtet oder zu Abend gegessen hatte. Es hatte an ihrer Familie gelegen. An ihren beiden Geschwistern und ihren Eltern, die stets fürsorglich und respektvoll miteinander umgegangen sind. Wir hatten an einem runden Tisch gesessen, wenn wir gegessen hatten, und nie waren Pausen im Gespräch entstanden, weil immer irgendjemand etwas zu sagen gehabt hatte. Als ich noch kleiner war, hatte ich mir dabei manchmal heimlich vorgestellt, Billes Eltern hätten mich adoptiert – natürlich mit dem Einverständnis meiner Mutter, die einen Auslandsjob angenommen hatte und mich nicht mitnehmen konnte – und ich würde von nun an zu dieser Familie gehören. Doch solche Träumereien würde ich mir nie mehr leisten können. Wir waren nun mal zu zweit, Mama und ich. Lieber war ich glücklich mit ihr am Stadtrand und weit weg von Bille, als dass ich mir weiterhin etwas vormachte, was am Ende doch nur wehtat.

„Mira ..." Mama hatte ihre Stimme gesenkt, als wolle sie etwas Vertrauliches ansprechen. „Hast du dir mal überlegt, dass Bille dich gebraucht hat, um ... na ja, um Janis näherzukommen? Und dass ihr das bei ihr zu Hause niemals möglich gewesen wäre?"

„Wie meinst du das denn?" Verblüfft hob ich meinen Kopf.

„Ich weiß, du magst ihre Eltern, aber ihren Kindern gegenüber sind sie doch sehr streng. Bille konnte bei ihnen sicher niemals unbeobachtet sein. Ihre Mutter arbeitet nicht, sie war immer zu Hause. Wahrscheinlich musste es bei uns passieren ... und leider warst du mittendrin ..."

„Oh ja, das war ich." Stirnrunzelnd sann ich über Mamas Worte nach. Was sie sagte, klang gar nicht so blöd. Wenn Janis und ich bei Bille gewesen waren, war alle naselang ihr Bruder oder ihre Schwester reingeplatzt – oder ihre Mutter persönlich. Ich hatte das schön gefunden, weil ich keine Geschwister hatte, die in mein Zimmer kommen konnten, und Billes Mutter uns meistens etwas zu essen oder zu trinken gebracht hatte. Aber nur in Mamas Wohnung hatten wir Zeit für uns bekommen. Mama wiederum war sich vermutlich sicher gewesen, dass nichts wirklich Riskantes passieren konnte, wenn Bille dabei war – denn Bille war das höflichste und am besten erzogene Mädchen, das ihr je untergekommen war. Das hatte sie immer und immer wieder betont.

„Vielleicht warst du ihre Erfüllungsgehilfin", fuhr Mama fort. „So wie Rafael heute Morgen mein Erfüllungsgehilfe war, indem er mir vor Augen geführt hat, dass ich falschen Zielen hinterherjage, wenn ich für einen Typen wie ihn eine Show abziehe und so tue, als würde ich es auf die leichte Schulter nehmen, wenn mein Ex abhaut und ich meine Scheidung davonschwimmen sehe, vor der ich mich schon seit Jahren drücke, und außerdem schlagartig Probleme am Hals habe, die mich restlos überfordern. Ich hatte plötzlich keine Lust mehr, ihn mit diesem Theater zu beeindrucken. Und Bonnie ..." Nachdenklich schaute Mama mich an. „Bonnie gibt uns keine Chance, uns in unseren gewohnten Alltag zu stürzen oder uns voreinander zu verstecken. Du hast schon recht, Mira – dieser Ort und dieses Pferd machen uns ehrlich."

„Apropos ehrlich ..." Ich musste erst Mut fassen, um weitersprechen zu können, und das gelang mir am besten, indem ich an Slawa dachte. „Ich habe seit einigen Tagen Kontakt mit Papa. Heute Morgen hat er mich wieder angerufen und mich gebeten, in den Keller zu gucken. Er hat dort Sättel angefertigt und sie sind richtig gut, Mama. Bitte guck sie dir an. Er bereut auch, was er getan hat, und ich verspreche dir, dass ich ..."

„Ist schon in Ordnung, Mira." Mama lächelte mich zart an. „Ich habe auch mit ihm gesprochen. Ich verstehe ihn sogar ein wenig. Hier ist ihm alles über den Kopf gewachsen und nun holt es ihn ein – dort drüben in der Ferne. Genau deshalb hab ich ihm gesagt, dass er bis zum Winter bleiben soll. Er soll sich ein einziges Mal in seinem Leben durchbeißen, ohne abzuhauen."

„Und was ist mit dem Haus?"

„Wir werden schon eine Lösung finden." Mama nickte mir zuversichtlich zu. „Slawas Familie wird sich bestimmt um das Gröbste kümmern, bis Marius zurückkommt. Ich werde versuchen, die Sättel zu verkaufen, und die Timoshenkos von dem Erlös für ihre Hausmeisterdienste bezahlen."

Aber was passiert mit Bonnie?, dachte ich, was ich nicht auszusprechen wagte. Während unserer Unterhaltung hatte ich sie regelmäßig wiehern gehört – und ich rechnete damit, dass sie auch nach Einbruch der Nacht nicht damit aufhören würde. Für das Haus, die Ziegen und Hühner würden sich sicherlich Lösungen finden. Doch Bonnies Situation war komplizierter. Slawa hatte vorhin selbst angedeutet, dass sie nicht ewig in ihrem neuen Paddock bleiben konnte, zumal sie auf Dauer Gesellschaft von Artgenossen brauchte.

„Wie lange bleiben wir jetzt eigentlich noch?", fragte ich mit brüchiger Stimme.

„Bis zum Ende der Osterferien." Das waren noch acht Tage. Acht Tage, in denen ich handeln konnte – und entscheiden. Auf Leben oder Tod.

„Im Moment will ich gar nicht zurück nach Frankfurt", gestand Mama resigniert. „Ich will nur aufhören, traurig zu sein, viel essen und mich ausruhen."

Ja, danach war mir auch.

Doch ich ahnte schon, dass wir in dieser Nacht keine Sekunde lang schlafen würden. Denn Bonnie würde bis zum Morgengrauen nach Aramis rufen.

STIPPVISITE

„Mira, dieses Pferd macht mich noch wahnsinnig. Was ist nur mit ihr los?"

Mama ließ den Kaffeebecher sinken, um mich mit einem bohrenden Blick in die Mangel zu nehmen, und sofort senkte ich schuldbewusst den Kopf, als habe ich Bonnie zu ihrem Wiehern angestiftet.

„Sie ist verliebt."

Bonnie war nicht nur verliebt, sondern seit heute früh auch rossig. Ich errötete, sobald ich daran dachte, wie Slawa mir die Rossigkeit und deren Symptome in wenigen, aber sehr drastischen Sätzen erklärt hatte – ein Moment, in dem ich mich am liebsten schlagartig im Gebüsch verkrochen hätte. Denn während er gesprochen hatte, hatte Bonnie uns unbekümmert demonstriert, was er meinte. Kurz: Was Bonnie gerne tun wollte, war nicht zu übersehen, und auf keinen Fall wollte ich vor Mama zusammenfassen, was Slawa erzählt hatte.

„Verliebt. Aha." Mama kniff die Brauen zusammen. „Sie schreit also nach einem Hengst?"

„Nach dem Leitwallach ihrer alten Herde", lispelte ich und rührte in meinem Müsli herum, als wollte ich es schaumig schlagen. „Aramis."

„Schöner Name", kommentierte Mama lakonisch.

„Wie lange sind Pferde durchschnittlich verliebt? Ich hatte gestern Abend nämlich gerade angefangen, mich ansatzweise zu entspannen und mit der Situation auf diesem Hof anzufreunden, aber dann ...."

„Ist ja gut, ich kümmere mich drum!", rief ich heftiger als beabsichtigt und sprang auf, um mein Frühstück vorzeitig zu beenden und nach draußen auf den Hof zu gehen, wo Slawa gerade am Trecker herumschraubte und Bonnies Wiehern so durchdringend durch die klare Morgenluft schallte, dass selbst ein Schwerhöriger es nicht ignorieren konnte. „Ich halte das nicht mehr aus", verkündete ich Slawa atemlos. „Wir müssen etwas unternehmen!"

„Und was?" Slawa schob sich unter dem Trecker hervor und richtete sich behäbig auf. „Das sind die Hormone. Sie will halt zu ihm."

„Ja, das hab ich inzwischen auch verstanden." Anfangs hatte ich ernsthaft Hoffnungen gehegt, ich könne Bonnie ablenken, indem ich sie kraulte oder mit ihr redete. Das Ergebnis war gewesen, dass sie mir ins Ohr gewiehert hatte und sich meinen Streicheleinheiten entzog, indem sie aufgeregt am Zaun auf und ab lief. Immerhin, sie lief. Das war das einzig Positive an der Sache. „Also sollten wir sie zu ihm führen."

„Mira." Slawa sah mich an, als hätte ich behauptet, dass auf den Frühling der Herbst folge, wenn ich das nur beschlösse. „Bonnie kann nicht auf die Weide, das weißt du doch!"

„Aber sie kann an die Weide. An den Zaun, oder? Und Aramis sehen." Ach, ich wusste ja selbst, dass es kein guter Plan war. Doch ich konnte ihr nicht länger tatenlos zuhören, genau so, wie ich ihrem Leid nicht hatte tatenlos zusehen können.

„Ja. Das ist die Steigerung. Du lässt sie wittern, was sie nicht haben darf."

„Hast du denn eine bessere Idee?"

„Mann, bist du dickköpfig." Stöhnend schob Slawa sich seine Kappe aus der Stirn, um mich zweifelnd anzublinzeln. „Die Rosse dauert nur ein paar Tage. Danach ist sie wieder ruhiger."

„Lange genug, um meine Mutter auf dumme Gedanken kommen zu lassen. Sie ist total genervt. Ich kann Bonnies Herde auch alleine suchen, du musst mir nur ungefähr sagen, wo ich sie finde …"

„So ein Blödsinn." Slawa warf die Zange in hohem Bogen in den Werkzeugkasten und lief leise schimpfend zu Bonnies Notquartier, um sie in Rekordgeschwindigkeit zu halftern und herauszuholen. Ich kam den beiden kaum hinterher und hatte keine Zeit, mich darüber zu freuen, dass Bonnie sich wesentlich geschmeidiger bewegte als die vergangenen Tage, denn Slawa fluchte unentwegt auf Ukrainisch vor sich hin und Bonnie wieherte dazu so ohrenbetäubend, dass ich von ganz alleine meine Klappe hielt.

Außerdem mussten wir mit ihr durch einen Teil des Dorfes gehen und ich konnte förmlich spüren, wie wir hinter geschlossenen Gardinen beobachtet wurden und auch, dass über uns geredet wurde. Ein schlecht gelaunter Flüchtling aus der Ukraine mit einer weltfremden Großstädterin und einer rossigen, dauerwiehernden Rehestute war sicherlich kein Anblick, den man hier jeden Tag zu Gesicht bekam – und er würde unweigerlich für neue Spekulationen sorgen.

Irgendwann hatten wir auch das letzte Haus hinter uns gelassen und mussten nur noch zwei Feldwege passieren, bis wir die Weidegründe der Herde erreicht hatten. Bonnie war so aufgedreht, dass Slawa Schwierigkeiten hatte, sie zu handeln – denn nun bekam sie endlich ihre lange ersehnten Antworten. Die Pferde wieherten im Chor zurück und Bonnie konnte es nicht erwarten, sich zu ihnen zu gesellen.

„Langsam!", herrschte Slawa sie an, weil sie Anstalten

machte, ihm davonzustürmen, so gut es ihr auf ihren kranken Hufen gelang – und ich wich respektvoll zurück, denn in ihr lauerten mehr Kraft und Energie, als ich ihr zugetraut hätte. Zum ersten Mal wirkte sie jung und übermütig; ein Pferd, das zwar grundgut, aber zu allerlei Streichen aufgelegt war, wenn der Frühling ins Land zog und die Natur aus ihrem Winterschlaf erwachte.

Erst als ich meine Hand auf ihre Kruppe legte und ihr leise zumurmelte, beruhigte sie sich ein wenig und fügte sich Slawas strenger Führung. Doch ihre glänzenden Augen kannten nur eines – ihre alte Herde. Auch ich konnte meinen Blick nicht von den galoppierenden Pferden abwenden, die in einem Tempo auf uns zugeprescht kamen, als wollten sie gleich den Zaun durchbrechen; allen voran ein großer, kräftiger Schimmel mit silbergrauer, welliger Mähne. Aramis!

„Weißt du jetzt, was ich meinte?", keuchte Slawa, der darum kämpfte, Bonnie im Zaum zu halten, denn sie drängte stur nach vorn zum Gatter, wo die Herde sich gerade zu versammeln begann. Es waren sicherlich fünfzehn Tiere, und mindestens die Hälfte von ihnen wieherte ihr freudig entgegen, während die anderen nervös mit den Hufen stampften oder witternd schnaubten.

Ich verzichtete auf eine Antwort, denn ich hatte es

längst verstanden. Bonnie an diese riesige Weide zu führen, ohne sie zu den Pferden zu lassen, grenzte an Grausamkeit.

„Ist es theoretisch möglich, dass du mit ihr reingehst, ohne dass sie Gras frisst und ...?" Slawas Wolfsblick stoppte mich im Nu. Er sah mich an, als würde er mich gleich im Nacken packen und davonschleppen wollen. „Okay, keine gute Idee. Anderer Vorschlag: Kannst du Aramis rausholen, damit sie sich begrüßen können?"

Seine steinerne Miene war Antwort genug – dieser Vorschlag war auch nicht besser. Mit dunklem Blick band Slawa Bonnies Strick an einer der Querstreben des Zauns fest, machte mehrere Sicherheitsknoten hinein und trat einen Meter zurück. Bonnie riss testweise ihren Kopf hoch, um zu prüfen, ob sie sich losmachen konnte, schien aber einzusehen, dass sie vorerst nicht freikommen würde. Zudem hatte Aramis sich so weit dem Zaun genähert, dass die beiden sich Nüstern an Nüstern begrüßen konnten, ihre Ohren gespitzt, die Haltung stolz und erhaben. Quietschend stampfte Bonnie mit dem Vorderhuf auf, als sei Aramis ihr zu nahe gekommen, und ließ aufgeregt ihren Schweif peitschen, bevor sie sich ihm erneut zuwandte und ihre Nüstern sich sanft berührten. Sie sahen wunderschön zusammen aus – und ich hasste den Zaun zwischen ihnen aus vollem Herzen, ganz gleich, ob er Bonnie das Leben rettete. Er stand ihrem Glück im Wege – und ihr Glück war zugleich ihr Tod.

„Das ist nicht fair ...", flüsterte ich. Obwohl Slawa mir noch nie so ruppig begegnet war wie heute, lehnte ich meine Stirn gegen seine Schulter. Er wies mich nicht zurück, sondern legte sogar für einen Moment seinen Arm um meine Taille, als wollte er mir Halt geben.

„Vielleicht hältst du mich ja für bescheuert, aber ..."

„Was aber?" Ich nahm meinen Kopf wieder hoch, obwohl mir die Wärme seiner Schulter gutgetan hatte.

„Hast du mal darüber nachgedacht, sie zu ihrer Herde zu lassen? Dauerhaft?"

„Aber dann stirbt sie."

„Ja. Oder auch nicht." Slawa atmete tief durch. „Vielleicht ist genau das ihre Rettung – ihre Herde und ihre Freiheit. Und wenn nicht ... wenn nicht, ist sie wenigstens noch glücklich, bevor sie stirbt."

„Nein, so was kann ich nicht tun." Erschauernd lehnte ich mich an einen Zaunpfahl. „Das darf ich nicht! Ich würde sie ja zwingen, in ihren Tod zu gehen – so etwas ist nicht erlaubt!"

„Zwingen? Die musst du nicht zwingen. Die will bei ihrer Herde sein."

„Ja, weil sie nicht weiß, dass sie das umbringt!", erwiderte ich erhitzt. „Wir wissen es aber!"

„Da bin ich mir nicht sicher. Dass wir Menschen immer besser als die Tiere wissen, was gut für sie ist. Ich glaube nicht, dass das so ist."

„Glauben reicht mir nicht. Das ist mir zu wenig."

„Glauben kann alles sein. Alles", wiederholte Slawa nachdrücklich, aber sehr leise und löste Bonnies Strick, weil sie trotz ihrer Verliebtheit durch den Zaun hindurch vom Weidegras zu fressen versuchte. „Hast du nicht selbst gesagt, dass man an Wunder glauben muss, damit sie passieren?"

„Aber jedes Tier will leben ..." Der Frühlingswind nahm meine Worte mit sich, bevor Slawa sie hören konnte.

Mich jedoch begleiteten sie, bis ich mich abends ins Bett legte, Bonnies Wiehern im Ohr und ein Gewissen in meinem Herzen, das schwärzer und erdrückender nicht hätte sein können.

NACHTBESUCH

„So schlimm ist das nicht, Baby. Wenn der Tierarzt den Schnitt nicht nähen musste, ist sie morgen wieder munter und ..." Die Leitung knackte und piepste.

„Papa?", rief ich alarmiert und schüttelte instinktiv das Handy, doch unsere Verbindung war endgültig unterbrochen – und das, obwohl wir zum ersten Mal in vollkommenem Frieden miteinander gesprochen hatten, während ich wie ein Kind geweint hatte und hinter den Fenstern von Papas Unterkunft ein Schneesturm über das Land gefegt war. Ihm hatte ich es nun zu verdanken, dass wir voneinander getrennt worden waren, ehe ich meinen Vater fragen konnte, was ich tun sollte.

„Es ist schlimm", widersprach ich und sank auf mein Bett zurück. Nun fehlte mir Bonnies Wiehern, obwohl es Mama und mich stundenlang verfolgt hatte und uns in seiner Intensität durch Mark und Bein gegangen war. Mitten in der Nacht war sie schlagartig ruhig geworden und gerade diese Ruhe hatte mich hochschrecken lassen, bis ein Krachen über den Hof geschallt war, das eine unaussprechliche Angst in mir ausgelöst hatte.

Als ich nach draußen gerannt war, war es bereits zu spät gewesen. Bonnie hatte versucht, aus dem Schuppen auszubrechen, in den ich sie für die Nacht gesperrt hatte, weil ich hoffte, sie dort vor der Witterung ihrer Herde abschotten zu können, und sich dabei die Brust aufgerissen. Mir wurde kalt, als ich an das glitzernde Blut dachte, das über ihr weiß-schwarzes Fell gelaufen war, und daran, wie ihre Augen mich angeblickt hatten – so bittend und flehend.

„Lass mich raus", sagten sie ununterbrochen. „Ich will nach draußen zu meiner Herde ... bitte lass mich zu meiner Herde."

Wenn ich ihr nur hätte erklären können, warum ich ihrem innigen Wunsch nicht nachkam – warum ich ihm nicht nachkommen durfte! Aufschluchzend zog ich meine Knie an und drückte mein Gesicht in mein Kissen, weil meine Gedanken sich erneut auf erbarmungslose Weise im Kreis drehten. Was ich auch tat – es war falsch, so falsch! Nichts fühlte sich mehr richtig an. Entweder war mein Herz dagegen oder mein Kopf war es. Es gab keine Lösung, mit der beide einverstanden waren.

Weil ich in diesem Zustand sowieso nicht schlafen konnte, stand ich auf, zog meine Stallklamotten an, schlich die Treppe hinunter und stahl mich aus dem Haus, obwohl es bereits weit nach Mitternacht war und die Temperaturen sich dem Gefrierpunkt näherten. Mein Atem stand in weißen Wolken vor meinem Gesicht, als ich zum Schuppen lief und so leise wie möglich das notdürftig reparierte Tor aufdrückte. Bonnie musste sich mit ihrer ganzen Kraft dagegen geworfen haben – und dabei hatte sich ein scharfer Splitter gelöst und ihr die Brust aufgeschlitzt.

Das leichte Sedativum, das Dr. Danicek ihr verabreicht hatte, und ihr eigener Schrecken hatten sie rasch ruhig werden lassen, doch zu sehen, wie sie nun apathisch und mit halb geschlossenen Lidern vor der Heuraufe stand, während dünne Blutstropfen aus ihrer Wunde sickerten, war nur neue Nahrung für mein schlechtes Gewissen. Sicherheitshalber hatten wir ihr ein Halfter angelegt, mit zwei Stricken versehen und diese links und rechts von ihr an zwei Pfosten fixiert. Sie hatte keinen einzigen Meter Spielraum mehr. Erst hatten wir alles getan, um sie zum Laufen zu bringen, und nun hatten wir sie gefangen genommen. Wie sollte sie uns das je verzeihen?

„Es tut mir wirklich leid", flüsterte ich und strich sanft über ihren Hals, unter dem das Leben warm und verlässlich durch ihre Adern strömte. Dr. Danicek war bass erstaunt gewesen, weil sie einen Ausbruchsversuch unternommen hatte – das hätte er ihr niemals zugetraut. Auch er hatte zugeben müssen, dass ihr Zustand sich erheblich verbessert hatte. Aber im gleichen Atemzug hatte er mir recht darin gegeben, sie von jedem Grasbüschel fernzuhalten.

„Bonnie? Hörst du mich?"

Nicht einmal ein Ohr zuckte und ihre Augen blieben trüb, als schauten sie ins graue Nirgendwo. Selbst als es ihr so schlecht gegangen war, dass sie nicht hatte aufstehen können, hatten sie mehr Glanz gehabt. Was hatte ich aus meinem Tashunka-Witko gemacht?

„Mira …. Was tust du denn hier?"

Ich gab mir keine Mühe, mein Weinen zu kaschieren, als ich mich zu Slawa umdrehte, der mit einer Taschenlampe in der Hand im Tor stand.

„Nicht schlafen können. Und du?"

„Ich … ach, komm her." Slawa ließ die Taschenlampe ins Heu fallen und zog mich mit beiden Armen an sich, sodass ich meinen Kopf an seine Schulter schmiegen konnte – was zur Folge hatte, dass ich noch heftiger weinte. Es gelang mir nicht, mich zu beruhigen. „Alles halb so wild", murmelte er besänftigend in meine Haare. „Morgen ist sie wieder munter."

„Und was dann?" Zitternd holte ich Luft und drehte meinen Kopf, bis meine Nase an seinen Hals stieß. Ja, hier war auch ein guter Platz zum Weinen. „Dann wie-

hert sie wieder den ganzen Tag und macht neue Aus-
bruchsversuche ... verletzt sich ... muss ruhiggestellt
werden ..."

„Hast du deinen Vater erreicht?"

„Ja, aber nur kurz", antwortete ich verschnupft, meine Nase immer noch dicht an Slawas warmem Hals.
„Die Verbindung ist wieder abgebrochen. Ich konnte
ihn nicht fragen, was ich tun soll."

„Dann bitten wir jetzt jemand anderen um Rat." Obwohl ich es mir in Slawas Armen gerade gemütlich eingerichtet hatte, nahm er sie von mir und ergriff stattdessen meine Hand, um mich aus dem Schuppen in die
Kälte der Nacht herauszuziehen.

„Wo willst du denn um diese Uhrzeit noch hin?"

Doch Slawa hatte längst entschieden, nicht mit mir
über seine Pläne zu diskutieren, und seinem forschen
Griff konnte ich sowieso nicht entkommen. Resigniert,
aber im Vertrauen, dass er schon wisse, was er tue, ließ
ich mich von ihm vom Hof und über die Allee führen
und kam mir dabei beinahe selbst vor wie ein krankes
Pferd. Mit einem Jungen nachts Hand in Hand durch
die Dunkelheit zu laufen, hatte ich mir in meinen Tag-
träumereien immer ganz anders vorgestellt – weniger
hektisch, weniger heulend, weniger ängstlich und vor
allem um ein Vielfaches romantischer. Hier war gar
nichts romantisch, weder die abweisenden, stillen

Dorfstraßen von Strassnitz noch der kalte Nachtwind, dessen fauchende Böen jede Faser meiner Kleidung durchdrangen und mich mit klappernden Zähnen vor mich hin frieren ließen. Auch unsere Schweigsamkeit konnte einem den letzten Nerv rauben. Trotzdem war ich froh, dass es Slawa war, mit dem ich so unromantisch, ohnmächtig und verzweifelt Händchen hielt. Ich hätte es mit keinem anderen gewollt. In stiller Zweisamkeit marschierten wir nicht nur durch das gesamte Dorf, sondern auch an der Weide von Bonnies Herde vorbei, bis wir an einen kleinen, hübsch renovierten Bauernhof gelangten, hinter dessen Fenstern mattes Licht brannte.

„Hab ich es mir doch gedacht", brummte Slawa. „Die ist noch wach."

„Wer?"

Doch Slawa hatte bereits die altmodische Türglocke betätigt und auf einmal wusste ich, dass Papa schon oft auf dieser Schwelle gestanden und gewartet hatte, dass ihm geöffnet wurde, genau wie ich in diesem Moment. Er kannte diesen Hof – und er kannte die Frau, die hier lebte. Schon tauchte ihr Schatten hinter den Fenstern auf und nur wenige Sekunden später öffnete sich die Tür.

„Oh, hallo Slawa. So spät noch, ist etwas passiert?"

Mein Dauerfrösteln schwand, als die Frau ihre linke

Hand ausstreckte und Slawa kräftig über seinen schwarzen Schopf strich. Verwundert starrte ich sie an. Sie musste Imke sein, die Pferdefrau, doch sie sah vollkommen anders aus, als ich sie mir vorgestellt hatte – zierlich, beinahe zart, mit einem schmalen Gesicht, langen, gewellten Haaren und türkisblauen, durchdringenden Augen. Am meisten aber mochte ich ihre Stimme. Die tiefe, ruhige Wärme darin war es, die sekundenschnell die Kälte aus meinen Knochen vertrieb und mir neue Hoffnung verlieh. Slawa hingegen blickte verlegen zu Boden, als sei es ihm nicht recht, vor meinen Augen so mütterlich berührt zu werden.

„Bonnie hat versucht, auszubrechen. Sie will wohl zu ihrer alten Herde ...“

„Oh. Na, dann kommt rein. Ich mache euch einen Tee.“ Ihr lächelnder Blick blieb kurz an meinem hängen. Kam ich ihr vielleicht bekannt vor? Mama hatte schon öfter gesagt, dass ich meinem Vater wie aus dem Gesicht geschnitten sei.

Obwohl ich immer noch nicht wusste, was Slawa mit seinem Besuch bezweckte, folgte ich ihm und der Pferdefrau ins Wohnzimmer, das nur wenige Möbel schmückten und in dem eine Klarheit herrschte, die ich in Papas Haus vermisste. In der Ecke flackerte ein Kaminfeuer und verbreitete einen wohlig-herben Geruch nach Rauch und harzigem Holz. Sofort befreiten

Slawa und ich uns aus unseren Jacken und ließen uns auf das breite, gemütliche Sofa nieder. Ich wusste nicht, ob es an dem Haus lag oder an der Pferdefrau – aber ich hatte plötzlich das Gefühl, kostbare Zeit geschenkt bekommen zu haben. Nichts war mehr so dringlich, dass wir nicht hier in aller Ruhe sitzen, Tee trinken und reden konnten.

Doch ich musste rasch einsehen, dass ich für ein sinnvolles Gespräch viel zu erschlagen war. Meine Gedanken konnten ihm nicht mehr folgen. Während Slawa Imke von Bonnie erzählte und sie leise, aber stets wohlüberlegt und mit beruhigend warmer Stimme antwortete, döste ich immer wieder ein – sosehr ich mich auch dagegenstemmte. Erst als sie mich direkt und mit meinem Namen ansprach, wurde ich wieder kristallklar im Kopf und so wach, dass ich mich instinktiv aufrichtete.

„Mira, Bonnie kam in meiner Herde zur Welt, mitten auf der Weide, und hat noch nie in ihrem Leben eine Box gesehen. Dein Vater hat sie erst von den anderen getrennt, als sie klamm ging. Vorher hat er sie nur für Turniere und Wanderritte aus der Herde geholt. Es ist ganz normal, dass sie nach ihrer Familie ruft – das würde jeder von uns tun, oder?"

Ich nickte nur, weil ich wieder einen Kloß in der Kehle sitzen und langsam die Nase voll vom Weinen hatte.

„Sie zeigte schon immer einen auffällig starken Herdentrieb und war stets mittendrin. Aramis hat sie nie aus den Augen gelassen." Imke lächelte weich. „Von mir aus kann sie wieder zur Herde zurück. Du kannst sie jederzeit dazustellen, wenn du möchtest. Meine Weiden sind mager, mit vielen Wildkräutern und ohne zu fettes Gras. Ich hab jahrelang an ihnen herumexperimentiert, um sie so hinzubekommen."

„Ich ... das ... nein, das kann ich nicht!" Ich wollte entrüstet klingen, aber es gelang mir nicht. „Das würde sie doch umbringen, oder?"

Die Pferdefrau zuckte mit den Schultern, lächelte mich aber weiterhin an. „Ich weiß nicht, was sie umbringt. Das Leben in Gefangenschaft oder die Freiheit. Aber selbst wenn es die Freiheit ist – sie hätte noch ein paar schöne Tage, zumindest ein paar schöne Stunden. Sie könnte sich ausgiebig wälzen, Fellpflege betreiben, grasen, den Wind in ihrer Mähne spüren ..."

Hatte ich das nicht immer vor mir gesehen? Wie der Wind mit Bonnies Mähne spielte, während sie über die Steppe galoppierte? Eine Steppe hatten wir hier nicht, aber riesige Weidegründe und Pferde, die sie kannte und zwischen denen sie aufgewachsen war. Sollte ich ihr diesen glücklichen Moment nicht schenken?

„Magst du schon immer Pferde oder ist sie ein ganz besonderes Tier für dich?"

„Ein besonderes!", antwortete ich wie aus der Pistole geschossen. „Ich hatte nie zuvor mit Pferden zu tun gehabt, aber als ich sie das erste Mal sah, da ... da war sofort etwas, das ... Es ging mitten in mein Herz", schloss ich mit belegter Stimme und musste blinzeln, weil eine Träne mein linkes Auge kitzelte.

„Stimmt, was sie sagt", meldete sich Slawa leise zu Wort. „Bonnie ist ihr Tashunka-Witko."

„Dein Tashunka-Witko", wiederholte Imke nachdenklich, als wisse sie genau, was damit gemeint war, und im selben Moment fiel mein Blick auf ihr Bücherregal, in dem die gesamten oberen beiden Reihen von Büchern über Pferde und Indianer eingenommen wurden. Slawa musste sie sich von ihr ausgeliehen haben! Vielleicht hatte er sogar schon zusammen mit Papa hier gesessen. Da war sie auf einmal, meine Familie, von der ich so lange geträumt hatte. Wir waren nicht verwandt, in unseren Adern floss nicht das gleiche Blut, aber etwas verband uns enger miteinander, als Blut es tun konnte – unsere Liebe zu den Pferden. Umso unmöglicher erschien es mir, dass ich diejenige sein sollte, die über Bonnies Leben entscheiden musste.

„Es ist nicht leicht. Ich weiß das", sprach Imke behutsam weiter, als könne sie meine Gedanken lesen. „Ich habe schon viele Pferde gehen sehen ... Es tut immer weh. Manchmal gibt es im Leben keinen Weg, der nicht wehtut. Loslassen ist schmerzhaft – aber es kann auch sehr heilsam sein."

Ich spürte diesen Schmerz bereits jetzt, tief in meiner Brust. Doch gleichzeitig wurde mir immer klarer, dass es genau darauf hinauslaufen würde. Ich würde Bonnie loslassen müssen. Auf Dauer brachte ich es nicht übers Herz, sie Nacht für Nacht einzusperren und dabei immer rabiater zu werden, bis sie sich kaum mehr von der Stelle rühren konnte. Ich hatte dafür gekämpft, dass sie sich wieder bewegen konnte, und jetzt hielt ich sie fest? Fixierte sie? Das passte nicht zusammen. Außerdem drängte die Zeit.

„Dein Vater konnte sie nicht loslassen und ich verstehe das gut, Mira. Aber vielleicht kannst du es ja. Sie ist dein Pferd." Imkes Blick war wie eine feste, umhüllende Umarmung und noch immer verlieh mir ihre Stimme das Gefühl, alles würde gut werden, wenn ich nur aufhörte, gegen Windmühlenflügel zu kämpfen.

Als Slawa und ich uns von ihr verabschiedeten, strich sie auch über meinen Kopf – eine sachte Berührung, die kaum zu spüren war, aber meinen Scheitel auf Slawas und meinem stummen Heimweg minutenlang prickeln ließ.

Ich wusste immer noch nicht, ob ich es schaffen würde, Bonnie loszulassen. Doch endlich konnte ich wieder atmen.

DER LETZTE GANG

„Tun wir auch wirklich das Richtige?"

Schon zum vierten Mal war ich stehen geblieben und hatte den Strick so kurz genommen, dass Bonnie an meiner Hand zu schnüffeln begann oder versuchte, mit meinen Haaren Fellpflege zu betreiben. Ich hatte mich durchgerungen, sie selbst zu führen, während Slawa und ich sie in die Freiheit begleiteten, und nun scheiterte ich alle hundert Meter an meiner eigenen Courage.

„Das weißt du erst, wenn du es machst."

„Vielleicht gibt es ja doch noch irgendwo einen bezahlbaren Rehestall, der sie nimmt und wo sie ein gutes Leben verbringen kann ..."

„Bonnie und ein Rehestall? Oh, Mira, vergiss es." Slawa wischte mit dem Handrücken über seine tropfende Nase. Obwohl wir beide keinen Heuschnupfen hatten, mussten wir seit heute Morgen regelmäßig niesen, da die Natur explodierte; so warm schien die Sonne nach einer regnerischen Nacht auf die Wiesen und Felder. Wir konnten die Pollen sogar durch die Luft trudeln sehen. „Das könnt ihr nicht bezahlen und auch in einem Rehestall hat sie nicht viel Platz zum Laufen. Es passt einfach nicht zu ihr!"

„Ja, du hast ja recht ..." Zwei Abende lang hatten wir diskutiert, Argumente hin und her gewälzt und im Internet recherchiert, bis wir nicht mehr geradeaus denken konnten, und waren doch wieder bei jener einen, radikalen Lösung gelandet, von der jeder vernünftige Mensch uns abraten würde: Bonnie musste zurück zu ihrer Herde. Sie war inzwischen heiser vom dauernden Wiehern und im Schuppen randalierte sie nur noch. Ich musste einsehen, dass sie nicht das lammfromme, fügsame Tier war, für das ich sie anfangs gehalten hatte, sondern halbwild gelebt hatte, bevor mein Vater sie zugeritten hatte. Wilde Pferde aber sollten in der Freiheit leben und sterben dürfen, nicht in der Gefangenschaft – und niemals sollte man sie einsperren. Seufzend setzte ich mich wieder in Bewegung.

„In spätestens drei Tagen wissen wir mehr", erinnerte mich Slawa. „Wenn bis dahin kein Schub auftritt, war es entweder keine klassische Rehe oder sie ist ein Wunderpferd ..."

„Und wenn nicht, holen wir den Tierarzt und lassen sie einschläfern", wiederholte ich tapfer, was ich mir in den vergangenen 48 Stunden wie ein Mantra vorgebetet hatte. Kein neuer Versuch, sie in Gefangenschaft zu therapieren, sondern einschläfern. Ende. Aus. Ich hätte schreien können vor Ohnmacht, wenn ich daran dachte. Auch deshalb wurde ich auf den letzten Metern immer langsamer, bis ich über meine eigenen Füße zu stolpern begann.

Doch Bonnie gab mir keine Chance, den Abschied von ihr hinauszuzögern. Schnaubend und wiehernd begann sie auf der Stelle zu tänzeln – so temperamentvoll und leichtfüßig, als habe sie niemals Schmerzen in ihren Hufen gehabt. Doch selbst wenn sie noch welche spürte – sie waren ihr vollkommen egal, denn sie ahnte, was wir vorhatten. Diesmal würden wir das Gatter für sie öffnen.

„Ich mache auf, du führst sie rein, okay? Mira? Bist du bereit?"

Nein. Ich war es nicht und würde es niemals sein.

„Ja!", rief ich mit rasendem Herzen und kam mir vor, als führte ich mein eigenes, unschuldiges Kind zum Schafott. Doch für derartige Horrorfantasien hatte Bonnie keine Geduld. Mit einem sonoren Wiehern blies sie sämtliche Angst- und Schuldgedanken in den Wind. Schon kam ihre Herde angestürmt, in vollem Galopp preschten die Tiere auf uns zu und wieherten dabei freudig zurück – ich musste mich sputen, wenn ich nicht von ihnen umgerannt werden wollte. In wenigen Sekunden würden sie am Zaun sein. Mit bebenden Fingern löste ich den Karabiner von Bonnies Halfter und streifte es ihr über den Kopf. Wie versteinert blieb sie stehen, als traue sie mir nicht, und schaute mich fragend an.

„Nun lauf schon … Ja, geh zu deinen Freunden! Lauf, Bonnie!"

Keck quietschend warf sie ihren Hintern in die Luft, buckelte sich frei und schoss ohne einen Blick zurück auf ihre Herde zu. Noch immer konnte ich deutlich sehen, dass ihre Gelenke steif waren und ihre Hufe sie blockierten – doch ihre Lebensfreude war stärker als ihre Gebrechen. Obwohl die anderen Pferde sie aufgeregt umringten, warf sie sich selbstbewusst zu Boden und wälzte sich gründlich, wobei sie mehrere Male gut hörbar pupste, was mich unweigerlich zum Lachen brachte.

„Jaja, das edle Ross …", grinste Slawa, doch seine Augen wirkten verdächtig weich und salzig. An einer Wimper hing sogar eine winzige Träne.

Zum dritten Mal wälzte Bonnie sich, die Hufe weit in die Luft gestreckt, um sich dann wieder auf alle viere zu stemmen und gemeinsam mit den anderen Pferden zu laufen, zu buckeln, zu wiehern und Nüstern an Nüstern Kontakt mit ihnen aufzunehmen. Wie die Pferdefrau es gesagt hatte, wich Aramis nicht von ihrer Seite. Mit gestelltem Schweif und gerecktem Kopf trabte er in ausladenden, schwungvollen Schritten neben ihr her, sichtlich stolz, seine Lieblingsstute wieder bei sich zu wissen. Selbst als Bonnie anfing, mit einer alten, hell gescheckten Stute Fellpflege zu betreiben, blieb er dicht neben ihr stehen, als würde er sie bewachen und nie mehr aus den Augen lassen wollen.

„Das möchte ich in Erinnerung behalten", sagte ich gedämpft, als ich wieder sprechen konnte. „Nicht die Tage im Schuppen und bei den Ziegen, in denen ich immerzu Angst um sie hatte und sie litt. Sondern diese Bilder."

Doch schon das nächste Bild jagte neue Angst durch meinen Körper – denn jetzt war es so weit. Bonnie nahm ihren Kopf herunter, um zu grasen – sie begann, ihr eigenes Gift zu fressen. Slawa und ich stöhnten unterdrückt auf, als wir es sahen, und meine Hand wollte nach seiner greifen, weil ich glaubte, nicht mehr alleine stehen zu können. Doch dieser Anblick war der Preis gewesen. Wir hatten es gewusst, die ganze Zeit.

„Hat dein Vater noch Wodka zu Hause?", fragte ich, ohne Slawa dabei anzuschauen. Ich konnte meine Augen nicht von der grasenden Bonnie lösen. Sie sah so zufrieden dabei aus und die Sonne ließ ihr Fell in sämtlichen Schattierungen schillern – was für eine trügerische Idylle! „Ich wäre in der richtigen Stimmung, mich zu betrinken. Was haben wir nur getan? Scheiße, was haben wir gemacht?"

„Das Richtige, Mira." Slawa nahm mich bei den Schultern, drehte mich zu sich und sah mir mit seinem grünen Wolfsblick fest in die Augen. Dieses Mal ließ er mich nicht zurückzucken, sondern schenkte mir Halt. „Manchmal gibt es nur Schwarz und Weiß und nichts dazwischen. Du hattest diese zwei Möglichkeiten, sie einsperren oder freilassen – und du hast vorher alles versucht, um andere Wege zu finden. Mehr konntest du nicht tun!"

„Fühlst du dich denn gut dabei?"

„Nein", antwortete Slawa ehrlich. „Aber hier ..." Er deutete auf seinen Bauch. „Hier ist eine Stimme, die mir sagt, dass es in Ordnung ist. Und auf die höre ich."

Ich wusste, welche Stimme er meinte. Sie hatte spätestens seit Bonnies Ausbruchsversuch unentwegt mit mir gesprochen und ich hatte alles Erdenkliche unternommen, um sie zu übertönen. Doch sie hatte sich Verbündete gesucht, die sie ebenfalls hörten, in ihrem eigenen Bauch. Slawa. Die Pferdefrau. Und schließlich sogar meinen Vater, der doch niemals hatte wahrhaben wollen, dass Bonnie todkrank war.

Gestern Nacht hatte ich ihn endlich wieder erreicht, und nachdem ich ihm meine Zwickmühle geschildert hatte, hatte er mich unter Tränen gebeten, dieser inneren Stimme Gehör zu schenken.

„Lass sie frei, Baby. Was würdest du wollen, wenn du die Wahl hättest? Würdest du lieber in Gefangenschaft vor dich hin vegetieren wollen oder zurück zu deiner Familie gehen können, in die Freiheit, auch wenn es dich vielleicht dein Leben kostet?"

Ich hatte nicht überlegen müssen, um zu antworten. Doch ohne Papas „Vielleicht" hätte ich mich niemals zu diesem Schritt durchringen können. Keiner kannte Bonnie besser als er. Er hatte viel Mist gebaut, doch er wusste um dieses Pferd. Wenn er „vielleicht" sagte, gab es eine Chance – eine winzige, das mochte sein, aber es gab sie.

Nur sein „Vielleicht" hatte mir jenes Quäntchen Mut verliehen, das ich gebraucht hatte, um mich zu entscheiden.

Jetzt musste ich das tun, was Slawa gesagt hatte und ich selbst von ihm eingefordert hatte. Ich musste anfangen, zu glauben – und mein Gebet galt Papas „Vielleicht".

Vielleicht würde Bonnie leben.

GLAUBE, LIEBE, KISSENSCHLACHTEN

„Ich weiß, dass du nicht krank bist." Wieder klopfte es an meine Tür, dieses Mal so energisch, dass der Schlüssel aus dem Schloss rutschte und zu Boden fiel. „Nach dem nächsten Klopfen zähle ich bis drei und dann komme ich rein. Du hast also noch Zeit, dir was überzuziehen, falls du ... ach, egal." Weder klopfte Slawa ein weiteres Mal noch ließ er mir Zeit, zu überprüfen, wie ich gerade aussah und angezogen war. Ehe ich „Hau ab" sagen konnte, stand er vor meinem Bett.

„Hab ich es doch gewusst. Du bist nicht krank. Wieso lügst du?"

„Ich bin krank!", widersprach ich schwach. „Hier!" Fahrig deutete ich auf mein Herz.

„Du weißt doch gar nicht, was los ist!"

„Das ist es ja gerade." Mit beiden Händen zog ich die Decke an meinen Hals, weil kühle Luft durch die geöffnete Tür strömte. „Ich weiß es nicht ..."

„Lass mich mal zu dir." Bevor ich überlegen konnte,

ob ich das wollte, hatte sich Slawa neben mich aufs Bett gesetzt. Es war zu klein für uns beide. Die Matratze ächzte unter seinem Gewicht und das Metallgestell gab ein geplagtes Seufzen von sich. Beides hielt Slawa nicht davon ab, sich breit und schwer gegen das Kopfende zu lehnen. Sofort übertrug sich seine Wärme auf meine Schultern und meinen Bauch. „Imke ist heute unterwegs, sie kann nicht nach den Pferden schauen. Wir müssen es tun. Das haben wir ihr versprochen und du kommst mit!"

„Ich hab Angst." Ich war sogar starr vor Angst, so starr, dass ich Mama erzählt hatte, ich fühlte mich krank, und mein Zimmer zwei Tage lang nur verlassen hatte, um aufs Klo zu gehen, mir was zu essen zu holen oder zu duschen. Wenn ich schlief, träumte ich ununterbrochen von Bonnie. In manchen Träumen stand sie gesund und munter auf der Weide, in anderen siechte sie jämmerlich vor sich hin und ich wusste: Ich bin schuld. Ich habe es zu verantworten. Ich habe sie sterben lassen …

„Sie ist dein Pferd, du musst nach ihr sehen! Erzähl mir nicht, dass du es fertigbringst, übermorgen nach Hause zu fahren, ohne nach ihr geguckt zu haben. Wenn du das machst, bist du nicht besser als dein Vater!"

Verflucht. Jetzt benutzte Slawa jenes gemeine Argument, mit dem ich vor zehn Tagen meine Mutter in die Knie gezwungen hatte. Schon begann es zu wirken.

„Kannst du nicht erst einmal alleine hingehen?", versuchte ich den Kahn dennoch in eine andere Richtung zu lenken. „Und mir dann sagen, was los ist?"

„Kann ich, will ich aber nicht", entgegnete Slawa stur und stand auf, wobei die Matratze erneut ächzte. „Wir haben sie zusammen auf die Weide geführt, also schauen wir zusammen nach ihr."

„Du hast auch Angst, oder?"

„Na, nicht direkt Angst ..." Slawa zog die Schultern hoch und ließ sie wieder fallen. „Okay, vielleicht doch. Ein bisschen."

Seltsamerweise machte es mir sein Geständnis leichter, ebenfalls aufzustehen und in meine Schuhe zu schlüpfen. Es half ja alles nichts. Ich musste nach Bonnie sehen, wenn Imke nicht da war, sonst benahm ich mich nicht viel besser als mein Vater und irgendjemand sollte aus seinem Verhalten gelernt haben.

Weil Slawa und ich beide keine Nerven hatten, zu den Weiden zu laufen, nahmen wir den frisch reparierten Trecker seines Vaters. Während wir tuckernd durch das Dorf bummelten, bedrückte uns der gleiche Gedanke – in den vergangenen Nächten hatte es Bodenfrost gegeben, bei klarem Himmel, und morgens waren die Temperaturen rasch über zehn Grad gestiegen, weil die

Sonne von keinerlei Wolken gebremst wurde – das schlimmstmögliche Weidewetter für rehekranke Pferde, selbst auf mageren Wiesen. Ich hatte auf Nebel gehofft, auf Regen, sogar Sturm – doch wie zur Strafe zeigte sich mir Mecklenburg nun von seiner schönsten Seite.

Während wir uns der Weide näherten, wurde mir vor Nervosität so schlecht, dass ich auf den letzten Metern aus dem Fahrerhäuschen sprang, weil ich das Gewackel nicht mehr ertragen konnte und außerdem längst gesehen hatte, was mir in meinen Albträumen immer wieder begegnet war.

„Sie liegt!", rief ich alarmiert, sobald Slawa den Trecker zum Stehen gebracht und den Motor ausgeschaltet hatte. „Schau doch, sie liegt ..."

„Die liegen fast alle. Mittagspause."

„Nein, Aramis steht und der Braune auch!" Ich hatte ohnehin keine Aufmerksamkeit für den Rest der Herde übrig. Meine Augen klebten an Bonnie, die in ihrer üblichen, leblosen Schmerzhaltung auf der feuchten Wiese ruhte und nicht einmal den Kopf hob, obwohl sie uns gehört haben musste.

„Die stehen, weil sie Wache halten. Das hat nichts zu bedeuten. Warte ..." Slawa stieß das Gatter auf und betrat die Weide, um forschen Schrittes auf die liegenden Pferde zuzumarschieren. Aramis sah ihm aufmerksam entgegen, unternahm aber nichts, um ihn zu vertreiben oder gar zu attackieren. Dennoch hatte Slawas Gegenwart ihre Wirkung auf die Herde. Ein Pferd nach dem anderen fühlte sich von dem ungebetenen Gast aufgescheucht und erhob sich, um das Weite zu suchen. Jetzt lagen nur noch Bonnie und die alte, hell gescheckte Stute, mit der sie Fellpflege betrieben hatte, in der Mitte der Weide – allerdings hob die Stute fragend ihren Kopf, um zu sehen, wer sie da störte, während Bonnie weiterhin reglos verharrte.

„Hey! Das Mittagsschläfchen ist vorbei! Aufstehen, ihr beiden!", rief Slawa fordernd und wedelte mit den Armen.

Mit einem kurzen Schnauben stemmte die braun gescheckte Stute ihre Vorderhufe in den Boden, um sich zu erheben – und endlich wanderte auch Bonnies Kopf in die Höhe. Doch sobald sie Slawa erkannt hatte, ließ sie ihn wieder fallen. Meine kurze Erleichterung darüber, dass sie noch lebte, erlosch, als wäre sie nie da gewesen. Warum reagierte Bonnie nicht? Weil sie schlafen wollte, wie Slawa behauptete, oder nicht aufstehen konnte?

„Komm schon, Bonnie! Hoch mit dir! Los, Mädchen!"

Jetzt hockte er sich sogar neben sie und gab ihr einen forschen Klaps auf ihr dunkles Hinterteil. Wollte er nicht sehen, was geschehen war? Sie konnte nicht, weil die Rehe zurückgekommen war! Selbst wenn sie wollte, sie würde es nicht schaffen, weil sie ...

„Das gibt es nicht", flüsterte ich und glaubte, in einen Traum gerutscht zu sein – doch dieses Mal endlich in einen guten. Bonnie gähnte herzhaft und äugte mit blitzendem Blick zu mir herüber, bevor sie sich erhob, sich schüttelte, als wolle sie sich damit von ihrer Müdigkeit befreien, und munteren Schrittes zum Rest der Herde trabte. Noch immer bewegte sie sich steifer und schwerfälliger als die anderen Pferde, doch sie trabte ... freiwillig! Slawa hatte recht gehabt, sie hatte nur geschlafen, ganz normal. Wir hatten sie nicht umgebracht!

Strahlend rannte Slawa zu mir zurück und schlüpfte durch das Gatter, bevor wir uns in die Arme fielen, als hätten wir die Schlacht unseres Lebens gewonnen. Wir hatten sie durch Loslassen entschieden – nicht durchs Kämpfen und Festhalten. Ich konnte es kaum fassen. Jetzt erst merkte ich, wie sicher ich mir gewesen war, Bonnie in den Tod geschickt zu haben.

„Es ist der vierte Tag. Ihr geht es nicht schlechter. Sie hat es gepackt, Mira!"

„Das kann ich nicht glauben ..."

„Glaub es! Vielleicht schlagen die Kräuter jetzt erst richtig an, vielleicht tut ihr die Bewegung auf der Weide gut, vielleicht der Kontakt mit ihrer Herde – oder alles zusammen, aber sie hat keinen neuen Schub." Noch immer hielt Slawa mich fest, und je länger wir so dastanden, desto weniger freundschaftlich kam mir unsere Umarmung vor – als hätte Bonnies Genesung auch für uns ein Tor geöffnet. „Ich hab ihre Fesseln überprüft", murmelte er in mein Ohr. „Sie sind nicht heiß und ich kann auch kein Klopfen fühlen. Ihr geht's gut!"

„Das – das ist verrückt." Nun musste ich mich von ihm lösen, denn in seinem Arm konnte ich die Pferde nicht beobachten – und das musste ich, um meinen schnatternden Verstand zu beruhigen. Neben dem angrenzenden Wald drehten sich zwei Wallache im wilden Spiel miteinander, während Aramis Bonnie wieder einmal Avancen machte und sie vergnügt das unberührbare Stütchen mimte. Erneut fiel mir auf, welch berückende Schönheit aus ihr strahlte – und welch schimmerndes Glück. Sie stach aus der Herde heraus und gleichzeitig war sie nur zusammen mit ihr vollkommen. „Ich könnte ihr stundenlang zuschauen – endlich tut es nicht mehr weh, das zu tun."

„Manchmal mach' ich das – die Pferde beobachten, vor allem im Sommer." Auch Slawa richtete seine Augen wieder auf die Herde. „Dann setze ich mich an die Weide und gehe erst nach Hause, wenn es so dunkel wird, dass ich nichts mehr sehen kann."

„Kennt Imke dich deshalb?"

„Auch." Slawa schmunzelte. „Und weil sie bei uns Hühner gekauft hat und mein Vater ihr beim Heumachen hilft."

„Hatte sie ..." Ich zögerte. „Kann es sein, dass sie etwas mit meinem ... Vater hatte?" Dieser Verdacht ließ mich nicht mehr los. Ich hatte mich ihm so nahe gefühlt, als ich bei ihr im Haus gesessen hatte, und es musste ja einen triftigen Grund gegeben haben, weshalb er in diese Gegend gezogen war.

„Irgendwas hatten die beiden wohl miteinander, ja." Slawa kratzte sich am Hinterkopf, als versuche er, einen Begriff für dieses „Irgendetwas" zu finden. „Ich glaub, die Pferde waren ihre Verbindung. Aber Imke ist wohl auch am liebsten frei. Wie ihre Pferde."

Noch immer hatte ich unzählige Fragen an Papa, über sein Leben hier, seine Beziehung zu Bonnie, seine Freundschaft mit Imke. Doch ich konnte sie alle stellen, wenn er zurück in Deutschland war – dann würden wir alle Zeit der Welt dafür haben. Denn das hektische Dasein, das Mama und ich geführt hatten, würde endlich vorüber sein. Außerdem hatte sie selbst gesagt, dass sie unseren Begegnungen nicht mehr im Wege stehen wolle.

„Dein Vater ist nett, Mira. Ich hab ihn sofort gemocht. Er war nur ein bisschen – na ja, chaotisch. Aber als er mich gebeten hat, auf Bonnie und dich ... ups. Verplappert." Slawa grinste ertappt, während ich empört nach Luft schnappte.

„Bitte was? Er hat dich gebeten, dich um mich zu kümmern – hab ich das gerade richtig verstanden?"

„Ja", antwortete Slawa mit seiner typisch gleichmütigen Ehrlichkeit. „Er hat gemeint, ich soll ein Auge auf dich haben, wenn ihr auf den Hof kommt."

„Und – war es arg schlimm?", fragte ich biestig.

Slawas Feixen wurde breiter. „War? Das ist es immer noch." Zischend stieß ich ihm meinen Ellenbogen in die Seite. „Nein, schon gut. Hab's gerne gemacht. Meistens jedenfalls."

„Hättest du es denn auch getan, wenn er dich nicht darum gebeten hätte?" Sosehr ich mich bemühte – ich konnte nicht ernsthaft sauer auf ihn und meinen Vater sein. Mich freute es viel zu sehr, dass Papa vor seiner Flucht nach Amerika an mich gedacht hatte. Ohne Slawa wäre ich außerdem restlos aufgeschmissen gewesen.

„Glaub schon. Alleine, um eure Schreierei zu stoppen. Mama! Mira! Mira! Mama!", äffte er uns mit übertrieben hoher Stimmlage nach und nun musste auch ich lachen. „Im Ernst, es war mir eine Ehre."

„Was sind wir denn jetzt eigentlich, du und ich?", platzte es aus mir heraus. Ich wunderte mich über meine Direktheit, aber ich wollte mich nicht wieder in eine Illusion verrennen, die mir bei ihrer Enthüllung das Herz brechen würde. Bloß keine Dramen mehr. „Freunde oder ... lockere Bekannte ...?" Oder mehr?

„Finden wir es doch bei einer Kissenschlacht heraus", schlug Slawa gut gelaunt vor und erntete einen neuerlichen Hieb meines Ellenbogens. „Darin hast du jedenfalls mehr Erfahrung als ich. Oder?"

„Und wem gehört Bonnie?", lenkte ich von seinen Anspielungen ab, während mir die altvertraute Röte ins Gesicht stieg. Doch sie tat es zum ersten Mal aus freudigem, wildem Herzklopfen, denn Slawas Worte konnten nur eines bedeuten – für ihn war es mehr als nur Freundschaft, was zwischen uns entstanden war. Slawa spielte keine Spielchen. „Weiß nicht. Niemandem? Vielleicht will sie ja niemandem gehören."

Als wisse Bonnie, worüber wir sprachen, wendete sie uns ihren Kopf zu und lief uns ein paar Schritte entgegen, bevor sie mitten auf der Weide stehen blieb und uns gebannt anschaute.

„Sie gehört dem Himmel. Dem Wind. Der Sonne. Der Erde ...", flüsterte ich kaum hörbar.

„Wow", machte Slawa nach einer kleinen Pause, in der wir Bonnie angeblickt und meinen Worten nachgelauscht hatten. „Du solltest Gedichte schreiben. Jetzt hau mich nicht wieder, ich meine das ernst!" Lachend griff er nach meinem Ellenbogen und hielt ihn fest, weil ihn seine Rippen langsam schmerzen mussten. „Ich finde es schön, was du sagst. Genau das denke ich nämlich auch. Pferde gehören uns nicht. Sie sind an unserer Seite und dienen uns, aber sie gehören uns nicht."

Bonnie musste mir gar nicht gehören, um mich glücklich zu machen. Mir genügte, sie zu sehen, inmitten ihrer Herde, im Sonnenlicht und mit sattgrünem Gras unter ihren Hufen. Mir war, als habe sie auf uns gewartet, auf Mama und mich, damit wir durch ihre Hilfe unser Leben ordnen konnten – und damit Papa und ich uns wieder näherkommen und ich Slawa kennenlernen durfte.

All das hatte sie uns geschenkt, durch ihr Leid und ihre Geduld – und ihr unendliches Vertrauen in unsere Entscheidungen.

Nun wusste ich, dass jede einzelne richtig gewesen war, weil sie uns zu dem geführt hatte, was wir jetzt waren.

Frei.

Nicht nur ich hatte Bonnie losgelassen.

Sie hatte im gleichen Atemzug mich losgelassen.

Was blieb, war Liebe.

ABSCHIED

„Das nächste Mal, wenn du hier bist, gehen wir ausreiten. Du auf Bonnie, ich auf Aramis."

„Der wirft dich ab."

Slawa grinste selbstsicher. „Niemals."

„Das werden wir ja sehen."

Er nickte nur und wischte mit dem Fingerknöchel eine Träne von meiner Schläfe, bevor er nach meinen Schultern griff und mich ein letztes Mal zu sich zog, sodass ich meine Stirn an seinen warmen Hals schmiegen konnte, wie ich es so gerne tat. Kitzelnd berührten Bonnies Nüsternhaare meinen Nacken und wir hörten sie leise hinter uns schnauben.

„Versprich mir, dass du da bist, wenn ich wieder herkomme." Ich wusste nicht, wen ich damit meinte. Bonnie oder Slawa. Vielleicht beide. Ich konnte mir ihn nicht ohne sie vorstellen und sie nicht ohne ihn.

„Wo soll ich denn sonst sein?", murmelte Slawa und strich langsam über meinen Rücken, während Bonnie anfing, an meinem Kragen zu knabbern – einer ihrer fruchtlosen Versuche, Fellpflege mit mir zu betreiben. Obwohl immer noch Tränen aus meinen Augen kullerten, musste ich lachen.

„Nun hau schon ab. Sonst wird es nur noch schwerer."

Slawa ließ mich los und rückte ein Stück von mir ab, ohne seine Augen von meinen zu lösen. Wie ich ihn liebte, seinen dunklen, ernsten Blick. Scheu erhob ich meine Hand. Er hielt ganz still, seine Lider gesenkt und sein Atem ruhig wie immer, als ich meine Finger sanft über seinen Kiefer und sein Kinn gleiten ließ.

Dann drehte ich mich um und rannte mit jagendem Herzen die Straße hinunter, zurück in ein Leben, das nie mehr so sein würde wie zuvor.

Denn ich hatte mein Tashunka-Witko gefunden.

Leseprobe

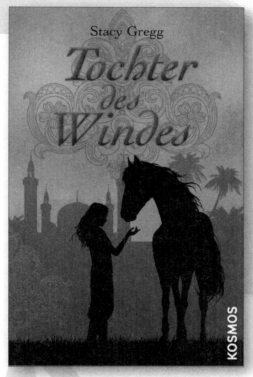

320 Seiten, €/D 14,99

Prinzessin Haya ist drei Jahre alt, als ihre Mutter bei einem Hubschrauberabsturz ums Leben kommt. Ihr Vater, der König von Jordanien, liebt seine Tochter über alles, doch er hat kaum Zeit für sie. Haya fühlt sich einsam und verlassen und schottet sich immer mehr ab. Erst die Liebe zu dem Fohlen Bree, dessen Mutter bei der Geburt stirbt, bringt sie langsam ins Leben zurück. Ohne Haya kann Bree nicht überleben, und so werden die beiden unzertrennlich. Als Haya schließlich ins Internat nach England kommt, begreift sie, dass sie sich ihren lange unterdrückten Gefühlen stellen und einen Neubeginn wagen muss.

kosmos.de   Preisänderungen vorbehalten

Mitternacht, 23. August 1986

Liebe Mama,

ich verstecke mich mit einer Taschenlampe unter der Bettdecke, während ich dies schreibe. Ich traue mich nicht, das Licht anzumachen, denn Frances könnte bemerken, dass ich noch wach bin. Und die Letzte, mit der ich mich jetzt rumschlagen möchte, ist Frances.

Eigentlich sollte ich schlafen, aber ich bin zu aufgeregt wegen morgen. In Santis Büro im Stall gibt es einen Kalender, und ich habe die Kästchen eins nach dem anderen durchgestrichen. Der Klumpen in meinem Magen wurde immer schwerer, je näher der Tag kam. In einigen Stunden wird der Tag anbrechen, und ich werde zum Stall gehen und Bree vorbereiten. Ich werde ihren Schweif einflechten und ihre Fesseln bandagieren, dann verladen wir die Pferde auf den Hänger und fahren los durch die Wüste, begeben uns auf eine Reise, die entweder in der Niederlage oder in Ruhm und Ehre für das Königlich Jordanische Gestüt enden wird.

Ich zittere, während ich dir schreibe, und ich rede mir ein, dass das nicht von der Angst kommt, sondern von der Aufregung. In der gesamten Geschichte des *King's Cups* hat noch nie eine Reiterin teilgenommen. Aber ich bin nicht einfach nur ein Mädchen. Ich bin eine Beduinin vom Stamm der Haschimiten und eine geborene Reiterin. Vor tausenden von Jahren schon saßen die Frauen meines Stammes auf ihren Pferden und kämpften Seite an Seite mit ihren Männern. Nun ja, ich will nicht kämpfen – ich will nur gewinnen.

Tausend Gesichter werden morgen von der Zuschauertribüne aus auf mich hinabstarren. Baba wird mich – mit Ali an seiner Seite – von der königlichen Loge aus beobachten, und Frances wird sich dort zweifellos ebenfalls hineingedrängt haben. Sie wird nur darauf warten, dass ich scheitere, dass ich mich vor all diesen Leuten zum Narren mache. Die ganze Zeit über wird sie mich vor Baba schlechtmachen und ihm einreden, es gehöre sich nicht für eine Tochter des Königs von Jordanien, ihre gesamte Freizeit im Stall zu verbringen und auszumisten.

Ginge es nach Frances, wäre ich eine Prinzessin wie aus dem Märchenbuch – eingesperrt in meinen Turm, in Ballkleidern und mit einer Krone und einem gläsernen Schuh. Ganz ehrlich: Wer um Himmels willen würde je gläserne Schuhe tragen?

„Deine Mutter hat sich *immer* wie eine echte Dame benommen." Das sind exakt Frances' Worte. Manchmal drückt sie sich so aus, als wäre sie diejenige königlichen Geblüts und nicht nur meine Gouvernante.

Immerzu ermahnt Frances mich, mich mehr zu benehmen wie du. Das ist so nervig. Denn wenn du noch hier wärst, bräuchte ich sie ja gar nicht. Dann könnte ich einfach so sein, wie ich mag; ich müsste nie irgendwelche blöden Kleider zum Abendessen tragen oder mich an irgendeine der doofen Regeln halten, die Frances sich ständig ausdenkt.

Auf Frances' Aufforderungen, mich mehr wie du zu verhalten, erwidere ich immer, dass du zwar eine Königin warst, aber trotzdem Jeans und T-Shirt getragen hast. Ich kann mich noch genau an deine roten Lieblingsjeans erinnern. Die du in Rom gekauft hast, als du noch ganz jung warst, bevor du Baba geheiratet hast.

Du hast diese Jeans getragen und dein langes Haar fiel dir offen über die Schultern. Meine Haare sind mittlerweile genauso lang, aber sie sind einfach nur braun. Baba sagt immer wieder, dass ich genau wie du aussehe, aber in meinen Augen sahst du immer wie ein Filmstar aus mit deinen grünen Augen und den dunkelblonden Haaren. Manchmal, wenn ich die Augen schließe, kann ich dein Gesicht sehen, und dein Lachen erfüllt die Luft wie Musik den Palast von Al Nadwa.

Ich weiß noch, dass ich dich immer gefragt habe: „Werde ich eines Tags eine Königin sein?", und du hast jedes Mal dasselbe geantwortet. Du hast gesagt: „Haya, du bist eine Jordanische Prinzessin. Vielleicht wirst du einmal eine Königin sein, *Inschallah*. Aber denk immer daran, dein Titel existiert nur auf irgendeinem Stück Papier, auf einer Seite im Geschichtsbuch. Mehr nicht. Nur das, was in dir steckt, ist wirklich wichtig. Du musst immer du selbst bleiben, Haya, du darfst nie nur eine Rolle spielen. Verstehst du das?"

Dann habe ich dich immer sehr ernst angesehen, aber du hast mich hochgenommen und mein Gesicht mit Küssen bedeckt, bis ich angefangen habe zu kichern. Und dann haben wir uns zusammen kaputtgelacht, während du mich ganz fest im Arm gehalten hast.

Das letzte Mal, als ich dir diese Frage stellte, waren wir in den Gärten von Al Nadwa. Es war an einem Sommertag, und ich hatte eine Decke auf dem Rasen ausgebreitet, im Schatten des großen Granatapfelbaumes. Ali war auch bei uns und hat mit seinen Spielsachen gespielt. Oder zumindest glaube ich, dass Ali auch da war. Manchmal frage ich mich, ob ich nicht manche Einzelheiten dazuerfinde. Ich bin jetzt zwölf, und dieser Tag ist in meiner Erinnerung schon so verblasst wie ein altes Foto.

Ich erinnere mich an noch etwas, und dieses Bild ist

gestochen scharf. Wir stehen vor Babas Arbeitszimmer, du, Ali und ich. Du kniest vor Ali auf den Marmorfliesen und hältst seine kleinen Hände, während er auf seinen speckigen Beinchen herumtapst.

Er fängt sich wieder, und dann lässt du ihn sanft und vorsichtig los. Du hältst deine Arme schützend um ihn, als Ali vor- und zurückschwankt, aber er fällt nicht hin, und du lachst vor Freude und nimmst ihn auf den Arm. „Oh, mein Ali-Schatz. Jetzt kannst du auf deinen eigenen Beinen stehen!", sagst du.

Mama, ich habe mein Bestes getan, um auf eigenen Füßen zu stehen, mich zu behaupten, obwohl du nicht da bist und meine Hand hältst. Am Anfang waren meine Beine noch nicht stark genug, aber dann kam Bree, und seitdem trägt sie uns beide mit ihren vier Beinen. Ihr Wille und ihr Mut haben mir die Kraft gegeben, die ich brauchte.

Ich wünschte so, du könntest morgen dabei sein und mich auf ihr reiten sehen. Baba sagt immer, wenn ich dir etwas Wichtiges zu sagen habe, soll ich dir schreiben. Aber das konnte ich bis jetzt nicht. Nicht bis heute Abend. Ich hätte dir so viel zu erzählen, über mich und Bree und alles, was passiert ist, seit du von uns gegangen bist. Aber es ist schon sehr spät, und ich bekomme einen Krampf in der Hand. Es ist gar nicht so leicht, auf einer Matratze zu schreiben, während man in einer

Hand eine Taschenlampe hält und versucht, unter der Decke zu atmen. Wenn du jetzt hier wärst, würdest du mir raten, den Brief morgen zu beenden und lieber etwas zu schlafen.

Mama, weißt du noch, wie ich gesagt habe, ich hätte keine Angst? Na ja, vielleicht habe ich doch welche, nur ein kleines bisschen. Das ist der wichtigste Wettkampf in unserem Königreich – was, wenn Bree und ich nicht gut genug sind?

Es ist mir egal, ob Frances und ihre Gefolgschaft denken, es gehöre sich nicht für eine Prinzessin zu reiten. Aber ich weiß, wie wichtig das Turnier für unser Volk ist. Wenn ich auf diesen Reitplatz reite, nehme ich ihre Hoffnungen mit mir, und ich bin fest entschlossen, sie nicht zu enttäuschen. Ich mache das, um Baba mit Stolz zu erfüllen, aber auch um mich zu beweisen. Um zu beweisen, dass ich – sobald ich auf einem Pferd sitze – jedem Mann ebenbürtig bin.

Ich bin eine Prinzessin, aber das hier ist kein Märchen. Wenn es eins wäre, wüsste ich, was auf mich zukommt – mein ganz eigenes *Und-sie-lebten-glücklich-bis-ans-Ende-ihrer-Tage*. Aber ich weiß noch nicht, wie die Geschichte ausgehen wird. Alles, was ich weiß, ist, dass diese Geschichte über Bree und mich anfängt, wie jedes andere Märchen auch:

Vor langer, langer Zeit in Arabien

INSEL DER VERGESSENEN PFERDE

256 Seiten, €/D 12,99

Beatriz lebt mit ihrer Mutter auf einem Boot in der Karibik – es klingt wie ein Traum, doch für das junge Mädchen fühlt es sich an wie ein Gefängnis. Am Strand von Great Abaco auf den Bahamas trifft sie auf eine wunderschöne Wildstute und spürt eine tiefe Verbindung. Und sie erhält von einer Einheimischen ein mysteriöses Tagebuch der jungen Spanierin Felipa. Diese floh 1492 auf Columbus' Schiffen mit ihrer Stute Cara Blanca in eine neue Welt. Die Leben von Beatriz und Felipa scheinen sich immer weiter miteinander zu verbinden und Beatriz wird klar, dass sie Verantwortung übernehmen muss: für ihr Leben und das der Wildstute ...

kosmos.de   Auch als Ebook erhältlich   Preisänderungen vorbehalten

Abtauchen und mitfühlen

208 Seiten, €/D 9,99

Als Thea mit ihrem Vater für den Sommer auf die Lakeview-Ranch kommt, trifft sie auf das völlig verwilderte Pferd Storm. Sie spürt, dass sie beide etwas verbindet: schmerzliche Erinnerungen und ein verschlossenes, einsames Herz hinter einer steinharten Fassade. Behutsam beginnt Thea, das Vertrauen des Pferdes zu erlangen. Als sie ein jahrzehntealtes Geheimnis der Ranch entdeckt, erkennt sie, dass sie wie Storm lernen muss, ihr Herz zu öffnen und dem Leben wieder zu vertrauen ...

kosmos.de Preisänderungen vorbehalten

18